매혹의 근대,
일상의 모험

매혹의 근대, 일상의 모험
—개념사로 읽는 근대의 일상과 문학

김지영 지음

2016년 3월 11일 초판 1쇄 발행

펴낸이 한철희 | 펴낸곳 돌베개 | 등록 1979년 8월 25일 제406-2003-000018호
주소 (10881) 경기도 파주시 회동길 77-20 (문발동)
전화 (031) 955-5020 | 팩스 (031) 955-5050
홈페이지 www.dolbegae.co.kr | 전자우편 book@dolbegae.co.kr
블로그 imdol79.blog.me | 트위터 @Dolbegae79

주간 김수한
책임편집 김진구
표지디자인 정계수 | 본문디자인 김동신 · 이연경 · 이은정
마케팅 심찬식 · 고운성 · 조원형 | 제작 · 관리 윤국중 · 이수민
인쇄 · 제본 상지사 P&B

ISBN 978-89-7199-712-3 93800
이 도서의 국립중앙도서관 출판시도서목록(CIP)은 서지정보유통지원시스템
(http://seoji.nl.go.kr)과 국가자료공동목록시스템(http://www.nl.go.kr/kolisent)에서
이용하실 수 있습니다. (CIP제어번호: CIP2016003743)

이 책은 2007년 정부(교육과학기술부)의 재원으로 한국연구재단의 지원을 받아
간행되었음(NRF-2007-361-AM0001).

책값은 뒤표지에 있습니다.

매혹의 근대, 일상의 모험

개념사로 읽는 근대의 일상과 문학

김지영 지음

돌베개

'일상'을 가로지르는 사유의 모험

이 책은 필자가 한림과학원 HK사업에 참여하면서 시작한 일상 개념 연구의 이론적 탐색과 관련 사례 연구들을 모아 묶은 결과물이다. 일상 개념 연구는 한국연구재단의 지원으로 한림과학원 'HK 동아시아 기본 개념 상호소통사업' 팀에서 처음 발기했고, 이 팀에서 4년간 일했던 필자가 책임을 맡고 총서 기획과 연구의 발족을 담당했던 영역이다.

　　당시 팀 내부에서 가장 논란이 되었던 것은 일상 개념사라는 연구 영역의 독립이 원론적으로 가능한가라는 문제였다. 이제는 제법 인지도가 높아진 독일 개념사는, 개념이 특정한 정치사회적 컨텍스트 및 구체적인 상황과 맺는 관계를 분석하고 역사적 흐름에 나타나는 개념의 의미 패턴이 지닌 지속과 변천을 조사함으로써, 우리가 쓰는 개념들이 다양한 정치사회적 환경에서 어떤 방식으로 조건 지어지는가를 탐구하는 학문 분야이다. 코젤렉의 독일 개념사 방법론을 본떠 '국가', '민족', '의회' 등 주요 정치 관념들을 중심으로 기획된 기본 개념총서와 별도로, 일상 개념 연구에 대한 이론적 탐구는 생활의 습속과 일상의 역동성을 반영하는 개념들에 대한 탐구가 덧붙여져야 한다는 한국연구재단의 요청으로 시작되었다.

기본 개념과 일상 개념을 구분할 수 있는 근거와 논리가 무엇인가에 대한 조사와 설명의 책임이 필자에게 부여되었고, 여러 가지 반대 의견이 개진되기도 했지만, 분립의 가능성을 타진하기 위한 탐구는 이루어져야 했다. 담론의 일반적 생리가 그러하듯, 기본 개념과 일상 개념 역시 구분하고자 하는 집단의 의지와 노력이 투여되면 그러한 사고를 가능하게 하는 논리의 윤곽은 만들어진다. 이 책에서 말하는 일상 개념 연구의 논리와 체제는 그리하여 진행된 연구 영역 성립의 가능성에 대한 탐색의 결과이다. 아직도 과정 속에 있는 고민과 망설임, 부끄러움을 접어둔 채 제도가 요구하는 타이틀로 거창하게 포장하자면, 이 책은 기존의 독일 개념사와 한국의 풍속·문화론적 문학 연구를 결합하여 일상 개념 연구라는 새로운 연구 영역을 이론적으로 마련하고 구체적인 세부 사례를 탐구한 최초의 저술이라고 할 수 있다.

　　이 책의 1부는 일상 개념사라는 연구 영역이 성립하기 위한 논리와 체제 및 방법을 제시한다. 개념 연구와 일상 공간의 연관성이 지니는 특별한 의미에 대한 당시의 문제의식은 2009년 3월 한림과학원 뉴스레터에 발표했던 짧은 원고에 집약되어 있다. 본문을 쓰면서 내용이 상당 부분 원용되기도 했으나, 연구를 출발시켰던 문제의식을 가장 압축적으로 보여주고 있다는 점에서 당시의 원고는 이 책 서문에 충분히 값하는 것 같다.

　　개념 연구란 역사적으로 중요하다고 간주되는 개념들에 주목하고, 개념들의 발생과 의미 변화를 사회 구조 및 역사의 운동 과정과 연관하여 고찰함으로써 인간과 사회, 역사에 대한 이해를 확장하는 연구 갈래이다. 개념 연구에서 주목하는 개념의 특징은 그것이 실

'일상'을 가로지르는 사유의 모험

재하는 어떤 것을 가리키는 지표일 뿐만 아니라 그 실재를 구성하는 요소이기도 하다는 사실이다. 개념은 실재를 표상하기 위해 고안된 관념이기도 하지만, 구체적인 맥락에서 수행되는 언어 행위의 일부로서, 의식과 행위 자체를 촉발시키고 그것을 특정한 방향으로 유도할 수 있는 힘을 지닌다. 예컨대, 우리는 민족, 역사, 진보 등의 개념을 통해 우리 삶을 둘러싼 세계의 구조를 이해하고 동시에 구체적인 언어 행위와 실천을 통해 끊임없이 민족, 역사, 진보의 실체를 구현해간다. 그런 의미에서 개념은 사회 구조와 인간적 실천을 매개하는 영역이라고 할 수 있다. 그렇기 때문에 개념 연구는 주체의 능동적 실천과 사회 구조의 결정성을 동등하게 존중하면서도 어느 한쪽으로 환원되지 않는 '사이'의 영역을 확보한다는 장점을 지닌다.

개념 연구의 관점에서 일상이 중요한 것은 일상이 실질적으로 주체의 삶과 개념을 매개하고 분절해내는 공간이기 때문이다. 개념은 일상 속에서 그 적법성을 시험받고 사회적 승인을 얻는다. 실제로 일상이란 너무나 평범하여 의식하지 못할 만큼 범상한 행위가 연속되는 공간이다. 끊임없이 반복되는 평균적인 일과들로 구성된다는 점에서 일상은 20세기 전반까지 학문 탐구의 대상에서 제외되거나 학문적 관점에서 비판·부정되는 공간이었다. 일찍이 앙리 르페브르가 상품과 소비에 의해 지배되는 인간 소외의 공간을 '일상'이라고 명명한 이래, 일상은 '자본주의의 거역할 수 없는 힘이 관통하는 곳', '동일한 것이 영원회귀하는 장소', "반복과 진부함으로 어떤 변혁의 전망도 삼켜버리는 블랙홀과 같은 것"으로 치부되어 왔다. 그러나 20세기 후반, 정치 제도, 경제 관계, 사건사 등의 주류 역사가 간과해온 것들에 주목하고 이데올로기적 시각에 의해 배제되었던 삶의 면모들에 관심을 갖는 학문적 조류가 대두하면서 일상은 새로운 조명을 받기 시작했다. 행위자들의 실천과 이념의 전유에 관심을 갖는 독일 일상사나, 거대사가 소거했던 개인·촌락의 삶을 세밀하게 관찰·기록함으로써 그 복잡다단한 리얼리티를 재현하려 한 이탈리아의 미시사, 통계나 수치보다는 미시적 자료에 대한 상징적 해석과 그것이 다른 것들과 맺는 연관 관계에 주목하는 미국의 신문화사 등이 그것이다. 종래의 역사학이 승리자 중심으로 과거를 구성하고 그들을 기준으로 삼아 다른 사람과 사물에 억압을 가해왔다는 관점에 입각하여, 아래로부터의 역사를 주창한다는 것이 이들의 공통된 특징이다. 이 같은 시각들은 평범한 개인과 집단의 일상에 새로운 의미와 가치를 부여했다. 일상은 이제 대문자 역사 담론에 의해 짓눌리고 가려진 삶의 일면들, 소수자들의 존재를 가시화하고, 지배 역사로부터 추방되거나 상실되거나 매몰되었던 것들이 출몰하는 잠재성의 공간으로서 조명되기 시작한 것이다.

기존 역사에서 주목받지 못했던 감성, 취향, 심성, 욕망의 아비투스로서 일상은 다원적인 가치와 다양한 층위가 존재하는 흥미로운 공간이다. 일상은 평범하고 무가치한 일들의 연속과 반복으로 이루어진 것처럼 보이지만, 그 속에는 정치, 경제, 이데올로기의 규율이 관통한다. 일상을 통해 인간을 규율하는 제도와 제도로부터 습득하는 윤리 의식 및 사회 기구의 본질은 경험 생활의 영역으로 육체화되기 때문이다. 그런가 하면 일상은 이데올로기의 규율에서 비껴나는 다양한 일탈과 저항, 전복의 욕망이 혼재한 공간이기도 하다. 일상을 관통하는 규율들은 지역, 계층, 젠더, 세대 등 서로 다른 사회 구성원에 의해 다양하게 전유되며, 이질적인 조건과 욕망을 지닌 주체들은 다양한 방식의 타협과 저항, 일탈과 전복의 과정을 통해 이 규율들을 구체적 삶의 형상으로 투사해낸다.

너무나 복잡다단한 사회적 과정이 혼융되고 뭉뚱그려져 있는 공간이기 때문에 일상은 파편적이고 무의미한 조각처럼 보인다. 개념 연구가 '일상'을 통해서 하고자 하는 것은 이 뭉뚱그려진 집합체를 여러 갈래로 분절하여 풀어내는 일이다. 일상 속에는 그동안 역사의 관심에서 배제되어왔으나 인간 삶의 의미 연관과 경험 연관들을 다층적으로 집약함으로써 두터운 의미의 두께를 지니고 있는 분절적인 경험의 영역들, 즉 개념 영역들이 숨어 있다. 개념 연구는 가정, 취미, 정, 연애, 놀이 등과 같은 분절적인 개념 범주를 통해 일상에 접근한다. 이 같은 개념들이 처음 등장한 배경, 오늘날과 같은 개념적 의미가 성립하기까지 동원되었던 지식 권력의 움직임, 서로 다른 집단들이 그 개념을 표상하는 데 동원했던 전략과 관습, 그리고 그로부터 빚어진 개념의 전유와 균열의 과정을 살펴봄으로써, 개념 연구는 오늘날 우리의 인식을 구성하는 지식 구조의 배경과 조건을 탐구한다. 달리 말하면 그것은 지금 우리의 인식 틀 자체를 낯설게 바라보고 문제화하는 작업이다. 우리가 너무도 자명하다고 생각하는 인식의 틀 자체를 상대화하고 그 인식의 틀 자체를 '구성'의 관점에서 고찰할 때 우리는 우리에게 주어진 인식 구조의 결정성을 부정하지 않으면서도 보다 능동적인 주체로서 그것에 다가가는 길을 열 수 있다. 우리 인식의 구조에 대한 실천적 '작용'은 이 구조의 메커니즘에 대한 충분한 이해 및 이 메커니즘과의 역동적인 소통 속에서 이루어질 수 있는 것이다. 자명한 인식의 체계를 의심한다는 것은 또한, 다른 사회 인식, 지금의 그것보다 더 인간적인 세계 인식의 가능성을 탐색하는 일이기도 하다.

어떤 대상을 표상하고 인식하는 다른 방식에 대한 상상력을 풀어 놓기, 그것은 존재를 소여의 상태로 이해하는 것이 아니라 가능성의 형태로 사유하려는 노력의 일부이다. 기존의 인식 틀이 배제·간과한 것들에 의미를 부여하고 일상 속에서 그런 것들의 웅성거림에 귀 기울이는 일, 인간 삶의 잠재된 영역을 사유하고 다른 삶의 가능성을 찾는 일, 우리가 일상 속의 개념 연구를 통해 궁극적으로 지향하는 것은 그런 것이 아닐까.

— 「개념 연구와 일상 공간: 잠재성과 가능성으로 생활을 사유하기」, 『한림과학원 뉴스레터』 1호, 2009. 3.

연구를 시작할 당시의 문제 제기에 값하는 탐구가 실질적으로 이루어지고 있는가를 생각하면 지금까지의 글들을 반성하지 않을 수 없다. 그러나 우리 생활의 사고와 언술을 구성하는 개념들의 역학들이 재인식되고 탐구되고 성찰되어야 한다는 문제의식은 현재에도 유효하다. 우리가 당위로 간주하는 개념들, 사유들, 인식들이 지니는 자명성을 의심하고 그것의 기원과 구조 및 그 속을 가로지르는 사회적이고 정치적인 권력과 관습들을 되짚어보는 일은, 일상에 숨어 있는 사고와 실천의 질곡들을 풀어내는 또 하나의 방법이며, 잠재되었거나 아직 도래하지 않은 새로운 사고와 성찰을 이끌어냄으로써 더 나은 이해와 소통의 가능성을 찾는 작업이다.

이 책의 2부를 구성하는 '연애', '청춘', '탐정', '괴기', '명랑' 등의 개념 표상에 대한 탐구는 우리 생활과 가장 가까운 삶의 부분들에 숨어 있는 정치적이고 문화적인 힘들의 다채로운 역학에 대한 흥미에서 시작되었다.

일상을 구성하는 수많은 개념 가운데서도 특히 '연애', '청춘',

'탐정', '괴기', '명랑'을 선택한 것은 이것들이 멜로드라마, 청춘드라마, 탐정소설, 괴기소설, 명랑소설같이 오늘날 대중 서사 장르의 핵심을 구성하는 구심점으로 작용하는 개념이기 때문이다. 대중 서사 장르를 구분 짓는 이 개념 표상들은 일상을 가로지르는 생활인들의 가장 큰 관심이 결집하는 영역으로서, 일상 개념 가운데도 가장 주목받는 사고 단위들이다. 이 개념 표상들은 고정된 실체로서 항구불변의 의미를 지니고 있는 것이 아니라 사회와의 상호작용 속에서 역동적으로 길항하고 움직인다. 한 시대 내부에서도 동일한 개념(어휘)을 서로 다른 방식으로 인식하는 태도들이 존재하며, 시대의 흐름 속에서 주도적이고 중심적인 표상의 방법이 변화하기도 하는 것이다. 그리고 이 같은 표상 방식에는 사랑, 젊음, 공포, 웃음 등의 개인적이고 일상적인 문제와 관련하여 각 시대 대중의 생각을 일정하게 방향 짓던 체제와 구조와 관습, 의식의 집단적 지향성과 그 반향들이 다양하게 숨어 있다.

특히 식민지 시기에 근대적 대중문화 탄생의 기반을 마련하고 대중 서사 장르 코드를 구성하는 감성 표상들의 재의미화를 경험했던 한국의 경우에, 식민 체험과 근대성의 복잡한 결합 관계가 대중의 공통 감각과 개념 표상의 의미장 안에 제각기 이질적이고 복합적인 방식으로 다양하게 숨어 있다. 대중의 공통 감각은 근대에 대한 매혹과 식민 현실이라는 제한적 여건의 긴장 속에서 독특한 역사적 모험을 지속하는데, 일상 속에서 대중의 감성 코드는 무의식적으로 형성된다. 2부는 우리 자신의 경험과 역사 속에서 주요 일상 개념 표상의 역사적 모험을 탐구하고, 그 안에 은폐되어 있는 다양한 정치적 관계와 사건들의 상호 관계와 연관성을 살핌으로써, 우리 자신의 경험과 의식에 내재한 역사의 흔적들을 탐색한다.

각 개념이 서로 교차하고 간섭하면서도 또한 분절적인 독자의 장을 이루는 만큼 각 장의 논의는 독립적으로 진행된다. 따라서 2부는 어느 장부터 읽어도 좋을 만큼 장과 장 사이에 위계가 존재하지 않는 병렬식 구성 방식을 취했다. 논의를 종합하는 결론도 따로 제시하지 않았다. 종합적 전체를 추구하기보다는 오히려 그와 대립하는 자리에서 일상의 개념 영역들이 지니는 개별적 독자성이 보다 온전히 살아날 수 있다고 믿기 때문이다.

'연애', '청춘', '탐정', '괴기', '명랑'의 의미장이 거쳐온 역사의 축적된 기억들을 복원하고 그 안의 내부적 투쟁과 갈등 과정을 재조명하는 일은 우리 일상을 가로지르는 현재적 감성과 표상의 기원을 찾는 일이며, 이 기원의 성립 조건들에 대한 성찰을 통해 우리 감성의 구조를 재인식하는 일이다. 이 작업은 과거의 의미를 원형대로 복원하거나 보다 거대한 체계로 일상의 사고와 감성들을 통합하려는 시도와는 거리가 멀다. 오히려 그보다는 더 작게 나누고 더 많이 분절하여 더 자유롭고 구체적이며 역동적으로 삶의 세부들을 사고하고 영위하는 것이 이 개념들의 역사를 탐색하는 작업의 목적에 가깝다. 따라서 '연애', '청춘', '탐정', '괴기' 같은 장르 코드의 역사적 기억을 추적하는 일은 현재 우리가 생각하는 대중 서사 장르의 정체성을 이론적으로 정초하기보다는 오히려 장르를 응집하는 개념 표상의 구심점들을 더 많이 상대화하고 더 역사적으로 파악하는 것이며, 그 속에서 우리가 지니는 사고와 감성의 구조 및 패턴을 파악하는 것이 되어야 할 것이다.

일상 개념 연구의 가능성을 타진하는 1부와 실제 개념들의 역사를 추구하는 2부는 각각 '이론'과 '탐구의 실제'로 이분된다. 1부에서 제기한 방법론과 문제의식들이 2부의 각론에서 제대로 추구되었는가에 대해서는 반성의 여지가 많다. 원고를 정리하다 보니, 각론을 진행하면서 이론적인 문제의식이 끝까지 견인되지 못한 흔적들이 곳곳에서 발견된다. 개념을 둘러싼 사회 구조와 인간적 실천의 상호 연관을 긴밀하게 파헤치기보다는 개념의 의미 변화 과정을 역사적으로 재구성한 스토리텔링에 가까운 것들이 적지 않다. 너무 많은 자료들에 짓눌려 길을 잃었던 부분도 있다. 할 수 있는 한 보완하고 개고하려고 노력했지만, 어쩌면 여기에 소개한 다섯 가지 각론들은 개념사를 풍속·문화론적 문학 연구와 접속한 최초의 시도라는 이름에 만족해야 할지도 모른다. 그러나 각론이 불충분하다고 하여 방법론이 지닌 문제의식이 의미를 잃는 것은 아닐 것이다.

일상을 구성하는 다양한 기표들의 의미를 채우는 것은 항구불변의 실체가 아니라 지시 대상에 얽혀 있는 다양한 사회·문화적 맥락들이다. 이 맥락은 기표가 사고되고 발화되는 상황과 그것을 둘러싼 사회 구조의 정치적이고 사회적인 다양한 역학에 의해 구성된다. 이 역학에 대한 사고와 탐구는 우리 사유 속에 은폐된 다종한 권력의 작용 패턴들을 객관화하고 보다 나은 사고와 관계의 가능성을 성찰하는 방법이 될 수 있다. 이 패턴과 역학을 탐구하는 방법들을 더욱 세밀화·구체화하고 의미 있는 성과를 만들어내는 일은 앞으로 인문학이 더욱 고구해야 할 작업일 것이다.

이 책을 출간하기까지 도와주신 분들이 너무나 많다. 제일 먼저 초창기 한림과학원 HK사업 팀에서 함께 고생했던 고지현, 김윤희, 박양신, 송인재, 오수창, 이경구, 이행훈, 한지은, 허수, 황수영 선생님께 감사드리고 싶다. 때로는 서로 보듬고 때로는 거칠게 논쟁하며 보냈던 이분들과의 시간은 이 책이 발간되기까지의 소중한 토대가 되었다. 처음 일상개념총서 집필 참여에 동의해주시고 총서

워크숍을 함께 해주셨던 권보드래, 조은숙, 신동원, 이기훈, 천정환 선생님께 감사드린다. 선생님들의 참여와 동의, 우수한 연구와 저작들이 있었기에 일상 개념 연구의 이론적 탐구와 총서 발간의 실질적 진행이 이루어질 수 있었다. 일상개념총서는 신동원 선생님의 『호환 마마 천연두 — 병의 일상 개념사』, 이기훈 선생님의 『청년아 청년아 우리 청년아 — 근대, 청년을 호명하다』 이래 현재 제3권의 발간을 앞두고 있다. 제도적 · 학문적 지원을 아끼지 않으셨던 한림과학원 김용구 원장님과 박근갑 선생님, 늘 든든한 마음의 고향이 되어주시는 송하춘 선생, 선행 연구를 통해 첫 논문을 쓰는 데 큰 도움을 주셨던 연세대 김현주 선생님, 동아시아 기본 개념 상호소통사업을 함께했던 선생님들과 대중서사연구회 대중예술사 공부모임의 여러 선배들, 선생님들께도 특별히 감사를 드린다. 가능하다면 더 많은 시간을 함께 나누고 싶은 분들이다. 그리고 이름을 떠올리는 것만으로도 마음 따뜻한 위로가 되어주는 정은경, 정혜경, 조은숙, 함성민, 황경 언니, 그리고 부족한 며느리/딸을 항상 따뜻하게 감싸주시는 상봉동과 안동의 부모님들께 이 책을 통해 마음속 깊은 감사의 말씀을 올리고 싶다.

2016년 2월 하양에서
김지영

일러두기

- 본문에 인용된 1차문헌의 경우 발표 당시의 표기를 그대로 살리고자 했다. 그러므로 현대의 표기법 원칙과 다를 수 있다.
- 인용문의 굵은 고딕체와 밑줄은 인용자, 즉 이 책의 필자가 강조의 목적으로 한 것이다.
- 단행본 출판물, 장편소설, 잡지, 신문명은 『 』, 신문 및 잡지 기사, 단편소설, 논문명은 「 」, 방송프로그램, 노래, 영화, 연극명은 〈 〉로 표시했다.

차 례

2부   개념사로 읽는 근대의 일상과 문학

1부

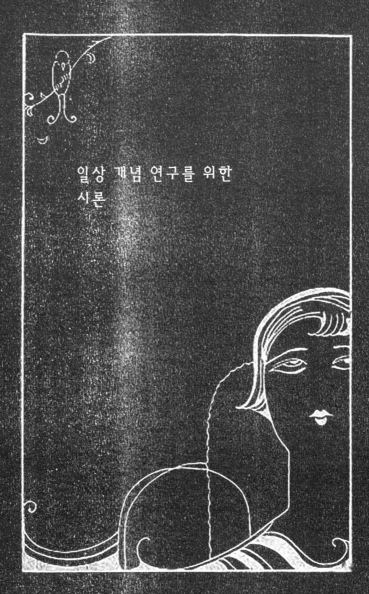

일상 개념 연구를 위한
시론

문학, 역사, 사회, 철학의 학문적 경계를 넘나들며 연애, 독서, 신여성, 온천, 스포츠, 어린이, 취미 등 개별적이고 일상적인 문화 영역에 대한 구체적 탐구와 성찰이 인문학 영역에서 활성화된 것은 이미 오래된 일이다. 권보드래의 『연애의 시대』, 천정환의 『근대의 책 읽기』를 비롯하여 이경훈의 『오빠의 탄생』, 강명관의 『조선의 뒷골목 풍경』, 전봉관의 『황금광 시대』 등등 인문학 영역에서 쉽지 않았던 베스트셀러들이 여럿 발간되었고, 수많은 논문들이 쏟아져 나왔다. 문학작품에서 여급, 다방, 온천, 스포츠, 여행, 삽화, 취미 활동 등 지엽적이고 미시적인 요소들을 초점화하는 논문들이 발표되는 것은 물론, 신문과 잡지 같은 주요 역사 자료에서 논설, 사설, 칼럼 등의 중심 지면이 아니라 사진, 광고, 표지 디자인, 독자 투고, 심지어 고민 상담 같은 사소하고 개인적인 문제들이 학문적 탐구의 대상이 되는 것도 이제는 전혀 낯설지 않다. 서로 다른 관심과 목적 아래 각론으로 진행되어온 이 연구들은 제각각의 영역에서 인문학 탐구를 활성화하고 학술 연구와 일반 대중의 거리를 좁혀왔다. 그러나 이처럼 복잡하고 미시적으로 뻗어나가는 개별적 탐구들이 부분적이고 파편적이며 심지어 임의적인 진술에서 나아가 어떻게 학문적으로 의미 있는 체계를 형성하고 축적될 수 있는가에 대한 우려와 경계의 목소리가 적지 않은 것도 사실이다.

책의 1부는 개념사라는 학문 탐구의 방법을 통해 문화와 풍속에 관한 미시적 연구들을 개념 표상의 역사에 대한 탐구와 접속시킴으로써 일정한 학문적 체계를 형성할 수 있는 가능성을 탐색하는 일종의 시론이다. 개념사 연구는 개념을 고정된 실체로 간주하지 않고, 다양한 사회·문화적 맥락과 실천들 가운데 역동적으로 운동하면서 사회 구조와 인간적 실천을 매개하는 일종의 매개 고리로 탐구하는 새로운 역사 접근법의 하나이다. 다양한 개별적 사건과 장·단기적 실천들에서 사용된 개념(언어)의 맥락에 주목하고 개념에 숨어 있는 이질적 의미들의 상이한 시간적 부침浮沈과 이를 초래한 관계와 조건들에 관심을 가지는 개념사는, 다채로운 풍속·문화론적 문학 연구의 일군을 개념 표상의 역사적 흐름이라는 하나의 틀로 엮어내는 방법을 제공할 수 있다. 그런 점에서 개념사는 그간 이루어진 풍속·문화론적 연구의 성과를 체계적으로 정리하면서 새로운 전망을 타진해볼 수 있는, 유력한 학문 영역이다. 1부에서는 이 같은 개념사의 학문적 위상과 이론적 성격을 조명하고, 그것이 한국의 풍속·문화론적 문학 연구와 접속할 수 있는 가능성을 탐색할 것이다.

1

신문화사, 개념사, 그리고 일상 공간

신문화사의 대두와 일상에 대한 관심

2000년을 전후하여 급격히 활발해진 한국의 풍속·문화론적 연구는 신문화사라는 20세기 역사학의 신조류와 맥을 같이한다. 신문화사는 사회 구조라는 전체적 렌즈가 아니라 문화라는 행위 지향적 프리즘을 통해 인간의 삶을 그리려 하는 새로운 역사 연구의 경향이다. 대문자 역사를 가능하게 했던 거대 담론에 의문을 제기하고 역사를 '전체사'라는 틀에 맞추어 파악하려 했던 사회·경제사에 맞서, 역사 현실의 다양성에 중점을 두고 지금까지 간과되어온 사소하고 이례적이며 단발적인 문화적 사례들이 지니는 미시적·상징적·사회적 의미 맥락을 추구하는 데 역점을 두는 것이 신문화사의 일반적 특징이다.

    그러나 신문화사가 단일하고 공통된 학파로 형성된 것은 아니다. 토대/상부구조라는 전통적 마르크스주의 사고를 포기하고 계급보다는 문화적 공동체의 운동성에 관심을 가졌던 E. P. 톰슨과 나탈리 데이비스, 임상의학·성·광기의 역사를 고찰하면서 의식의 저변을 구성하는 근대적 담론들의 형성 과정을 조명했던 미셸 푸코, 서사 형식으로 존재할 수밖에 없는 역사 연구의 특성에 천착하여 역사 서술의 텍스트성을 강조했던 헤이든 화이트, 과거와 역사가 사이의 대화적 관계를 강조하여 문화비평적 관점을 취했던 도미니크 라카프라 등의 개별 연구들이 신문화사가 역사학의 커다란 흐름을 이루게 된 배경들이다.[1]

신문화사를 다른 역사학과 구분 지어주는 가장 큰 변별점은 그것이 '언어로의 전환'이라는 거대한 전변에 가장 밀착해 있는 역사학 분야라는 사실이다. 역사 연구가 언어 서술로 이루어질 수밖에 없으며, 그 언어는 현실을 반영할 뿐만 아니라 현실을 구성하는 요소라는 사실은 과거 현실의 실체성에서 주체로 역사학의 관심을 이동시켰으며, 신문화사는 이 변화를 가장 능동적으로 실천하고 있는 역사학에 해당한다. 객관적 사회 현실의 존재를 전제하고 그 구조와 체계에 접근하는 사회사와 달리, 신문화사는 고정된 본질을 인정하지 않으면서 역사의 행위 주체 스스로가 생산하는 의미와 기능의 맥락들에 천착한다.[2] 신문화사가 개인의 주관성을 배제하는 총

1   신문화사의 전반적 특징에 대해서는 다음 참조. 피터 버크, 조한욱 옮김, 『문화사란 무엇인가』, 길, 2005; 조한욱, 「왜 문화를 통하여 역사를 보아야 하는가?」, 『이화사학연구』 23·24, 이화사학연구소, 1997, 15~25쪽; 조한욱, 「누가 사소한 것의 역사를 두려워하랴」, 『사회과학교육연구』 7, 한국교원대학교 사회과학교육연구소, 2004. 2, 23~30쪽; 김기봉, 「누가 포스트모던을 두려워하랴」, 『역사학보』 161, 역사학회, 1999, 185~209쪽.
2   신문화사와 사회사의 변별에 대해서는 다수의 논쟁이 있어왔다. 논의의 결과는 실질적으로 사회사와 신문화사의 거리가 그렇게 멀지 않다는 것이지만, 신문화사의 관점에서 제기하는 가장 중요한 변별점은 결국 사회사가 객관적 사회 현실의 존재를 인정하고 그 구조와 체계에 접근하는 것과 달리 신문화사는 고정된 본질을 상정하기보다는 주체의 활동과 그로부터 창출되는 다양한 의미의 역동적 맥락에 관

체로서의 '사회'에서 '문화'로 관심을 돌리게 된 이유도 문화야말로 개인이 주체적으로 삶의 의미를 표현하고 생산하는 데 참여할 수 있는 영역이라는 점에 있다.

주체에 대한 강조점과 더불어 신문화사의 등장이 불러일으킨 또 한 가지 변화는 범속한 일상 세계에 대한 새로운 관심이다. 거대사가 소거했던 개인과 촌락의 삶을 세밀하게 관찰·기록함으로써 그 복잡다단한 리얼리티를 재현하려 한 이탈리아의 미시사, 통계나 수치보다는 미시적 자료에 대한 상징적 해석과 그것이 다른 것들과 맺는 관계에 주목하는 미국의 문화사, 생활에서 일어나는 행위자들의 실천과 이념의 전유에 관심을 갖는 독일 일상사[3] 등은 신문화사의 유력한 갈래들이다. 종래의 역사학이 승리자 중심으로 과거를 구성하거나 선형적 발전 사관을 토대로 역사의 다른 부분들을 억압해왔다는 관점에 입각하여 아래로부터의 역사, 삶의 현장으로부터의 역사를 주창한다는 것이 이들의 공통된 특징이다. 그리고 이런 시각들은 평범한 개인과 집단의 일상에 새로운 의미와 가치를 부여했다.

너무나 평범하여 의식하지 못할 만큼 범상한 행위가 연속되는 공간으로서, 일상은 20세기 전반까지 학문적 대상에서 제외되거나

심을 기울인다는 점이다. 신문화사와 사회사의 변별점에 대해서는 다음 참조. 루시앙 횔셔, 나인호 옮김, 「문화사로서의 신개념사」, 『역사와 문화』 1, 문화사학회, 2000, 60~72쪽; 조한욱, 「사회사와 신문화사」, 『서양사론』 71, 서양사학회, 2001, 169~178쪽; 김영범, 「사회사 넘어서기와 신문화사」, 『창작과 비평』, 창작과비평사, 2001년 봄, 379~388쪽; 임상우, 「신문화사의 사학사적 기원: 정치사, 사회사, 그리고 문화사」, 『이화사학연구』 23·24, 이화사학연구소, 1997, 33~38쪽.

3 김기봉, 「독일 일상생활사, 어디로 와서 어디로 가는가?」, 『서양사론』 50, 한국서양사학회, 1996, 175~238쪽; 알프 뤼트케, 이동기 외 옮김, 『일상사란 무엇인가』, 청년사, 2002 참조.

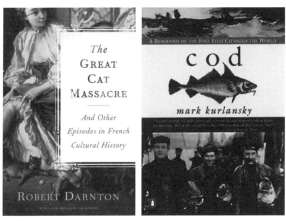

신문화사의 일종으로 잘 알려진 로버트 단턴의 『고양이 대학살』과
마크 쿨란스키의 『세계를 바꾼 어느 물고기의 역사』의 원서 표지.

학문적 관점에서 비판·부정되는 공간이었다. 일찍이 앙리 르페브르가 상품과 소비에 의해 지배되는 인간 소외의 공간을 '일상'이라고 명명한 이래 일상은 "지배계급의 정치 문화적 식민지"[4], '자본주의의 거역할 수 없는 힘이 관통하는 곳', '동일한 것이 영원회귀하는 장소', "반복과 진부함으로 어떤 변혁의 전망도 삼켜버리는 블랙홀"[5]과 같은 것으로 치부되어왔다. 그러나 정치, 경제, 사건사 등의 주류 역사가 간과해온 것들에 주목하고 이데올로기적 시각에 의해 배제되었던 삶의 면모들에 관심을 갖는 신문화사를 통해 일상은 새롭게 조명받게 된다. 일상은 대문자 역사 담론에 짓눌리고 가려진 삶의 일면들과 소수자들의 존재를 가시화하고, 지배 역사에서 추방되거나 상실되거나 매몰되었던 것들이 출몰하는 잠재성의 공간으로서 인식되기 시작한다. "민중이 그들의 삶과 역사의 독자적 의미를 구

4 김기봉, 위의 글, 204쪽.
5 해리 하르투니언, 윤영실·서정은 옮김, 『역사의 요동』, 휴머니스트, 2006, 311~341쪽.

현하는 문화가 있는 곳"[6]이며, 정치 · 사회 구조가 서로 다른 과정을 통해 관계화되는 현장으로 일상은 새롭게 부각된다.

개념사와 일상은 어떻게 만나는가

그렇다면 개념사는 일상과 어떻게 관계 맺는 것일까. 개념사는 역사적으로 중요하다고 간주되는 개념들의 발생과 의미 변화를 사회구조 및 역사의 운동 과정과 연관하여 체계적으로 정리하는 역사연구 분야이다. 개념사의 학문적 성격은 그것이 규정하는 개념의 특징에 있다. 개념사에서 규정하는 개념은 실재하는 어떤 것을 가리키는 지표일 뿐만 아니라 그 실재를 구성하는 요소이다.[7] 개념은 실재를 표상하기 위해 고안된 것이기도 하지만, 구체적 맥락에서 수행되는 언어 행위의 일부로서, 의식과 행위 자체를 촉발하고 그것을 특정한 방향으로 유도할 수 있는 힘을 지닌다. 예컨대 우리는 '민족', '역사', '진보' 등의 개념을 통해 우리 삶을 둘러싼 세계의 구조를 이해하고, 동시에 구체적 언어 행위와 실천을 통해 끊임없이 '민족', '역사', '진보'의 실체를 만들어간다. 그런 의미에서 개념은 사회구조와 인간적 실천을 매개하는 영역이라고 할 수 있다. 그렇기 때문에 개념사는 주체의 능동적 실천과 사회 구조의 결정성을 역동

---

6   이는 괴팅겐 학파의 새로운 관점으로 주장되었다. 김기봉, 앞의 글, 207쪽.
7   개념사에서 다루는 개념의 이중적 특징에 대해서는 다음 참조. 루시앙 횔셔, 「개념사의 개념과 『역사적 기본 개념』」, 박근갑 외, 『개념사의 지평과 전망』, 소화, 2009, 11~30쪽; 박근갑, 「'말안장 시대'의 운동개념」, 박근갑 외, 같은 책, 31~59쪽; Melvin Richter, *The History of Political and Social Concepts*, New York: Oxford University Press, 1995.

적으로 접합하여 고찰하는 연구 방식이라는 장점을 지닌다.

개념사가 사회 구조와 주체의 능동적 실천이 상호 침투하는 과정에 역점을 두는 학문이라는 데 주목할 때, 개념사는 신문화사의 한 영역으로 자리매김된다.[8] 무엇보다도 개념사는 언어(개념)와 사회 또는 언어와 역사의 상호 관계에 역점을 둠으로써 고정된 사회적 실체보다는 역사와 주체 사이의 역동적 관계망에 주목하기 때문이다. 개념을 통해 경험 생활의 영역으로 육체화된 다원적인 가치와 규율, 제도와 구조, 저항과 전복의 욕망이 다차원적으로 상호 관련을 맺는 맥락을 규명하려는 학문으로서, 개념사는 실체로서의 정치·경제·사회 구조보다는 주체와 그것들 간의 상호 관련성 및 그로부터 발생하는 제한된 기능의 맥락과 규칙 체계들에 더 천착한다. 그런 의미에서 신문화사로서의 개념사는 미시적이고 개별적인 사례들이 잠복해 있는 일상의 영역과 필연적으로 관련될 수밖에 없다. 일상은 주체의 삶과 개념을 실질적으로 매개하고 분절해내는 공간이며, 개념은 일상에서 그 적법성을 시험받고 사회적 승인을 얻는다.

---

8 개념사를 신문화사의 일부로 지칭한 글들로 다음과 같은 것들이 있다. Melvin Richter, 위의 책, 36쪽; 루시앙 횔셔, 앞의 글, 2000; 나인호, 「레이먼드 윌리암스의 'Keyword' 연구와 개념사」, 『역사학연구』 29, 호남사학회, 2007, 455~480쪽; 롤프 라이하르트, 「역사적 의미론: 어휘통계학과 신문화사 사이 — 관점 정리를 위한 예비 고찰」, 박근갑 외, 앞의 책, 61~92쪽.

2

개념사로부터 일상 개념 연구로

코젤렉과 라이하르트의 거리

개념사가 그 자체로서 일상과 밀접한 관련을 가지는 장이라고 할
때, 일상 개념 연구라는 별도의 명명이 필요한 이유는 무엇인가. 이
문제에 답하기 위해 먼저 개념사의 중심축을 이루는 코젤렉의 개념
사[1]가 지니는 몇 가지 문제점에서 출발해보는 것이 유용할 것 같다.

코젤렉을 중심으로 한 독일 개념사는 시대적 상황에서 고유한
생명력을 지니며 변화해온 운동하는 개념들에 주목했다. 독일 개념
사는 특히 고전적 토포스가 심각한 의미 변화를 겪거나 신조어들이
대거 등장했던 18세기 중반부터 19세기 중반까지 개념 정립을 둘러

---

1   개념에 주목한 연구 갈래로는『역사적 기본 개념』사전을 펴낸 라인하르트 코젤렉을
필두로 하는 독일 개념사,『프랑스 정치·사회 기본 개념 편람』을 펴낸 롤프 라이하
르트의 작업,『문화와 사회』의 부록으로 200여 개 개념의 사적 의미 변화를 정리한
레이먼드 윌리엄스의『키워드』연구, 언어가 발화되는 수사적 상황에 주목한 포콕과
스키너의 정치사상적 개념 연구가 있다. 이 가운데 작업의 규모와 연구진의 구성 및
영향력에서 단연 주도적인 갈래는 코젤렉의 독일 개념사이다.

싼 갈등이 사회적·정치적 파괴력을 보이며, 수많은 개념들이 지나간 경험의 축적에 멈추지 않고 미래에의 기대와 도전을 함축하게 된다는 점을 강조했다. 그리고 이 시기에 두드러지는 개념 변화의 특징을 의미의 민주화, 시간화, 이념화, 정치화로 규정했다.『역사적 기본 개념』사전 편찬 사업을 통한 일련의 개념 연구에서 코젤렉이 밝혀낸 중요한 성과는 근대의 시간성을 개념의 관점에서 새롭게 파악했다는 데 있다. 근대에 이르러 '경험'과 '기대' 사이의 차이가 점점 커지고 개념들이 차츰 추상화되어 경험을 축적하기보다는 미래를 상기시키는 이데올로기로 고양되는 과정에서, 근대인의 시간이 끊임없는 가속화의 지평 위에 놓이게 되었다는 것이다. 이는 근대성의 한 특징을 새롭게 밝혀낸 독일 개념사의 중요한 성과이다.

문제는 코젤렉의 개념사가 개념의 언어적 맥락 및 사회적 맥락을 강조하는 이론적 설계와는 달리, 의미 있다고 '규정된' 특정 단어들의 '장기적' 전개 과정에만 집중함으로써 실제적으로 개념이 현실에 능동적으로 작동하는 양상들을 밝혀내는 부분에는 소홀했다는데 있다.『역사적 기본 개념』은 추상 수준이 높은 이론적 저술과 정치·사회·법적 용어의 세속적 사용, 통시적 분석과 공시적 분석, 총의론적 분석과 총칭론적 분석이라는 다양한 목적 사이에서 균형을 추구했지만 실제적으로 이 균형을 지탱하기는 어려운 것으로 판명되었다. 그 결과 원래의 의도와 달리 삶의 현장에서 개념이 인식을 규정하고 실천을 촉발하는 구체적 과정이나 공시적이고 사회적인 맥락에서 개념의 작동 방식을 규명해내는 일 등이 생략되고, 명망 있는 사상가들의 텍스트에 치중하여 정상(頂上)에서 정상으로 이동하는 개념의 흐름을 파악하는 경향성이 강했던 것이다. 코젤렉의 개념사가 "사회사적인 문제 제기와 방법으로 재교육된 이념사"에 불

『역사적 기본 개념』 편찬을 주도한 독일의 라인하르트 코젤렉.

과하다[2]는 혹평이 제기되는 것도 이 때문이다.

롤프 라이하르트의『프랑스 정치·사회 기본 개념 편람: 1680~ 1820』(1985~2000) 작업은 코젤렉의 개념사가 지니는 이념사적 성격을 극복하려는 시도로 시작되었다.[3] 라이하르트는 "위대한 사상가"의 "위대한 텍스트"에 있는 특별히 "의미 있는" 단어들의 "장기적인" 전개 과정에 집중하는『역사적 기본 개념』과 달리, 프랑스혁명이라는 거대한 사건을 전후한 보다 짧은 기간에 초점을 맞추어 공시적 관점에서 개념의 역사적 변화 과정을 규명하려 했다. 프랑

---

2   Peter Whottler, "Sozialgeschichtliches Paradigma und historische Diskursanalyse", in: J. Fohrmann/H. Muller eds., *Diskurstheorien und Literaturwissenschaft*, Frankfurt a. M., 1988(나인호, 「독일 개념사와 새로운 역사학」, 『역사학보』 174, 역사학회, 2002, 318쪽에서 재인용).

3   라이하르트의 연구에 대해서는 다음 참조. 롤프 라이하르트, 「역사적 의미론: 어휘통계학과 신문화사 사이 — 관점 정리를 위한 예비 고찰」, 박근갑 외, 앞의 책, 61~92쪽; 김학이, 「롤프 라이하르트의 개념사」, 박근갑 외, 앞의 책, 93~138쪽; Melvin Richter, 앞의 책, 79~123쪽; 나인호, 앞의 글, 2002.

스혁명이라는 사건과 개념들의 의미 변화를 밀접하게 관련시킴으로써 개념과 현실의 상호작용에 좀 더 밀착하려 한 것이다. 라이하르트의 작업은 자료와 개념 선정 방식에서 일차적으로 코젤렉의 작업과 크게 변별된다. 무엇보다도 라이하르트는 대중적 사료에 집중했다. 그는 먼저 사료들을 수집하고 정리한 후 필자들에게 나누어 주면서 작업을 시작했는데, 이 사료들은 1)각종 사전, 2)신문, 잡지 등 정기

롤프 라이하르트가 편찬한 『프랑스 정치·사회 기본 개념 편람: 1680~1820』.

간행물, 3)전단, 소책자, 집회 보고서, 자료 총람, 4)교리문답, 연감, 풍자, 노래, 그림 문자 등의 교육받지 못하거나 부분적으로 교육받은 계층에게 유포된 매체 사료들로 나뉜다.[4] 이는 코젤렉의 개념사가 1)체계적 이론가들, 2)정치적·사회적·법적 자료, 3)각종 사전을 자료로 삼은 것과는 뚜렷이 대조되는 부분이다.

또 다른 차이는 연구 대상이 될 개념들을 어휘통계학적 방법을 이용하여 귀납적으로 추출해냈다는 점이다. 프랑스혁명을 전후한 시기 개념의 사회적 변화 과정에 역점을 둔 라이하르트는 1760년대 이후 발간된 각종 정치·사회 사전에 오른 항목들과 당대 발간된 잡지에서 "경구(mot de…)"라고 표기되거나 각별히 강조된 단어를 골라낸 뒤, 인명과 전문 용어를 가려내 활발하게 사용되는 500개의 단어를 추려낸 다음, 다시 빈도수 등을 고려하고 상반 개념, 보충 개념, 후대에 다른 용어에 귀속되는 단어 등을 일정하게 묶어내어

4   Melvin Richter, 앞의 책, 91쪽.

마침내 총 150개의 기본 개념을 확보하게 된다. 그 결과 라이하르트가 추출한 개념과 코젤렉이 선정한 개념에는 상당한 차이가 발생한다. 예컨대 알파벳 P 항목의 경우 코젤렉의 사전은 교육, 의회, 의회제 정부, 의회주의, 전당, 파당, 특수주의, 평화주의, 정치, 경찰, 언론, 생산, 생산성, 프롤레타리아트, 선전 등으로 구성된다. 이와 달리 라이하르트의 사전에는 의회, 정치, 경찰 등 코젤렉이 선정한 것과 중복되는 어휘 외에도 petits-maitres(멋쟁이), muscadins(멋 부리는 밉상), incroyables(멋쟁이 남자들), merveilleuses(멋쟁이 여자들) 등 유행 관련 어휘나 Sans-culottes(상퀼로트)같이 당대에만 쓰이던 어휘, 그리고 특권, 편견, 재산, 공중 등 정치나 경제와 관련되더라도 체제보다 생활에 더 밀접한 어휘들이 적극적으로 포함되어 있다.[5]

　　개념 선정 방식의 차이는 역사적 공간에 접근하는 두 사전의 이질적 관점을 뚜렷이 드러내준다. 코젤렉의 개념들은 '현재' 사회를 구성하는 주요한 개념들의 과거 역사를 살펴보고자 하는 의도에서 선정되었다고 할 수 있다. 중심적 헌정 개념, 정치·경제·사회 조직의 키워드, 학문의 명칭, 정치 운동의 슬로건 등[6]을 역사적 운동을 선도하는 기본 개념[7]으로 선규정했던 『역사적 기본 개념』은

5　라이하르트의 개념 추출 방식에 대해서는 김학이의 앞의 글 참조.
6　코젤렉은 역사적 운동을 선도하는 기본 개념을 1)중심적 헌정 개념들, 2)정치·경제·사회 조직들의 키워드, 3)학문의 자기 호명, 4)정치 운동의 선도 개념 및 슬로건, 5)지배적 사회계층과 직업 집단에 대한 명칭들, 6)행위의 공간과 노동 세계를 편제하는 이데올로기들과 이론적 핵심 개념들로 설명했다(나인호, 앞의 글, 2007, 463쪽).
7　멜빈 릭터Melvin Richter는 『역사적 기본 개념』에 선정된 115개 개념의 분포도를 보여주기 위해 이들을 재구분했다. 그에 따르면 이 사전에 실린 개념들은 국가, 주권, 헌법 등 정치적 개념 56개, 시민사회, 신분, 지위, 계급 등 사회적 개념 45개, 무정부주의, 보수주의 등 주의 및 이데올로기 개념 27개, 자연권, 유물론-관념론 등 철학적 개념 21개, 진보, 혁명 등 역사적 개념 20개, 노동자, 자본 등 경제적 개념 19개, 기본권, 법률 등 법적 개념 15개, 중립, 국제주의 등 국제정치학 용어 10개로 나뉜다. 하

근대를 선도한 정치사회적 개념들을 명확히 하고 그것들이 근대적 의미를 획득하는 과정의 탐구를 통해 근대를 구성하는 사유 방식의 성격을 밝혀내려 했다. 달리 말해 '지금-여기'의 관점에서 '과거'에 접근함으로써 '현재'가 만들어진 과정을 읽어내려 한 것이다.

이에 반해 라이하르트의 귀납적인 개념 선정 방식은 '현재'의 관점이 개입하는 것을 되도록 피하고 '과거'를 있는 그대로 재구성하려는 기획자의 의도를 보여준다. 즉 라이하르트는 현재의 관점이나 인식과는 별도로 과거 그 자체를 재구성하려는 입장에서 당대인들의 인식과 실천을 재현하고 매개했던 개념들을 추출한 것이다. 코젤렉의 방식이 '현재의 과거'를 조명하는 것이라면, 라이하르트의 방식은 '과거의 현재'에 대한 고고학적 탐색인 셈이다.

그 결과 라이하르트의 『프랑스 정치 · 사회 기본 개념 편람』(이하 『편람』)은 현실의 '지표'가 아니라 현실에 작동하는 '요소'로서 개념에 담긴 의미 체계의 사회적 영향력을 좀 더 강하게 부각시켰다. 대표적인 사례가 '바스티유'의 분석이다. 『편람』에 따르면, 프랑스혁명 이전 바스티유는 1)요새 목적으로 세워진 성을 일컫는 보통명사, 2)파리를 방어하는 한 성채를 가리키는 '고유명사', 3)국왕 사법권의 엄정성을 연상시키는 단어, 4)절대주의 왕권의 야만적 폭압을 비유하는 단어로 그 의미 변화를 겪으며, 혁명 후에는 다시 1)혁명의 정당성과 국민적 통합의 상징, 2)공화정의 미래를 담보하는 시민적 의무의 표상 등으로 전위된다.[8] 『편람』은 이 의미 변화의 과정

나의 개념은 여러 영역에 걸칠 수 있기 때문에 여기서 분류된 개념의 수는 전체 개념의 합보다 크다. Melvin Richter, 앞의 책, 40쪽.

8   고유명사 바스티유는 자기 증식하여 형용사형 bastillé, bastkllables(바스티유에 투옥될 후보) 등 분화형이 등장하고, 혁명 후에는 정치인들 사이에서 정적을 낙인찍는 방법으로 embatiller(압제적으로 투옥하다), embatilleur(경찰력을 남용하는 폭군) 등

2. 개념사로부터 일상 개념 연구로

프랑스혁명의 상징으로 알려진 바스티유 감옥 함락. 이후 바스티유는 고유명사의 의미뿐
아니라 다채로운 내포를 지닌 일반명사의 의미를 함께 지니게 되었다.

에서 실제로 바스티유의 시설이 사치스럽다고 할 정도로 개선되고
수감자가 거의 없어지는데도 그러한 사실이 전제정과 폭압을 상징
했던 단어의 의미에 전혀 반영되지 않았으며, 단어에 붙박힌 이미
지의 자기 증식으로 바스티유의 실태나 함락의 과정을 턱없이 왜곡
하고 부풀리는 수많은 허위 서사들이 만들어졌고, 이 서사들이 혁
명을 가속화하는 촉매제가 되었음을 자세히 추적해낸다. 바스티유
가 당대인들에게 혁명의 진행을 알려주는 지표가 아니라 전제정에
대한 증오와 혁명에 대한 욕망을 불러일으키고, 실제적 사건을 발
발시키며, 이 사건을 전체 혁명과 접속시키고, 혁명을 이어나갈 대

의 신조어가 만들어지기도 한다. 이상 바스티유 분석에 대해서는 김학이의 앞의 글
과 Melvin Richter의 앞의 책 참조.

중의 자세를 정립시키며, 정치적 대립 관계에 개입하고, 다수의 신조어를 창출하는 과정을 보여준 것이다. 바스티유 분석은 언어가 현실을 단순히 반영하는 것만이 아니라 능동적으로 현실에 개입하고 현실을 변혁하는 요소임을 여실히 드러낸다.

일상 개념, 욕망과 경험의 육화 그리고 너무나 정치적인

라이하르트의 접근 방식은 한국의 개념 연구에 많은 시사점을 준다. 한국은 개화기 이래 몇십 년의 짧은 기간에 서구 관념과 사유 방식의 압도적 유입으로 인식과 사유를 뒷받침하는 상징 질서가 전면적으로 재구성되는 거대한 격변을 겪었다. 이 시기 이래 지속적인 서구화와 근대화의 과정은 전통적 삶의 양식들을 해체하고, 사회제도와 관념들을 전반적으로 서구적 형식으로 재구성하는 변화를 일으켰다. 따라서 현재 한국 사회의 인식 지평을 형성하는 국가, 주권, 개인, 사회 등 주요 개념들은 대체로 서구 모델에 입각해 있다고 해도 과언이 아닐 것이다. 서구 모델이 일상화되어 있는 '현재의 관점'이 주도하는 한 한국의 근대 개념 형성 과정은 단순한 서양 개념의 도입사로 귀결되기 쉽다. 21세기에도 한국은 여전히 서구의 정치적·경제적·문화적 침탈이 이루어지고 있는 공간이자, 비서구를 객체화·대상화·예속화하는 인식의 자장에서 자유롭지 못한 공간임을 상기하면 더더욱 그러하다.

그러므로 현재 우리가 당연하다고 생각하는 것들을 낯설게 바라보고 근대 개념의 형성 과정을 새롭게 고찰하려면, 현재의 시각은 일단 접어둔 채 인간과 세계에 대한 인식에 결정적 변화가 일어나고 새로운 상징 질서가 창출되던 근대 형성기를 당대적 의식과 사고 틀 안에서 다시 읽어내는 시각이 필요하다. 나아가 과거 의사 결정 과정에서 배제된 집단들의 의식에 일어났던 변화들에 관심을 기울이고, 다양한 가능성과 잠재성들이 교차하던 역동적 공간으로 과거를 다시 바라볼 필요가 있다. 사회·정치적 제도만이 아니라 대중의 삶에 스며든 다양한 삶의 양식들을 표현했던 언어와 표상들, 갈등과 투쟁에서 패배하여 주류적 사유로 이어지지 못했던 존재들의 목소리와 실험들을 좀 더 예각화하고, 서구화된 관념들에 숨어 있는 이질적 요소들과 그것들이 지니는 가능성을 타진해보아야 하는 것이다.

이러한 맥락에서 일상 개념 연구라는 영역은 일정한 효용성을 지닌다. 일상 개념 연구는 첫째, 정치·사회 개혁을 선도해온 주요한 사상가들 이상으로 더 넓은 영역에서 의견을 주고받던 대중, 주도권 투쟁에서 실패한 개인과 집단 및 소수자의 생각들을 드러내는 자료에 천착하는 연구로서 자리매김된다. 코젤렉의 예에서처럼 정치·사회사적 측면에서 역사 운동의 핵심 주제로 주목받아온 개념들이 기본 개념으로 간주되고, 이 연구가 대체로 기존의 '위대한 사상가'와 '위대한 텍스트'를 중심으로 한 사상사의 논의와 긴밀히 연계될 수밖에 없음을 고려한다면, 대중의 생활에서 소통되는 개념의 의미와 언어 수행에 천착하는 연구 영역은 반드시 필요한 부분이다.

둘째, 일상 개념 연구는 풍속·문화론적 연구와 개념사를 접속한다는 좀 더 적극적인 의미에서도 유용하다. 일상은 끊임없이 반복되는 자질구레한 일과의 공간인 동시에 인간의 사적이고 내면적인 삶과 욕망의 차원에 닿아 있는 영역이다. 기존의 역사에서 조명되지 못한 감성, 취향, 심성, 욕망의 아비투스로서 일상 속에는 인간 삶의 의미 연관과 경험 연관이 다층적으로 집약됨으로써, 역사의 관심에서 배제되어온 의미가 두터운 분절적 경험 영역들이 숨어 있다. 예컨대 연애, 취미, 교양, 병 같은 어휘들은 국가, 주권, 민족, 헌법 등 정치와 제도를 표현하는 개념들과는 일정한 거리를 두지만, 이 어휘들 또한 역사를 거치면서 다양한 의미 변화를 겪었고, 그 과정에는 정치·사회 구조의 변동이나 인간과 세계를 사유하는 인식 틀의 역동적 운동 과정이 다채롭게 개입한다. 그런 점에서 일상 개념은 정치와 무관한 개념이 아니라 미시적인 삶의 영역까지 더욱 적극적으로 정치화하는 개념들이다.

따라서 일상 개념 연구는 역사와 정치의 주류적 관심에서 제외되었던 개념군, 이데올로기적 시각에 의해 간과되었던 삶의 영역들을 표현하는 언어들에 일차적으로 초점을 맞추고, 세속적인 대중의 경험과 의식 및 실천들을 반영하는 자료에 천착하여 대중의 삶을 관통했던 다층적인 규율의 언어들과 그것에 비껴가는 일탈과 저항의 욕망들을 읽어내는 개념사로서 정립될 수 있다. 일상은 평범하고 무가치한 일들의 연속과 반복으로 이루어진 것처럼 보이지만, 그 속에는 인간을 규율하는 다양한 제도와 가치관 및 사회 기구의 본질이 경험 생활의 영역으로 육체화되어 있다. 일상을 관통하는 규율들은 지역, 계층, 젠더, 세대 등 서로 다른 사회 구성원에 의해 다양하게 전유되며, 이질적 조건과 욕망을 지닌 주체들은 다양한 방식의 타협과 복종, 일탈과 전복의 과정을 통해 이 규율들을 구체적 삶의 형상으로 투사해낸다. 일상 개념 연구는 이 같은 일상의 다원적 가치와 다양한 층위들이 어떻게 언어화되며 그 언어가 다시 대중의 실천을 어떤 식으로 견인하는지를 개념의 운동을 통해 분절적으로 고찰하는 새로운 연구가 되어야 할 것이다.

3

풍속·문화론적 연구가 걸어온 길

근대성에 대한 고고학적 탐색

1990년대 후반부터 한국 문학 분야에서 이루어진 풍속·문화론적 연구는 근대성에 대한 문제 제기에서 출발했다고 할 수 있다. 근대를 구성하는 인식의 체계와 그것을 뒷받침하는 가치관을 전면적으로 재검토해보아야 한다는 문제의식이 그것이다. 이는 근대의 기점, 근대의 비자발성에 대한 기왕의 논의들이 결국은 서구적 근대를 보편의 목표로 삼는 관계 설정의 시각에 머물러 있었다는 문학사적 인식과, 이 관계 설정의 테두리에서 벗어나지 못하는 한 우리의 근대성에 대한 논의는 자생성을 강조하든 외래성을 강조하든 열등한 자신의 위치를 확인하는 것으로 귀결될 뿐이라는 전반적 반성의 결과였다. 이러한 인식은 근대를 객관적이고 보편적인 어떤 것으로 상정하고 "서구의 경험을 추상화해서 얻은 이념적 지표와 우리가 도달한 지점을 단선적으로 비교, 확인하는 이념형적 근대성 연구"에서 벗어나야 한다는 공감을 널리 불러일으켰다.[1]

그 결과 '자생적인 것으로서의 근대'나 '궁극적 목표로서의 근대'가 아니라 '구성되는 것으로서의 근대', '역사, 과정, 조건으로서의 근대'가 연구되고 성찰되어야 한다는 새로운 태도가 형성되었다. 우리가 근대의 어디쯤에 와 있는지를 확인하는 것이 아니라, 지금 우리의 삶을 규율하고 있는 근대의 조건들이 어떻게 성립했는가를 고찰해야 한다는 쪽으로 연구의 관점이 돌려진 것이다. 근대성에 대한 우리 자신의 경험과 역사를 면밀히 따져보아야 한다는 생각은 이 같은 관점 이동의 결과였다. 이러한 공감 가운데 가장 먼저 문학 연구자들의 관심이 집중된 것은 문학 연구의 지반을 형성하고 있는 '문학' 개념의 문제였다.

자율적이고 미학적인 영역으로 간주되어온 '문학'이 보편적 실체가 아니라 역사적 구성물이라는 생각이 공식적으로 제출된 최초의 예는 1990년대 말에 발표된 황종연의 「문학이라는 역어譯語—〈문학이란 하何오〉 혹은 한국 근대문학론의 성립에 관한 고찰」[2]이었다. 문학이라는 말이 언술된 역사적 과정을 고찰한 이 글에서 황종연은 이광수의 「문학이란 하오」가 이전까지 쓰였던 '문학'의 용법을 획기적으로 이전시킨 사건적 언술이었으며, 문학을 영어 '리터러처'와 일본어 '분가쿠'의 번역어로 재정립한 이광수의 관점이 문학 개념을 심미화하는 동시에 국민국가를 산출하는 민족주의 헤게모니 자장 안에 문학을 위치시킴으로써 육체적·감각적 인간의 해방과 국가적·사회적 통일을 동시에 인준하는 해소 불가능한 모순 가운데 근대문학 개념을 출발시켰다고 평가했다. 황종연의 논의는

1   김현주, 「근대 개념어 연구의 동향과 성과」, 『상허학보』 19, 상허학회, 2007, 215쪽.
2   황종연, 「문학이라는 역어 ―〈문학이란 하오〉 혹은 한국 근대문학론의 성립에 관한 고찰」, 문학사와 비평연구회, 『한국문학과 계몽담론』, 새미, 1999, 3~39쪽.

문학의 개념을 보편적 실체가 아니라 하나의 담론적 구성물로 간주하는 시각의 토대를 마련했으며, 근대문학 개념의 탄생에 은폐된 문제적 지점을 짚어냄으로써 개념의 의미를 상대화하는 데 커다란 영향을 미쳤다. 황종연에 뒤이어 김동식[3]과 권보드래[4]는 근대문학의 형성 과정을 규명하기 위한 연구의 영역을 문학 내부만이 아니라 '문학 외부'로 확장시켰다. 김동식은 정치적 공공 영역의 발생과 의사소통 양식의 변화라는 역사적 상황과의 관계에서 '문학'이라는 어휘의 용례를 추적했고, 권보드래는 '문'文과 '정'情, '지덕체'·'지정의' 등 관련 담론의 흐름과 미디어의 기술 방식, 자국어 글쓰기 실험, 소설 관련 장르의 양식적 변화 등을 전반적으로 고찰함으로써 근대 '문학'이 가능했던 인식적 지반의 변동을 종합적으로 추적했다. 그 결과 '문학'은 사회·정치 의식, '감정-자아-미', '동정-사회-국가' 등 담론들의 체계, 매체, 언어, 독자, 제도 등 수많은 관련 요소들의 상호작용으로 결정되는 운동하는 개념임이 확인되었다. 이는 문학의 본질을 하나의 결정된 실체로 간주하는 현재의 사고를 유보하고, 문학에 접근하는 방식을 '문학은 무엇인가'에서 '문학은 어떻게 존재하는가'라는 질문으로 대체한 결과였다.

현재의 문학 개념을 상대화하고 역사적 구성물로서 '문학'의 과거를 탐구하는 작업의 유효성이 확인되면서, 이후 근대 '문학'의 형성 과정에 대한 연구는 전방위적으로 확대되었다. 이 작업은 크게 '담론 연구'와 '제도 연구'로 대별된다. 담론 연구는 문학 개념과 직간접적으로 연관되는 언술에서 문학을 구성하는 상징 질서와 인식틀이 배치되는 방식을 조명했다. '지덕체', '지정의', '진선미' 등 문

---

3   김동식, 「한국의 근대적 문학 개념 형성과정 연구」, 서울대학교 박사학위 논문, 1999.
4   권보드래, 『한국 근대소설의 기원』, 소명, 2000.

학의 위상을 규정하는 사유 체계의 변화, '미술'(예술), '정', '동정' 등 연관 개념, 장르의 명칭과 범주 형성, 비평 용어의 역사적 변화 과정 등을 고찰하는 담론 연구는 문학을 구성하는 언술의 구조와 개념의 역사 안에서 문학의 내적 질서를 재인식하고자 했다. 인쇄 기술, 출판 매체, 독자, 언어, 글쓰기, 등단 제도, 문단, 대중문화, 영화·라디오 등 유관 매체에 대한 고찰로 다채롭게 뻗어나간 제도 연구는 문학의 재생산 구조를 가능하게 하는 물질적이고 제도적인 여건들을 검토했다. 담론 연구가 근대문학 개념이 내포하는 내재적 모순과 균열을 들추어냄으로써 개념의 재조정을 요구했다면, 제도 연구는 작가나 작품만이 아니라 작품과 독자를 연결하는 '매개자와 중개자'[5]로 문학 생산의 주체를 확대하고, 이제껏 문학 연구에서 소외되었던 대중문학과 대중문화를 문학 영역 안으로 적극 포섭함으로써 개념의 외연을 확장했다.

풍속·문화론적 연구는 이처럼 근대문학 개념을 상대화하고 재조정하는 새로운 연구 경향과 동시적으로 확산되었다. 제도 연구가 문학 연구의 일부로 포섭되고 작품을 엄격한 미적 완결체로 존중하는 미학주의적 태도가 위축되면서, 문학 연구의 방식은 커다란 변화를 겪는다. 문학작품을 작품이 아니라 텍스트로 간주하는 개방적 시각이 형성되면서, 작품의 경계를 자유롭게 넘나들며 미두米豆, 연애, 온천, 스포츠, 법, 기차 등의 문화적 소재들이 언술되고 표상되는 방식을 사회적·역사적으로 해석하는 데 초점을 맞춘 연구들이 출현한 것이다.[6] '풍속·문화론적 연구'라는 명명은 미학적인 문

---

5   제도 연구의 관점에 따르면, 문학의 매개자이며 중개자인 동시에 제도의 관리자인 비평가, 신문기자, 미디어의 전문가, 출판사 사주와 편집자, 교수와 교사, 정책 담당자 모두가 문학 생산의 주체들이다. 천정환, 「새로운 문학연구와 글쓰기를 위한 시론」, 『민족문학사연구』 26, 민족문학사학회, 2004. 11, 407쪽.

학 연구의 경계를 해체하는 이처럼 개방적인 연구들과 작품 외적 구조나 담론에 초점을 맞춘 연구들을 통칭하면서 성립했다. "사회 기구의 본질이 (……) 완전히 육체화"[7]된 상태로 '풍속'을 규정한 김남천의 정의를 복원하고[8] "구조와 인간적 실천의 매개적·분절적 영역"[9]으로 문화를 규정하면서 성립한 풍속·문화론적 연구는 제도 연구, 담론 연구, 표상 연구를 '문화'라는 언표로 포괄했다.[10] 제도와 담론과 표상을 가로지

이경훈의 『오빠의 탄생』은 풍속사와 문학사를 접맥한 초창기 풍속사적 문학 연구서이다.

르는 풍속과 문화란, 인간 주체와 사회 구조를 매개하는 지대로서 일상과 만난다. 기실 '문화'란 일상의 분절적 성격과 포괄적 성격을 동시에 지칭하는 한편, 일상의 삶을 규정하는 정치·사회적 구조와 그에 대한 인간의 주체적·실천적 작용을 함께 표상하는 어휘라고 할 수 있다. 풍속·문화론적 연구가 "근대적 일상에 대한 고고학적 탐색"[11]으로 부연되는 것은 이 때문이다.

6 김현주, 앞의 글 참조.
7 김남천, 「일신상의 진리와 모랄(5)」, 『조선일보』, 1938. 4. 22.
8 이러한 차원에서 '풍속'이라는 용어는 이경훈의 저서 『오빠의 탄생 — 한국 근대 문학의 풍속사』(문학과지성사, 2003)에서부터 부각되기 시작했다.
9 김동식, 「풍속·문화·문학사」, 『민족문학사연구』 19, 민족문학사학회, 2001, 72쪽.
10 김동식은 위의 글에서 풍속·문화론적 문학 연구의 영역을 다음의 네 분야로 나누었다. 1)근대성의 경험적 영역 또는 미시적 차원에 대한 고고학적인 탐색, 2)근대적 이념과 주체의 경험을 매개하고 분절하는 문화적 표상들에 대한 연구, 3)하위문학 양식과 대중문화에 대한 연구, 4)문학 제도와 관련된 연구.
11 김동식, 「한국 문학의 근대성에 대한 고고학적 탐색」, 『문학과 사회』 65, 문학과지성

1부. 일상 개념 연구를 위한 시론

지시 대상이 추상적이고 포괄적인 '풍속'과 '문화'라는 어휘로 묶인 데서 알 수 있듯, 이 계열의 연구는 다종한 양상으로 진행되었지만, '근대적 일상에 대한 고고학적 탐색'이라는 기본 시각에 대해서는 대체로 이견이 없는 것으로 보인다. 고고학은 현재적 관점의 개입에서 탈피하여 과거를 과거 그 자체로 조명함으로써 과거를 구성하는 언어 구조와 형성적 인식 틀을 복원하고자 하는 학문적 방법이다. 그런 점에서 고고학은 "이념형적 근대를 전제한 상태의 연역적 연구가 아니라 근대성이 주체화되는 역사적 맥락을 재구성"[12]하겠다는 문제의식을 재확인하는 연구 방법이라고 할 것이다.

고고학적 시선은 근대성이 형성되는 공간을 지금까지와는 다른 각도에서 바라보게 하는 기폭제가 되었다. 1920년대 초반의 신문과 잡지를 읽기 시작한 한 연구자는 자료가 주는 생소한 감각을 다음과 같이 기록한다.

> 1920년대 초반에 대해 뭘 배웠는지는 명확치 않았다. 3·1운동 이후의 문화 통치, 절망과 퇴폐, 사회주의 운동의 태동 등이 기껏 떠올릴 수 있는 상식이었고, 상식 너머로 어떻게 건너가야 할지는 좀체 보이지 않았다. (……) 자료를 읽기 시작했을 때 낯설어했던 건 그래서였던 듯하다. 1920년대 초반의 실상은 내가 익혀온 상식으론 잘 잡히지 않았다. 제1차 세계대전이 끝난 후 새 시대를 기약하는 희망이 더 생생하게 잡혔고, 구석구석 변화를 제창하는 활기찬 목소리가 더 생생하게 들렸으며, 한편으론 연애와 문화라는 구호

사, 2004년 봄, 459쪽.
12 김동식, 위의 글.

에 취한 젊은이들의 모습이 차츰 뚜렷하게 보이기 시작했다.[13]

관습화된 현재의 상식을 현저히 위반하는 자료의 낯섦은 과거의 현장과 우리의 선입견 사이에 존재하는 뚜렷한 격차를 확인해준다. 식민지라는 역사적 경험이 우리에게 심어준 패배감이나 절망의 이미지와 달리, 1920년대 사회가 수동적 혼란만이 아니라 '능동적 기투企投'의 현장이었다는 발견은 현재의 편견을 괄호 안에 넣고 당대를 바라보고자 한 접근 방식의 결과였다. 이러한 발견들을 통해 20세기 초반의 공간은 점차 "근대에 미달했던 시기가 아니라, 근대를 거리를 두고 바라보고 근대와는 다른 방식의 미래를 생각해볼 수 있게 해주는 일종의 경계 지대"[14]로 이해되기 시작했다. 시대를 대표한다고 간주되었던 추상적 사상이나 정신이 아니라 한 시대 안에서도 서로 부딪치고 충돌하는 사소하고 이질적인 요소들이 점차 주목된 것도 이 때문이다.

기차, 스포츠, 연애, 청년, 신여성, 학교, 취미, 독서, 어린이, 의료, 위생, 법, 광기, X선, 금광, 전등, 다방 등등 생활과 밀접하게 관련된 일상적 소재들이 제각기 독립적 차원에서 논의의 대상으로 부각된 것은 이러한 맥락에서였다. 생활과 너무나 밀접해 있어서 오히려 주목받지 못했던 소재들 속에 제도, 관습, 욕망, 이데올로기가 관통하고 있으며, 그것들의 상관관계가 기존의 앎이 예측할 수 없었던 과거의 이면을 복원하고 새로운 앎의 질서를 창출할 수 있다는 기대가 형성된 것이다. 문학작품이 지닌 매체적 기억의 현장성은 이 같은 기대에 부응할 만한 의미 있는 기반이기도 했다. 문화적

13   권보드래, 「머리말」, 『연애의 시대』, 현실문화연구, 2003.
14   김현주, 앞의 글, 217쪽.

표상들은 각각 고립된 분과와 분야들 사이에 숨은 관련성을 활성화하고, 일상생활과 습속, 대중문화의 언표를 가로지르는 물화된 규제와 은폐된 제도의 질서를 복원할 수 있는 연구의 유력한 출발 지점이었다. 연애, 어린이, 취미 등의 특정 표상에 대한 집중적 탐구들이 개념사의 방법과 만나게 된 것은 이러한 맥락에서였다.

개념과 현실의 역동적 상호작용

그렇다면 구체적 연구의 실제는 어떠했을까. 풍속·문화론적 연구 가운데 현재까지 개념적 성격을 지닌 표상에 천착하여 그것의 역사적 운동 과정을 밀도 있게 탐구한 사례로는 연애, 어린이, 청년, 취미 등을 들 수 있을 것 같다.[15] 이 연구들은 서로 다른 방법과 목적으로 진행되었지만, 연구 대상인 기표를 인식하는 관점에서는 크게 다르지 않았다고 생각된다. 예컨대 '연애'를 묘사한 다음의 관점과 '청년'의 함의를 설명하는 아래 연구의 시각에는 상당한 유사성이 발견된다.

'신성한 연애'는 이처럼 중층적인 관점들이 결집하는 기표였고, 상호 모순적인 의미들이 공존하는 하나의 추상이었다. 결국 연애는 이미 존재하고 있는 사랑을 가리키는 용어가 아니라 앞으로 있어야 할 사랑, 미래의 소망스런 삶을 가리키는 기표였으며, 최종적인 결정물로서의 무엇이라기보다는 문명화된 삶의 '신성'한 이미지에

15 논의의 편의를 위해 앞으로 풍속·문화론적 연구 가운데 개념의 성격을 지닌 표상들을 연구한 일군을 전칭할 때는 '풍속·문화론적 표상 연구'로 쓰기로 한다.

의해 접근되는 문제적 시각의 집결지였다.[16]

청년의 함의는 미리 제시된 것도 고정된 것도 아니다. '청년'은 고정될 수 없는 차이들 속에서 존재한다. '청년'은 어떤 이념이나 내용으로도 채워질 수 있는 유동적 기호이다. '청년 담론'이 끊임없이 변화하는 '형성적 주체'를 둘러싼 논의라는 것은 결국 '청년'이 헤게모니 쟁투를 통해 분화하는 존재임을 말해준다. (……) 청년이 고정될 수 없는 기호라는 점은 청년이 선험적으로 주어진 것이 아니며, 어떤 고정된 양식으로도 환원될 수 없는 절차 혹은 조건임을 말해준다. '청년 담론'은 유동하는 절차를 개인, 사회와 네이션, 젠더 등의 역사적 조건의 역학 관계 속에서, '고정하고 실체화하지 않는' 방식으로 고정하고 실체화하고자 하는 논의이다. 중요한 것은 청년이 근대의 주자가 되는 '과정' 자체이다. 표상이 되어가는 동안 벌어지는 상이한 집단 간의 쟁투와, 그 가운데서 작동하는 배제와 은폐의 논리가 청년의 형성과 분화를 둘러싼 논의에서 핵심 문제인 것이다.[17]

두 글은 탐구의 대상인 '연애'나 '청년'을 확고한 의미가 담긴 개념으로 보지 않는다. 여기에서 '연애'나 '청년'은 서로 다른 관계와 관점들이 상호 교차하고 집중하는 문제적 지점이자, 이 관계와 관점들이 중층적으로 결집하여 때에 따라 이질적 의미 맥락을 형성하는 텅 빈 기표이다. 그러므로 해당 기표를 채우는 의미만큼이나 중

---

16 졸고, 「연애, 문학, 근대인」, 『문예중앙』 112, 2005년 겨울. 이 글은 이 책의 2부 1장에 재수록되었다.
17 소영현, 『문학 청년의 탄생』, 푸른역사, 2008, 14~15쪽.

요한 것은 그 기표에 의미를 부여하는 '관계'와 '요소들'이다. 달리 말하면, 기표를 채우는 기의 이상으로 기의가 존재하는 방식이 중요해지는 것이다. 따라서 연애, 어린이, 취미 등에 착목한 연구자들은 단순히 어휘의 의미 변화만을 추적하는 것이 아니라, 그것과 얽혀 있는 복잡한 사회·문화적 관계망과 실천의 양상들에 접근하려 했다. 기표의 의미를 채우는 것은 지시 대상에 얽혀 있는 다양한 사회·문화적 맥락들이고, 이 맥락은 해당 기표를 둘러싼 비물질적 담론 및 담론을 물리적 행동으로 실천하는 실천적 관계들에 의해 구성되기 때문이다.

명망 있는 지식인의 저술이나 언급보다는 신문이나 잡지 등의 대중매체와 소설, 대중적 읽을거리 등이 1차자료로 부각된 이유가 여기에 있다. 대중매체의 기록 중에서도 논설 이상으로 광고, 강연회·독서회·운동회 등 각종 행사에 관한 보도, 연극·영화·공연·라디오방송 기사 및 독자 투고·설문·가십 등에 폭넓은 관심이 집중되었으며, 철도·관청·학교·공원·도서관·백화점·공연장·카페 등의 사회·문화적 인프라들이 다양하게 추적되었다. 미디어와 대중의 일상적 생활을 구성하는 제도, 시설, 활동들이 일차적 자료가 된 것은 감각적·육체적 생활 가운데 해당 표상을 중심으로 한 앎의 구조와 제도적 실천에 접근하려 한 의도의 결과였다.

연구의 구체적 내역들은 한자리에 일괄하기에는 너무나 복잡 다단하다. 여기서는 실례를 파악하기 위해 연애, 어린이, 취미의 연구가 진행된 양태만을 간단히 개괄해보기로 한다.

연애 '연애'는 현재와 다른 의미와 영향력을 지녔던 문화적 표상으로서 최초로 주목된 소재였다. '연애'에 대한 관심을 촉발한 것은 그것이 일본에서 영어 'love'의 번역어로 만들어진 신조어였다는 사실이다. '연애'는 유학, 소설, 독서, 출판, 번역 등의 복합적 매개를 통해 서구적 사랑의 방식을 표상하는 말로 처음 등장했고, 그때까지의 이성애적 만남과 결혼에 대한 사유 구조를 획기적으로 변혁한다.[18] 번역어로서 '연애'가 지니는 이질성은 성, 사랑, 결혼 풍속의 근대적 변화가 단순히 제도와 구조의 자연적 이전에서 이루어진 것이 아니라, 독서를 통해 습득된 서구적 사랑에 대한 상상력에 크게 의존해 있었다는 새로운 발견을 가능하게 했다. 연애라는 어휘의 영향력은 사랑이란 어느 시대 어느 문화에나 존재하지만 그것이 실제로 실행되는 방식은 사회적·역사적 조건에 따라 달라진다는 사실을 새삼 확인해주었고, 언어에서 촉발된 새로운 사랑의 풍속은 이 어휘가 처음 확산될 무렵의 사회상을 현재와는 다른 사유 구조의 지평 위에서 재고찰할 수 있는 가능성을 열었다. 특히 권보드래의 『연애의 시대』[19]는 근대적 사랑의 방식을 지칭하는 이 신조어가 사회와 문화의 역동적 움직임을 창출해내는 다양한 과정들을 기생, 여학생, 신여성, 구여성 등 문제적 주체의 출현과 근대 매체가 창출한 독서의 확산, 연애편지와 우편제도, 동반 자살 열풍, 성 관련 서적의 출판 등 1920년대 초반 문화와 풍속의 지형도를 통해 풍요롭게 풀어냄으로써 풍속·문화론적 연구의 붐을 일으키는 촉매가 되었다.

18 '연애'의 이 같은 특수한 성격은 다수의 연구자들에 의해 지적되었다. 권보드래, 「연애의 형성과 독서」, 『역사문제연구』 7, 역사문제연구소, 2001, 101~130쪽; 김동식, 「연애와 근대성」, 『민족문학사연구』 18, 민족문학사학회, 2001, 299~327쪽; 정혜영, 「'연애'에의 동경과 좌절 — 김동인의 〈약한 자의 슬픔〉과 〈마음이 옅은 자여〉를 중심으로」, 『현대소설연구』 11, 한국현대소설학회, 1999, 107~126쪽; 최혜실, 『신여성들은 무엇을 꿈꾸었는가』, 생각의나무, 2000.
19 권보드래, 『연애의 시대』, 현실문화연구, 2003.

2000년대 초반의 풍속·문화론적 문학 연구 가운데 가장 잘 알려진
『연애의 시대』와 『근대의 책 읽기』.

개념사와 가장 가까운 관점에서 '연애'라는 어휘의 형성 과정을
풀어낸 연구로는 「근대문학 형성기 '연애' 표상 연구」[20]를 들 수 있
다. 이 연구에서 필자는 애愛, 친애親愛, 상사相思 등 인접 어휘와의 경
쟁에서 '연애'라는 기표가 주도권을 쟁취할 수 있었던 것은 금기의
위반을 가능하게 했던 신조어의 전략적 기능 때문이었음을 밝히고,
'자유연애'의 '자유'가 제한적 성격에서 서술적 성격으로 바뀌면서
이 기표의 내포가 '연애할 자유'에서 '자유로운(분방한) 연애'로 이동
하는 과정을 시대적으로 개괄했다. 개념의 시대적 의미에 대한 구
체적 조명을 바탕으로, 이 연구는 '연애'가 인간의 욕망과 삶의 조건
을 자유롭게 탐구할 수 있는 열린 기표로 기능하는 한편, 서구의 근
대 가족 모델에 의해 미리 구획되고 구조화된 인식 방법을 통해 접
근되는 양가적 성격을 지니고 있었으며, 한국 문학이 이 양가적 성
격과 대결하는 과정에서 자율성의 영역을 구축해나갔음을 밝히는
데 초점을 맞추었다.

20   졸고, 「근대문학 형성기 '연애' 표상 연구」, 고려대학교 박사학위 논문, 2004.

그 외에도 다수의 연구자들이 진화론과 우생학, 가족제도, 혼인 담론, 유학, 신교육, 근대문학의 성립, 조혼과 기생 연애, 신구 대립, 신여성, 이혼 동맹 등 다채로운 요소와의 관련 속에서 '연애'가 근대문학 작품에 구현된 양태들을 탐구했다. 가문의 존속과 혈통 재생산을 목적으로 하는 조선 사회의 결혼 제도를 혁파하고 주관적 감정과 정신적 이해에 기반한 결혼이라는 새로운 문화를 촉발해냈다는 점에서 '연애'는 언어가 현실의 실천적 변화를 유도해낸 대표적 사례라고 할 수 있다. 이 책의 2부 1장에서는 이 같은 선행 연구들을 바탕으로 '연애'라는 신조어가 지녔던 문제적 지점과 그것이 한국 근대문학의 출발에 미친 영향의 한 단면을 압축적으로 조명했다.

어린이 '어린이'라는 개념의 형성 과정을 탐구한 연구들 가운데 주목되는 것은 김혜경의 「일제하 '어린이기'의 형성과 가족변화에 관한 연구」[21], 이기훈의 「1920년대 '어린이'의 형성과 동화」[22], 조은숙의 「한국 아동문학 형성과정 연구」[23] 등이다. 이들은 '어린이' 또는 '어린이기'가 확정된 것이 아니라 가정, 교육, 육아 등 사회적 담론과 계몽 운동과 소년 운동 등 역사적 실천의 과정에서 '형성'된 것이라는 테 주목했다. 김혜경이 우생학주의, 서구 유아교육 이념, 가정 개량 및 자녀 교육론같이 시차를 두고 유입된 서로 다른 담론들이 '어린이기'의 형성을 가능하게 했음을 밝혔다면, 이기훈과 조은숙은 좀

21   김혜경, 「일제하 '어린이기'의 형성과 가족변화에 관한 연구」, 이화여자대학교 박사학위 논문, 1997.
22   이기훈, 「1920년대 '어린이'의 형성과 동화」, 『역사문제연구』 8, 역사문제연구소, 2002, 9~44쪽.
23   조은숙, 「한국 아동문학 형성과정 연구」, 고려대학교 박사학위 논문, 2005.

더 본격적으로 '어린이'라는 어휘의 정착 과정을 살폈다.

'어린이'라는 개념의 성립 시기를 1920년대로 본 이기훈은 식민지 조선에서 어린이와 동화, 소년 운동의 상호 관련성에 주목하면서 '어린이'라는 용어가 정의되는 방식을 고찰했다. 그에 따르면, 1920년대 방정환과 천도교 소년회 측에 의해 '발명'된 어휘 '어린이'는 '보통학교 재학 이하의 아동', '보통학교 4년과 고등보통학교 5년을 합한 기간 내에 있는 남녀소년', '7세에서 19세까지의 어린 사람', '7세에서 16세까지의 남녀소년' 등 다양한 방식으로 규정되며, 어휘가 표상하는 이미지와 실제 가리키는 연령 사이에 간극이 발생하는 등 다종한 혼란을 보인다. 1920년대 후반에 이르러 '어린이'는 비로소 유치원과 보통학교 취학 연령대의 아동층을 가리키는 말로 정착되지만, 이 시기 역시 좌익적 소년 운동에 의해 그 연령층이 '12세에서 18세'로 재규정되거나 '무산소년', '근로소년' 등의 활발한 사용으로 '소년'이라는 어휘와 새로운 경쟁 관계가 벌어지는 새로운 갈등의 양상이 발생한다.

한편 조은숙은 1900년대 초반부터 1920년대까지 좀 더 포괄적인 범위에서 어린이기의 명명법에 관심을 기울였다. 그에 따르면, 1900년대 초반부터 1920년대까지 미성년에 대한 이해는 '소년의 표상으로 견인되는 시기', '소년과 청년이 혼합되다가 분화되는 시기', '어린이라는 명명이 등장하는 시기'로 시대별 구분이 된다. 첫 번째 시기에 '소년'은 현실의 위기를 타개할 영웅의 모습이자 독립된 문명국을 건설할 국민의 이상형으로 수립된다. '소년'이 진보하는 시간의 선로에 놓인 존재로서 문명국가 수립이라는 이상에 복무하는 존재였다면, 이어진 시기에는 그 의미를 '청년'이 이어받으면서 소년과 청년이 분화된다. 인생 주기에 대한 구분법이 이분법에서 삼분법으로 이동하게 된 것이다. 마지막 시기에 등장한 '어린이'라는 용어는 견고하고 진취적인 에너지를 갖는 주체로서 '소년'에 드리워졌던 해방과 주체성의 이미지 대신에, 곱고 부드러우며 천진난만하고 꾸밈없는 자연적 존재의 이미지를 미성년에 부과한다. 그리하여 재래의 질서를 비판하고 미래를 건설하는 국가적 기획을 표상했던 '소

아동 개념의 탄생과 아동문학장의 형성 과정을 탐구한 조은숙의『한국 아동문학의 형성』.

년'과 달리, '어린이'는 미성년에 대한 일상의 사고 관습을 전환함으로써 새로운 문화적 환경을 만들어나가려는 기획 속에 작동하게 된다. 이상의 연구들은 '어린이'라는 개념의 성립 과정이 미성년을 구획하는 담론 간의 차이를 반영하고 있으며, 서로 다른 담론의 기획들이 마련하는 실천의 변화와 긴밀히 관련 맺음을 알려준다.

취미 '취미'에 대한 논의는 짧은 기간 다수의 연구자에 의해 집중적으로 이루어졌다. 이현진[24], 천정환·이용남[25], 문경연[26], 이경돈[27]

---

24 이현진, 「근대 취미와 한국 근대소설 관련양상 연구」, 경기대학교 박사학위 논문, 2005; 이현진, 「근대 초 취미의 형성과 의미분화」, 『현대문학의 연구』 30, 한국문학연구학회, 2006, 45~70쪽.

25 천정환·이용남, 「근대적 대중문화의 발전과 취미」, 『민족문학사연구』 30, 민족문학사학회, 2006, 227~265쪽.

26 문경연, 「1910년대 근대적 "취미趣味" 개념과 연극담론의 상관성 고찰」, 『우리어문연구』 30, 우리어문학회, 2008, 93~129쪽; 문경연, 「한국 근대 초기 공연문화의 취미 담론 연구」, 경희대학교 박사학위 논문, 2008.

27 이경돈, 「'취미'라는 사적 취향과 문화주체 '대중'」, 『대동문화연구』 57, 성균관대학교 대동문화연구원, 2007, 233~259쪽.

의 연구가 그것이다. '취미' 개념의 전반적 의미 변화에 관해서는 연구자들의 의견이 대체로 일치하지만 그 기원을 찾는 데서는 다소간 차이가 있다. 취미를 영어 'taste'의 번역어로 본 이현진은 미적 분별력이나 심미안을 의미하는 이 번역어가 일본인의 이민을 촉진하기 위해 조선을 '취미를 느낄 수 있는 공간'으로 변화시키려 한 일본 제국주의의 의도에 의해 도입된 것으로 보았다. 이와 달리 사람의 성향 또는 취향을 가리키는 재래의 '臭味'를 '趣味'의 기원으로 본 천정환·이용남은 이 개념이 내재적으로 변화 및 전위되었다는 데 강조점을 둔다. 이 차이는 '취미'라는 개념의 확산 과정에서 개입하는 식민 제국의 동화정책과 대중 지성의 주체적 형성 중 어느 쪽을 강조하는가라는 시각차를 만들기도 하지만, 두 시각 모두 '취미'라는 어휘가 대중문화라는 새로운 영역의 발생과 긴밀히 관련된다는 점에서는 다르지 않다.

취미라는 개념어의 생성과 확산이 문화의 변화와 사회적 주체의 능동적 실천에 연동된다는 생각을 명료히 제출한 것은 천정환·이용남의 연구였다. 이들의 연구에 따르면, 근대 계몽기부터 1920년대까지 한국에서 '취미'는 1)교양의 한 형식을 가리키는 말, 2)교양과 오락의 중간에 위치한 말, 3)'고급한 대중적 교양'과 '저급한 오락'으로의 분립이라는 세 단계의 변화를 겪는다. 즉 1900년대 '취미'는 새로운 문명의 일부이자 교양의 한 형식으로서 국가·사회적 문제에 대한 관심과 앎에 대한 열의를 촉발하는 어휘로 기능했고, 이어진 시기에는 지식과 정보에 대한 욕구를 쾌(快)와 연결함으로써 공학, 어문학, 법학, 역사학 등의 지식이 대중을 위한 교양으로 전화하는 촉매가 되었으며, 1920년대 후반 계급·계층의 대중문화가 분화되면서 취미도 고상한 것과 저열한 것으로 내적 분화를 맞았다는 것이다. 이와 같이 '취미'의 내포 변화를 탐구하는 과정에서 천정환·이용남은 이 단어가 개개인이 취향의 주체이자 수용자가 됨으로써 앎을 전유할 수 있음을 표상하는 동시에 그러한 활동을 촉진하는 어휘였으며, 그 결과 대중 지성이라는 새로운 형식의 근대적 주체성을 촉발하고 구현하는 기제가 되었음을 주장했다.

대중문화의 확산과 '취미' 개념의 연계성은 2008년에 발표된 문경연의 글「한국 근대 초기 공연문화의 취미 담론 연구」에서 더욱 심화되었다. 문경연은 취미의 가치가 인식되고 취미라는 문화적 실천이 근대 대중문화의 근간이 되어간 과정을 담론과 용례뿐만 아니라 관극 문화, 교육제도, 식민지 문화 정책, 관앵회·운동회·박람회 등의 각종 행사, 상업주의적 유행 풍속 같은 사회적 인프라 속에서 고찰했다. 다종한 제도와 풍속이 '취미'라는 말을 통해 증진되고 분화되고 굴절되는 과정[28]을 추적하는 가운데, 문경연은 1900년대 '미적 감응력'으로 소개된 '취미'가 시간이 흐르면서 특정 대상을 소비하고 즐기는 구체적 행위의 의미로 수렴된 결과, 1920년대 이후 문명, 교양, 정신적 개조라는 개화기의 시대적 사명을 탈각해갔음을 확인하고 있다.

이상의 연구들은 연애, 어린이, 취미라는 표상이 각각 혼인 제도, 미성년의 구획, 대중문화라는 사회 영역의 근대적 형성 과정을 매개하고 촉진했음을 보여준다. 표상이 제도와 매체, 담론과 복합적으로 관련 맺는 양태를 추적하는 가운데, 각 연구들은 표상과 풍속 및

---

28 이 과정에는 연극이나 영화 같은 오락과 유흥 문화가 '취미' 증진이라는 명목으로 장려되고, 학교의 학적부에 '취미'란이 마련되며, 결혼과 사교의 기준으로서 '취미'가 일종의 문화자본 같은 위상을 획득하고, 그것이 제국의 취미를 훈련시키고 교육시켜 '조선을 취미화'하려는 식민 당국의 의도와 접속하고 분기하는 양상이 포함된다.

제도 간에 일어나는 능동적 상호작용의 과정을 구명하려 노력했다. 그에 따르면, '연애', '어린이', '취미'의 의미는 다양한 사회·문화적 맥락에서 구성되고, 서로 다른 이해와 관점에서 형성되는 이질적인 맥락은 한 시대 안에서도 기표의 의미 내에서 맹렬한 충돌을 일으킨다.

그런데 이 과정은 대단히 복잡하기 짝이 없다. 예컨대 '연애'라는 기표의 의미를 형성하고 전위하는 데 직접적 영향을 끼친 것은 소설, 독서, 출판, 번역, 학교, 유학, 제국주의, 계몽주의, 유교 윤리, 조혼 풍속, 자본주의, 배금주의, 세대 차이 등이다. 간접적 영향까지 포함한다면 기차, 거리, 패션, 우편제도, 상업주의, 기생, 신문, 교회, 선교사, 문학, 예술, 강습소, 음악회 등등으로 뻗어나간다. 풍속·문화론적 표상 연구의 결과들이 선형적이고 체계적이기보다는 중층적·복합적인 서사로 진행되는 것은 이처럼 수많은 요소들의 관계에서 표상의 의미 작용이 드러나기 때문이다.

분명한 것은 그 과정에서 현실의 지표로서뿐만 아니라 현실에 개입하는 능동적 요소로서 개념(언어)의 역할이 드러난다는 사실이다. 예컨대 '연애'는 서구적이고 자유로운 사랑의 이미지를 도입함으로써 가족과 결혼에 대한 사유와 제도의 실질적 변화를 촉발한다. 또 '소년'과 '어린이' 사이의 명명 이동은 국민국가 담론, 문화적 가정 담론, 사회주의 담론 간의 이동과 충돌을 반영하는 동시에 견인했으며, '취미'는 교양에서 오락으로 의미가 이동하는 가운데 근대적 대중 지성의 형성을 촉발하는 일종의 제도로 기능한다.

위 연구들에서 뚜렷이 드러나는 또 한 가지 사실은, 근대 계몽기부터 식민지 중기까지의 짧은 기간에 이 표상들이 현격한 의미 변화를 겪었으며, 이 변화의 결과가 오늘날 우리가 해당 개념들을 인식하는 사유 방식의 기초를 형성한다는 점이다. '연애', '어린이', '취미' 등의 기표는 서로 다른 이해를 지닌 주체들에 의해 사용되는 가운데 의미의 조정을 겪었으며, 그 가운데 일부 의미는 역사의 이면으로 사라지고 소멸된다. 어떤 의미가 주도적인 것으로 정착하는 배후에는 종종 소멸되고 은폐되는 이해와 관점, 의미들이 숨어 있다. 예컨대 '연애'를 사랑하는 '감정' 또는 '신성'한 감정으로 간주한다거나, 소년을 '현실의 위기를 타개할 영웅'이자 '국민의 이상형'으로 간주했던 시각, '취미'를 '미적 분별력 혹은 심미안'으로 사용했던 관습은 현재에는 찾아볼 수 없는 것들이다. 이는 연애를 '감정'으로 보거나 취미를 '심미안'으로 인식했던 담론과 맥락들이 조정되고 해체되어 오늘날에는 더 이상 유효성을 발휘할 수 없게 되었음을 의미한다. 달리 말하면, 그것은 '연애'와 '취미'를 감정과 심미안으로 인식했던 주체들의 담론과 실천이 지배적인 그것으로 계승되지 못했음을 시사한다고 할 수 있다.

이처럼 고고학적 관점에서 출발한 풍속·문화론적 표상 연구들은 한 시대의 맥락적 질서가 동요되고 다시 새로운 맥락이 구성되는 담론적·실천적 과정을 연속적인 시간 서사로 펼쳐냄으로써, 자연스럽게 계보학과 다시 만난다. 그런 점에서 풍속·문화론적 표상 연구는 개념사와 더욱 긴밀한 관련을 맺는다.

4

일상 개념, 다른 생각과 실천의 가능성

개념사로의 접속과 전환

앞서 근대성에 대한 물음에서 출발하여 한국적 근대의 경험을 탐구한 풍속·문화론적 연구가 언어와 사회 구조의 관련성에 접근함으로써 개념사의 방법론과 만나게 됨을 살펴보았다. 연구 대상 시기에 대한 고고학적 탐색, 문제적 표상의 귀납적 추출, 언어와 사회 구조의 역동적 관련성에 대한 탐구, 기표를 둘러싼 의미 투쟁과 주도적 의미의 계보학적 재구성 등은 풍속·문화론적 표상 연구가 앞서 본 라이하르트의 개념사적 연구 방식과 많은 영역을 공유하고 있음을 알려준다.

한 가지 유의해야 할 것은 이 연구들이 현재의 의미를 전제하고 과거를 읽는 시대착오를 교정하는 데 커다란 영향을 미쳤지만, 그 한계나 문제점에 대한 비판도 만만치 않다는 사실이다. 문학의 자율성을 위반하고 문학 연구의 정체성을 혼란시킨다는 비판[1]은

1   손정수,「트로이의 목마 — 문학 연구의 대중성과 자율성을 둘러싼 아포리아들」,『문

별도로 치더라도, 제도 연구와 담론 연구를 제외한 일부 풍속 연구가 "학적 진위 판단의 대상인 근대적 지식이라기보다는 향유를 위한 스토리텔링"[2]에 가깝다는 문제 제기는 연구의 학문적 가치를 위태롭게 한다. 이는 경계를 넘나드는 이 연구들의 자유로움이 '언어로의 전환'이라는 지성사의 변환에 일정하게 기반하고 있다는 사실과 관련이 깊다.

역사 기술의 텍스트성을 강조하는 언어로의 전환은, 있는 그대로의 사실을 추적한다는 역사가의 신념이 일종의 환상임을 폭로하고, 어떤 역사든 역사가가 지닌 관점의 지평 위에서 탐구되고 기술될 수밖에 없음을 확인하는 언설이다. 위의 비판은 위계를 가르고 경계를 넘나들며 특정 표상을 추적하는 풍속·문화론적 연구의 자유로움이 이 같은 역사 인식의 전환 위에서 가능했다는 데 주목한다. 즉 사료를 선택하고 재구성하는 데 연구자의 주관적 시각이 적극적으로 개입하는 이 연구들이 '언어로의 전환'에 기반해 있다면, 객관성을 담보하고 학문적 축적을 가능하게 할 기제를 찾기 어렵다는 문제를 제기한 것이다.

이러한 비판은 연구의 배경이 된 이론의 일단과 구체적 연구결과 사이의 간격을 고려하지 않은 것이지만, 실제로 다양한 텍스트를 넘나들면서 "이론적으로 환원하고 논리적으로 증명하기보다는 은유적으로 대체하며 환유적으로 연관"[3]하는 일부 연구의 기술방식은 연구자의 주관성을 배제하지 않고 함축적 수사의 효과를 극대화함으로써 자료를 임의적·선택적으로 배치한다는 혐의를 피하

학동네』 39, 2004, 354~376쪽.
2   차혜영, 「지식의 최전선」, 『민족문학사연구』 33, 민족문학사학회, 2007, 83~107쪽.
3   이경훈, 「문학과 풍속에 대한 짧은 시론」, 『세계의 문학』 2004년 봄, 민음사, 225쪽.

기 어려운 면이 있다. 따라서 풍속·문화론적 연구는 연구의 소재를 추가·확장하는 것만이 아니라, 연구의 방법을 좀 더 논리적으로 체계화하고 연구의 목적을 적극적으로 성찰하는 데로 나아갈 필요가 있다.

표상에 관심을 집중한 일부의 연구들을 개념사와 접속시키고자 하는 시도는 그런 점에서 의미를 지닌다. 개념사는 텍스트와 텍스트 사이를 미끄러지며 다양하게 산포하는 이질적 문화 요소들을 단순히 "대화적으로 술어화"[4]하는 데서 나아가, 생활을 관통하는 문화적 요소들을 개념의 차원에서 분절하고, 이를 다시 근대적 앎의 형성 과정 및 사회·정치적 실천에 연계시킨다. 그런 점에서 개념사는 끊임없이 산포되는 해석들을 역동적으로 계열화하는 데 유용한 전략이 될 수 있다. '개념을 둘러싼 앎과 실천의 역사'라는 거시적 틀은, 자료를 선택하고 배치하며 해석하고 판단하는 매 계기의 역동적 역학 안에서, 매 순간의 구분과 판단이 일관되면서도 유연하게 끝까지 관철되는 효율적 기준이 될 수 있는 것이다. 이러한 맥락에서 이 장에서는 풍속·문화론적 표상 연구를 개념사로 전환하기 위해 참조할 수 있는 몇 가지 기준과 방법들을 기존의 연구사와 더불어 짚어보고자 한다.

개념의 시대적 맥락과 역사적 변화

풍속·문화론적 표상 연구가 본격적인 개념사로 전환하려면 무엇보다도 개념을 나타내는 언어적 표현에 명확히 초점을 맞추고 의미

4   이경훈, 「오딧세우스의 변명」, 『현대소설연구』 27, 한국현대소설학회, 2005, 15쪽.

의 스펙트럼과 그 시대적 변화를 추적해야 한다. 개념사는 개념의 의미 변화를 통해 역사의 운동성을 고찰하는 학문인 만큼 개념이 나타내는 맥락과 의미의 스펙트럼 및 그 안에 작동하는 다종한 정치·사회적 관계들을 추적하고 그 역사적 변화를 고찰하는 것이 무엇보다도 일차적인 연구의 방법이다. 이때 개념을 표현하는 어휘를 확보하고 당대적 의미장을 고찰하는 일은 기초적인 연구의 토대가 된다. 하나의 개념은 여러 가지 어휘로 표현될 수도 있고, 때로는 하나의 어휘가 여러 개념을 표현할 수도 있다. 예컨대 근대 계몽기 '취미' 개념은 기호嗜好, 취향, 취미臭味, 흥미, 흥취, 아치雅致 등의 어휘로 표현되었고, '정'이라는 어휘는 감정과 감각이라는 서로 다른 개념을 포함했다. 이 때문에 개념 연구는 총칭론적 연구와 총의론적 연구를 병행한다.[5] 물론 개념의 표현은 단순한 어휘의 형태를 보다 적극적으로 뛰어넘을 수 있다. '애국'이라는 개념이 '나는 나라를 사랑해'라는 문장이나 조선총독부에 도시락 폭탄을 던지는 행위로도 표상될 수 있듯, 개념 연구는 원칙적으로 특정 단어 형태나 언어 텍스트에만 제한되지 않는다. 그러나 언어 외적 표현들을 적극적으로 수용한다 하더라도 개념을 표현하는 어휘를 확정하고 그 용법을 탐구하는 것은 개념 연구의 기본적인 방법이다.

　개념을 표현하는 어휘들이 확정되면, 개념을 표현하는 기표와 사회·문화적 맥락의 역동적 길항작용을 추적하고 해석해야 한다. 개념을 표현하는 기표의 의미를 채우게 되는 것은 지시 대상에 얽혀 있는 다양한 사회·문화적 맥락들이고, 기표의 의미 변화는 기존

5　나아가 일상 개념 연구는 '개념'이라는 범주를 좀 더 개방적으로 확장하기도 한다. '바스티유' 같은 고유명사가 개념사 연구 대상에 포함된 데서 알 수 있듯, 일상 개념 연구는 추상성이 약하고 구체적 물질성이 강한 어휘들도 적극적으로 연구 범위 안에 포섭한다.

의 맥락에 동요가 일면서 다시 새로운 맥락이 형성됨을 가리킨다. 이 맥락은 해당 기표를 둘러싼 비물질적 담론에 의해서도 구성되지만, 그 이상으로 담론을 물리적 행동으로 실천하는 실천적 관계에도 영향을 받는다. 실천을 이끌어내는 관계들은 일상의 형태로 육체화되어 있는 제도, 사회·경제적 관계, 법적·윤리적·관습적 규범의 체계 등등 다양하다. 개념을 둘러싼 담론과, 담론에 영향을 받는 동시에 담론에 작용하는 실천적 관계들이 나타나고 다른 것들과 연결되는 다양한 방식에 따라 기표의 의미는 수립되고 전위되고 확산되거나 위축되는 것이다.

이 과정을 고찰하기 위해서는 각종 사전과 사상가들의 문헌, 정치·사회 및 법적 자료는 물론, 신문과 잡지 등 대중의 일상 언어생활을 반영하는 문헌들과 광고, 팸플릿, 집회 보고서, 자료 총람, 노랫말, 문학작품, 사진과 그림, 연극·영화·라디오방송의 대본과 기록 등 그 사회의 언어 소통 양상을 전달해주는 제반 자료들이 공시적·통시적으로 광범위하게 조사되어야 한다. 그리고 대상 자료를 완결된 의미체가 아니라 텍스트로 간주하고, 개념 표상의 차원에서 텍스트와 텍스트 사이를 넘나드는 사회·문화적 의미 맥락을 재구성하는 작업이 이루어져야 한다. 이는 자료 간에 위계를 설정하기보다는 자료 간 문맥에 숨어 있는 정치적 역학 관계까지를 개념 표상의 차원에서 읽어내는 일이다. 물론 이처럼 광범위한 조사 자료들을 모두 읽고 개념과 현실의 관계를 추적하는 것은 실질적으로 거의 불가능한 것이 사실이다. 따라서 연구는 개별적 사건과 텍스트에 대한 충분한 성찰과 탐구의 축적을 통해 이루어져야 하되, 사건과 텍스트를 상호 연관시키고 의미장에서 일어나는 역사적 변화의 역학을 찾아내는 작업에는 연구자의 비판적 시각과 문제의식이 개입할 수밖에 없다. 단, 그것이 주관적 선택에 의한 자의적 계열화에 머물지 않으려면 데이터베이스의 축적과 통계의 활용을 통한 양적 분석 작업이 질적 분석과 병행될 필요가 있다. 양적 분석의 문제에 대해서는 이 장의 말미에서 좀 더 자세히 다루기로 한다.

번역어 이동과 개념 편성 체계

개념의 시대적 맥락 구성 및 역사적 이동에 대한 탐구와 더불어 고려해야 할 또 하나의 준거점은 한국 근대 개념 형성 과정의 특수성이다. 고대부터 연속되는 어휘와 어간들이 근대 의식의 성장과 더불어 분화 및 재편성되었던 유럽의 경우와 달리, 한국 근대 개념의 형성 과정에는 전통적 앎의 질서와는 근본적으로 이질적인 서구 사유 및 언어와의 만남이 결정적 영향을 끼친다. 문학, 예술, 사회, 개인, 연애 등 근대를 구성하는 많은 개념들이 고유의 그것과 다른 서구의 상징 질서를 파악하고 해석하기 위해 만들어진 신조어이자 번역어로서 일본과 중국을 통해 수입되거나 재조직되었다. 따라서 한국의 개념사 연구는 동·서양 사유 구조의 충돌 및 한·중·일 간 번역어 이동과 전유 과정에 대한 고찰과 필연적으로 접속할 수밖에 없다. 이 문제는 다시 세 차원에서 논의해볼 수 있다.

첫째는 동·서양, 한·중·일 간의 언어 접촉과 전파 및 굴절을 추적하는 일이다. 언어의 국제적 이동과 영향 관계를 파악하려면 무엇보다도 번역 양상에 대한 체계적 고찰이 필요하다. 우리말을 외국어로 번역한 최초의 사전들과 식민지 시기 발행된 각종 신어사전 및 신문·잡지의 신조어 특집들[6]은 그런 점에서 일차적으로 살펴봐야 할 자료들이다. 나아가 근대 지식과 개념들을 전파한 서적들의 번역 및 참조·유통 관계에 대한 추적과 정리는 번역어의 형성과 이동 과정을 파악하는 데 긴요한 기초 작업이다.

19세기 말에서 20세기 초 동아시아 3국에서 서양의 지식을 번역·소개한 수많은 저서들은 복잡한 참조 관계에 놓인다. 예컨대 조선 최초의 서양 기행문으로 서양 사상 수용의 교과서 역할을 했던 유길준의『서유견문』(1895)은 총 72개 항목 중 21개 항목에서 일본 후쿠자와 유키치福澤諭吉의『서양사정』西洋事情(1866)을 번역·응용했고,『서양사정』은 영국 챔버스 형제W. and R. Chambers의『정치경제학 교본』Political Economy: for use in schools and for private instruction(1852)의 전반부를 참조해 발간되었다. 또 서양 문명의 역사를 설명하면서 문명, 진화, 진보, 혁명, 과학, 평민 등의 개념적 수용 과정을 보여주는 이채우李埰雨의『십구세기구주문명진화론』(1908)은 일본의 후카이 에이고深井英五가 프레더릭 해리슨의 저작을 참고하여 저술한『십구세기지대세』拾九世紀之大勢를 저본으로 삼은 중국인 진국용陳國鏞의『십구세기구주진화론』을 재번역한 책이다.

근대 계몽기 한·중·일에서 발간된 수많은 서적들이 이와 같은 번역, 중역, 참조, 번안의 관계 속에서 저술되고 편찬되었다. 근대의 상징 질서를 구성하는 개념들은 언어를 매개로 한 이러한 지식의 이동을 통해 창출되고 전파되었으며, 서로 다른 국가적 이해관계 속에서 독자적인 굴절과 전유 과정을 통해 성장했다. 따라서 동·서양, 한·중·일의 번역 양상과 참조 관계를 추적하고 거기에

6　『개벽』,『신동아』,『조선지광』,『농민』,『반도의 광』,『별건곤』,『사상운동』,『인문평론』,『신인간』,『실생활』을 비롯하여 식민지 기간 발행된 다수의 잡지들이 신조어에 대한 해설 특집을 싣는다.

4. 일상 개념, 다른 생각과 실천의 가능성

유길준의 『서유견문』과 후쿠자와 유키치의 『서양사정』.

1부. 일상 개념 연구를 위한 시론

서 발견되는 언어와 사고의 접촉과 충돌 및 교환과 경쟁 관계를 고찰하는 일은 우리 근대 개념의 역사를 탐구하기 위해 반드시 필요한 작업이라 할 수 있다.[7]

한 가지 기억해야 할 것은 번역어의 생성 및 정착 과정에 대한 탐구가 근대 개념에 대한 근본주의적 이해로 환원되어서는 안 된다는 사실이다. '비전통적인 것이 반드시 서구적인 것은 아니며, 근대가 반드시 비전통적일 필요도 없다.'[8] 동·서양의 만남과 충돌, 번역어의 생성과 교환에 대한 탐구는 기원을 추적하여 원래의 의미를 이념형으로 복원하기보다는 만남과 전파 그 속에서 발생하는 새로운 의미의 생성과 그 가운데 빚어지는 갈등과 투쟁에 초점이 맞추어져야 한다. 그런 점에서 번역하는 언어를 주인언어로, 번역되는 언어를 손님언어로 구분한 리디아 리우의 명명[9]은 매우 유용한 것으로 보인다. 주인언어가 손님언어를 흡수하고 굴절시키는 과정에 개입하는 다양한 힘들의 복합적 역학에 대한 탐구는 오늘날 우리가 해당 개념의 문제적 지점들을 올바로 인식하고 이질적 이해를 지닌 언어 주체들 사이에서 더욱 상생적인 개념 소통의 방법을 찾아가기

---

7   논자에 따라 차이가 있지만, 일반적으로 동아시아 근대 개념의 전파 양상은 크게 네 부류로 구분된다. 1)전통 중국어에 없는 일본 고유의 어휘들을 계승한 한자 복합어: 인력거, 종교, 장소, 복무, 거리, 내용 등. 2)고전 중국어에서 빌렸으나 근대 일본의 서양 문명 번역을 통해 현격한 변화를 거쳐 중국에 재수입된 어휘: 문화, 문학, 문명, 혁명, 경제, 과학, 봉건, 법률, 자유, 노동, 계급, 사상, 운동 등. 3)근대 일본에서 새로 만들어진 어휘: 종족, 미술, 미학, 국제, 의회, 물질, 현실, 철학 등. 4)번역을 위해 1800년대 초 중국에서 고안되었으나 일본에서 재조정받고 중국에 다시 역수입된 어휘: 무역, 화륜차, 화륜선, 화차, 공사 등(이상 번역어의 분류법은 리디아 리우, 민정기 옮김,『언어횡단적 실천』, 소명, 2005 참조). 그러나 이 분류는 개념 연구의 진행 과정에서 끊임없이 재조정되고 있다. 동아시아 3국의 번역어 참조 과정에 대한 정리는 더 정확한 분류와 개념 전파 경로 추적에 기여할 수 있다.
8   리디아 리우, 민정기 옮김,『언어횡단적 실천』, 소명, 2005, 86쪽 참조.
9   리디아 리우, 위의 책, 58~62쪽.

4. 일상 개념, 다른 생각과 실천의 가능성

위해 반드시 필요한 작업이다.

둘째는 전통적 어휘와 근대 어휘의 상호 투쟁과 굴절, 이전移轉을 살펴보는 일이다. 새로운 상징 질서를 창출하는 신조어나 번역어의 성립 과정에서 근대 계몽기의 많은 전통 어휘들은 변용 또는 굴절되었으며, 심지어는 개념 자체가 소멸된 경우도 허다하다. 이 때문에 근대 개념의 형성 과정을 탐구할 때 전통적 사유나 어휘가 지녔던 의미장의 흔적들은 간과되기 쉽다. 그러나 고유한 언어와 사유의 흔적들은 다양한 방식으로 변형되고 은폐된 형식으로 이어져왔으며, 현재 우리의 언어와 의식은 그 자장에서 완전히 자유롭지 않다. 어떤 새로운 개념이 형성되는 과정에서 전통적 의미와 상징 질서가 어떻게 이전되고 변형되는지, 또 전통 용어가 근대적 사유와 대결하는 가운데 어떤 방식으로 해체되고 재구성되는지를 살펴보는 일은 그런 측면에서 더욱 적극적으로 이루어질 필요가 있다. 이를 위해 개념사 연구는 오늘날과 같은 형태의 개념을 표상하는 특정 기표의 총의론적 탐구와, 전통 어휘를 포함하여 해당 개념과 유사한 의미장을 지녔던 다양한 어휘들을 고찰하는 총칭론적 탐구를 병행해야 한다.

예컨대 '취미'라는 어휘는 영어 'taste'의 번역어로 자리 잡으면서 근대 개념의 하나로 굳어진다. 이때 'taste'의 번역어로 '취미'는 '취미'臭味, '취향', '기호', '흥미', '자미'滋味 등의 명칭과 경합했으며, '맛', '심미안', '교양', '연예'演藝, '오락' 등의 의미 스펙트럼을 형성했고, 또 전통적으로는 '미'味, '취'趣, '미'美, '흥'興, '정취'情趣, '풍취'風趣, '흥치'興致, '흥취'興趣, '기미'氣味 등의 기표들이 'taste'가 가리키는 것과 같이 사물에 내재한 분위기와 관련된 미학적 취향을 의미하는 말로 존재했다.[10] 또 'science'의 번역어로서 '과학'은 '격치', '격물', '치지',

'궁리' 등의 전통어와 경합하면서 '학문', '자연과학'의 의미로 이용되고, '궁리' 같은 전통어는 '과학'의 장악력이 높아지면서 독자적인 변화의 과정을 겪는다.

근대 개념의 형성 과정에는 다양한 어휘들의 경합관계가 개입하며, 특정 개념 표상의 장에서 주도권을 잃은 어휘의 일부는 다른 방식의 의미 이전을 겪고 계승되기도 한다. 이 과정을 탐구하기 위해서는 서구 개념을 포섭하려 했던 전통 어휘들 및 새로운 개념을 표상하기 위해 동원되었던 개념의 총칭론적 어휘군을 체계적으로 구축하고, 특정 기표가 주도권을 잡는 과정과 그에 관여한 사회적 힘들을 추적하는 한편, 주도권을 잃은 전통 용어들이 어떤 방식으로 해체되고 재구성되는지를 적극적으로 살펴보아야 한다. 이는 전통의 복원을 위해서라기보다는, 우리의 근대를 소여의 상태가 아니라 가능성의 형태로 사유하기 위해서 필요한 작업이다. 개념과 상징 질서의 재배치가 일어나는 근대 전환의 시기를 '가능성'의 현장으로 사고하려 할 때, 전통적 사고 요소들의 배치·이전 과정은 근대 개념의 한국적 특수성을 확인해줄 뿐만 아니라, 현재를 낯설게 인식하고 다른 방식의 배치를 상상할 수 있는 시사점을 제공할 수 있을 것이다.

셋째는 인접 개념들과의 관계에서 개념의 위상을 고찰하고 개념 편성의 체계를 구축하는 일이다. 하나의 개념은 독립적으로 존재하는 것이 아니라 상위, 하위, 병렬, 대립, 설명 개념 등 인접 개념과의 상관관계 속에서 의미를 구성한다. 타자화된 개념은 경계선 바깥으로 단순히 배제되는 것이 아니라 언제나 동일자의 내부에 흔적으로 존재한다. 즉 하나의 개념은 인접 개념들과의 차이와 관계

10   이현진(2006), 천정환·이용남, 문경연(박사학위 논문, 2008)의 앞의 글 참조.

속에서 자신의 의미를 형성해나가는 것이다. 그러므로 한 개념의 의미 구성에는 필연적으로 인접 개념들과 맺는 관계에 의해 빚어지는 의미망의 구조가 개입하게 된다.

'문학' 개념의 근대화 과정은 그런 점에서 흥미로운 재편 과정을 보여준다. 중세의 '문학'은 문화와 전적典籍을 모두 포괄하는 개념으로서, 문文, 도道, 학學이 서로를 매개하고 통합하는 이념적 중심 아래 진실하고 아름다운 문文에 대한 요구가 실용문에서부터 역사 기록에까지 폭넓게 미치며 글의 유형이 시대와 용도에 따라 얼마든지 새롭게 생성되거나 줄어들 수 있는 가역적 체계를 형성했다. 그러나 근대 계몽기 '문학'은 (A)문자, 식자, 문장의 의미를 포함하여 글자로 쓴 모든 것을 가리키는 말, (B)지식 일반, (C)수준 높은 내용을 담은 언어 표현물이라는 의미로 분화된다. 또 서구 'literature' 개념이 수용되면서 '문학'은 '학문', '문명', '문화', '문예', '문법' 등과 분리되는 한편, '예술', '문예' 등의 상위 개념, '종교', '과학' 등의 병렬 개념, '시', '소설', '희곡' 등의 하위 개념과의 상관관계 속에서 오늘날과 같은 형식 ─ '순문학(D)' ─ 으로 재편된다. 따라서 근대적 '문학' 개념의 성립 과정에는 '학문', '문명', '문화', '문예', '문법', '예술', '과학', '종교', '미술', '소설' 등 인접 개념의 근대적 분화 과정이 필연적으로 개입할 수밖에 없다. 비단 '문학'뿐만이 아니라 근대의 상징 질서를 구성하는 다양한 개념들이 복잡한 상호 연관 속에서 의미 이전을 겪는다. 근대적 '연애' 개념의 형성에는 '정', '개인', '자기', '영혼', '가족', '가정' 등의 신조어와 관련된 새로운 인식이 개입하고, '가족' 개념의 변화 과정에는 '연애', '여성', '사회', 진화', '국민', '소년', '어린이' 등의 개념들이 개입하며, '어린이' 개념의 성립에는 다시 '가족', '가정', '청년', '소년', '유아', '동화' 등의 근대적 개념화가 간섭한다.

개념사는 이 같은 개념들의 상호 관련과 간섭에 유의하면서 개별 개념의 역사적 의미 변화를 탐구하는 동시에, 연관 개념 간 관계망의 변화를 고찰함으로써 근대적 사유 질서의 이전 과정을 재구성하는 데로 나아가야 한다. 개념사의 관점에서 사유 질서의 이전은 개별 개념의 의미와 위상의 변화를 체계화한 개념 편성의 차원에서 접근될 수 있다. 예컨대 중세의 문 개념과 문명, 문화, 문학, 문예, 학문 개념의 분화는 〈그림 1-1〉과 같은 다이어그램으로 펼쳐질 수 있으며, 글쓰기 차원에서 '문'의 개념 편성 체계의 이전은 〈그림 1-2〉와 같은 다이어그램으로 표현될 수 있다.

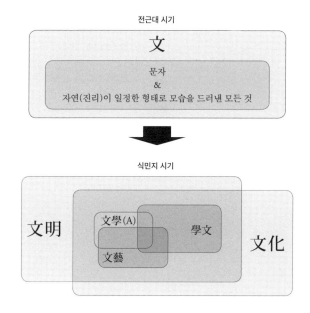

그림 1-1 '문' 개념의 근대적 분화[11]

11   Chiyoung Kim, "The Emergence of Modern Concept of 'Munye' in Korea", *Korea Jour-*

4. 일상 개념, 다른 생각과 실천의 가능성

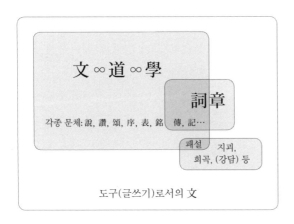

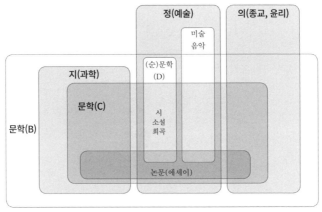

그림 1-2 중세의 문학 개념 체계와 식민지 초기의 문학 개념 체계[12]

nal Vol.50 No.1(Seoul: KNC for UNESCO, Spring 2010), p.179.

12 졸고, 「문학 개념 체계의 근대적 전환 — 산문 분류법의 변화 과정을 중심으로」, 『민
    족문화연구』 51, 고려대학교 민족문화연구소, 2009. 12, 337~376쪽. 그림에서 문학
    (B)는 '지식 일반'을, 문학(C)는 '수준 높은 내용을 담은 언어 표현물'을, 문학(D)는
    '순문학'literature을 각각 의미한다.

한 개념의 의미 영역이 다른 개념의 의미 영역과 중첩되는 부분들을 드러내면서, 개념 간의 관계와 위상을 파악할 수 있는 위와 같은 다이어그램은 개념 편성 체계의 이전을 살펴볼 수 있는 유용한 도구가 된다. 개념 편성 체계의 구축은 개념 상호 간의 관계를 통해 개념과 개념의 관계를 위상 짓는 앎의 질서를 파악하고 특정 개념을 포함한 사유 질서의 이전 과정을 검토하는 데 도움을 준다. 개념들의 역사적 운동을 탐구하는 개념 연구는 이처럼 개별 개념들에 대한 연구 결과를 상호 관련시키고, 개념의 계열체가 형성하는 사고 질서의 변천 과정을 개념 편성의 체계로 재구축함으로써, 현재의 인식을 기준으로 과거를 관찰하고 판단하는 오류를 수정하는 한편, 현재 우리가 지닌 인식의 질서를 반성적으로 성찰하는 데로 나아가야 할 것이다.

개념 표현의 수사적 맥락과 정치적 역학관계

번역어 이동이나 개념 편성 체계의 구축이 거시적인 사고의 충돌이나 이전의 문제를 다루는 작업이라면, 실제로 가장 미시적이고 구체적인 차원에서 개념의 활용에 숨어 있는 정치적이고 구조적인 갈등과 긴장의 관계를 살펴보는 작업은 개념이 사용되는 수사적 맥락에 대한 탐구를 통해 이루어진다고 할 수 있다. 개념은 언어의 형식으로 표현되고 소통된다. 그러므로 개념은 그것이 발화되고 표현되는 수사적 맥락에 의해 끊임없이 조정을 받는다. 즉 개념의 의미는 그것이 언어로 발화/표현되는 텍스트의 성격, 발화/표현의 상황과 방법, 발화/표현자의 젠더, 계급, 연령, 당파 등 다양한 조건의 영향 아래 형성되는 것이다. 개념을 표현하는 어휘의 언어적 특성과 언어 구조의 성격 또한 개념이 사용되고 의미를 형성해나가는 방식을 확인할 수 있는 유력한 표식의 하나이다. 여기에는 1)개념이 언술의 구조 위에서 다른 어휘들과 접속하는 방식, 2)발화 주체와 발화 대상의 관계, 3)개념을 표현하는 기표가 지니는 언어적 자질 등에 대한 고려가 포함된다.

1)의 관점에서는 『독립신문』이 사용하는 '독립'의 의미를 고찰한 류준필의 연구가 참조할 만하다.[13] 이 연구에서 류준필은 『독립신문』에서 '독립'이 '개체(백성/인민)의 독립'이라는 차원에서도 사용된다는 점에 주목하고,[14] 백성의 독립을 국가와의 관계 위에서 강조하는 『독립신문』의 논법이 타자로부터의 자립성이라는 '독립'의 본원적 의미 안에 발생시키는 내적 모순을 어떻게 해소시키는지를, '독립'이 '학문―수치―용맹' 등 인접 어휘들과 함께 사용되는 수사적 맥락에서 추적했다.[15] 그 밖에 '취미'라는 어휘가 '있다/없다'는 서술

---

13 류준필,「19세기 말, '독립'의 개념과 정치적 동원의 용법」, 이화여자대학교 한국문화연구원,『근대 계몽기 지식 개념의 수용과 그 변용』, 소명출판, 2004, 15~58쪽.

14 이는 '독립'이 중국과 사대 관계에서 대등 관계로 국가 정치적 태도가 변이하는 과정에 결정적 역할을 하는 개념이라는 기존의 독립 개념 연구와 매우 다른 접근법이다. 류준필은 사회 · 역사적 맥락을 탐구하려면 개념이 기술記述적 측면보다 가치價値의 측면에서 접근되어야 하며, 가치의 차원이 규명되려면 개념이 사용되는 수사적 맥락이 고찰되어야 한다는 뚜렷한 관점에 입각하여 이러한 접근법을 택했다.

15 세부적인 논리는 다음과 같다. 『독립신문』에서 '독립'은 '국가의 독립'뿐만 아니라 "남에게 의지도 아니하고 먹고 살으즉 자주 독립하는 사람이라"라는 식으로 '개체(백성/인민)의 독립'이라는 차원에서도 사용된다. 그러나 백성의 독립은 국가와의 관계 위에서 강조되었고, 여기에는 "자기 몸―부모―친척―동리―나라"라는 기존의 유교적 인식 조건이 활용된다. 이러한 인식은 타자로부터의 자립성이라는 '독립'의 본원적 의미와 내적 모순을 발생시키지만, 그것은 '독립' 개념이 '백성의 직무' 개념과 결합하면서 교묘히 해결된다. '용맹'이라는 정치적 열정에서 비롯된 백성의 직무를 강조함으로써 죽음을 불사하고라도 나라를 위해 몸 바친다는 죽음의 수사학을 통해 개체의 '독립'의 의미가 구성되기 때문이다. 이러한 매커니즘에 따라 독립은 '학

어와 연관되어 쓰이는 관행을 통해
문명인의 자질을 가리켰던 어휘의
사회적 내포를 읽어낸 천정환·이용
남의 예[16]나, '신성한 연애'라는 상용
구의 '신성'이 '서술적 의미'에서 '제한
적 의미'로 바뀌는 언어 관습에서 '연
애'의 의미가 균열됨을 추적한 사례[17]
또한 개념이 표현되는 언술의 구조
에서 개념의 의미 체계 변화를 추적
한 연구라 할 수 있다.

근대 청년 문화의 풍경을 소개하고 있는
소영현의 『부랑청년 전성시대』.

2)의 측면에서 주목되는 연구는 소영현의 「청년과 근대」[18]이다.
'청년'의 함의가 이전되는 과정을 다룬 이 연구의 특이점은 연구 주
제인 '청년'을 '대상'으로 다룬 언설뿐만 아니라 '스스로'를 청년으로
표상하는 자기반성적 주체의 언설들을 함께 고찰했다는 데 있다.
자기 자신을 청년으로 표상하는 지식인들이 부모 세대나 부랑청년
등을 타자로 배제하면서 바람직한 청년상을 제출하는 언술들을 '청
년' 담론의 일부로 포함한 것이다. 이를 통해 이 연구는 근대 청년론
이 일정한 청년상을 부정함으로써 바람직한 청년의 역할을 수행한
다는 역설적 원리 가운데 진행되며, 그런 점에서 언제나 새것을 찾
아 움직이는 근대성과 동일한 방식으로 운동한다는 결론을 제출했

문-수치-용맹' 등의 인접 용어와 일정한 의미 체계를 형성하면서 개체를 정치적으
로 동원하는 개념적 의미장을 얻는다. 류준필의 연구는 개념의 의미가 다른 어휘들
과 형성하는 수사적인 계열 관계를 탐구함으로써 개체의 차원에서 '독립'의 의미를
구성하는 담론이 작동하는 방식을 밝혀준다.
16   천정환·이용남, 앞의 글.
17   졸고, 앞의 글, 2004.
18   소영현, 「청년과 근대 ─『소년』을 중심으로」, 연세대학교 박사학위 논문, 2005.

4. 일상 개념, 다른 생각과 실천의 가능성

다. 이는 발화 주체('청년'에 대해서 말하고 논의하는 실제 청년)와 발화 대상 언표(실제 지식인 청년들에 의해 언급되고 논의되는 대상으로서의 '청년')가 일치하는 텍스트를 가능하게 하는 '청년'이라는 근대 개념의 특이성을 반영해주는 동시에, 발화자와 발화 대상의 관계가 개념의 의미에 어떤 결정적 효과를 미칠 수 있는지를 보여주는 예라고 하겠다.

3)의 관점에서는 권보드래의 「'동포'의 역사적 경험과 정치성」[19]이 적절한 예가 된다. 근대 계몽기 '민족', '국민' 등과 경쟁했던 '동포'라는 단어의 내포 변화에 대해 조사한 이 논문은 '한배'(胞)를 일컫는 '동포'라는 말이 형제를 가리키는 비유적 단어였다는 데 주목하고, 동포의 정치적 용법 변화가 이 어휘가 상정하는 '부모'의 전환과 연동되어 있음을 밝혔다. '동포'가 상정하는 부모가 황제·황실에서 단군으로 바뀌고 부모로서의 단군이 호출되는 즈음 '동포'가 '민족'에게 주도적 자리를 내어주게 되었음을 고찰함으로써, 이 연구는 민족 개념의 형성 과정이 외부에 대한 저항뿐 아니라 내부적 권력투쟁의 과정이었음을 밝혀냈다. 이러한 고찰은 동포, 민족, 국민이라는 어휘의 갈등과 경쟁 관계가 어휘 내부의 언어적 자질, 즉 어휘의 의미론적 내적 구조와 연관되어 있었음을 알려줌으로써, 개념을 표현하는 언어의 내적 자질에 대한 탐구의 중요성을 확인해준다.

개념사에서 개념을 표현하는 어휘의 언어적 자질과 수사적 맥락이 중요한 것은 무엇보다도 개념사가 개념을 특정한 의미로 확정된 실체라고 인식하지 않기 때문이다. 개념의 의미를 이미 완성된 것으로 간주할 때, 서구 근대 개념의 동양적 이입과 전유는 "'개

---

19 권보드래, 「'동포'의 역사적 경험과 정치성」, 이화여자대학교 한국문화연구원, 앞의 책, 97~126쪽.

념을 제대로 이해하지 못했다'거나 '이해하기는 했는데 실현에는 실패했다'는 식의 결론"[20]으로 마무리되기 쉽다. 그러나 개념사의 본원적 정신은 이질적 주체들이 서로 다른 방식으로 개념을 전유하고 그로부터 발생하는 갈등과 투쟁 가운데 개념의 지배적 의미 구조가 계승되거나 전위되는 과정을 파악하는 데 있다. 개념의 의미 구조나 전위 과정에는 옳고 그름의 위계가 존재하지 않는다. 제각기 대등한 차이를 지니는 개념의 의미론적 운동 과정에서 근대를 구성하는 사유의 새로운 역학이 파악될 수 있다는 믿음이야말로 역사에 접근하는 개념사의 새로운 정신인 것이다.

그런 점에서 개념이 발화되는 수사적 맥락에 대한 탐구는 4)이질적 집단들의 서로 다른 이해관계 가운데 발화하는 언술의 고유한 법칙과 그것을 구성하는 개념의 의미장 및 그로부터 발생하는 정치적 역학들을 발견하는 데로 나아가야 한다. 김현주의 「김윤식 사회장 사건의 정치문화적 의미」[21]와 「3·1운동 이후 부르주아 계몽주의 세력의 수사학」[22]은 이러한 관점에서 주목에 값한다. 이 연구에서 김현주는 3·1운동 직후 부르주아 지식인과 진보적 운동 세력들이 '사회', '여론', '민중' 등의 의미를 일정하게 제한하고, 상대편이 해당 어휘에 부여한 의미를 승인하거나 부인하는 한편, 어휘의 사용 범위와 사용 빈도를 조율함으로써 각각의 관심과 정치적 목표에 따라 의미를 조절해간 양태를 고찰했다.

정치적으로 대립하는 주체들에 의해 '사회', '여론', '민중'의 개

20   김현주, 앞의 글, 232쪽.
21   김현주, 「김윤식 사회장 사건의 정치문화적 의미: '사회'와 '여론'을 둘러싼 수사적 투쟁을 중심으로」, 『동방학지』 132, 연세대학교 국학연구원, 2005, 257~284쪽.
22   김현주, 「3·1운동 이후 부르주아 계몽주의 세력의 수사학: 사회, 여론, 민중을 중심으로」, 『대동문화연구』 52, 성균관대학교 대동문화연구원, 2005, 63~94쪽.

4. 일상 개념, 다른 생각과 실천의 가능성

넘이 각기 다른 방식으로 전유되어간 실태를 고찰한 이 연구는, 근대 정치가 특정한 담론과 화술의 집합으로 구성되어 있고, 이 담론과 화술은 자신의 고유한 작동 법칙을 가지고 있으며, 개념은 그 법칙을 구성하는 동시에 그 법칙에 의해 결정되는 요소임을 확인해준다. 이처럼 서로 다른 이해를 가진 주체들의 발화 맥락과 조건을 고찰함으로써 발화가 빚어내는 개념의 의미론적 갈등과 투쟁을 탐구하고, 개념을 둘러싼 사고와 실천의 역사 속에 숨어 있는 고유의 법칙을 찾아내는 것은 개념 연구가 무엇보다도 주력해야 할 탐구의 영역이다.

데이터베이스 축적과 통계 활용을 통한 양적 분석

끝으로 데이터베이스의 축적과 통계의 활용을 통한 양적 분석 작업을 들 수 있다. 양적 분석은 독자적으로 의미를 갖기도 하지만, 다양한 자료 간 문맥에 숨어 있는 역학 관계를 개념 표상의 차원에서 읽어내고 시대적 추이를 구성하는 작업이 주관적 선택에 따른 자의적 계열화에 머물지 않기 위해 요구되는 보완 작업이기도 하다.

　통계는 단순 수치보다는 의미 있는 비교와 해석을 가능하게 하는 가공이 중요하다. 중국에서 진관타오金觀濤, 류칭핑劉靑峰 교수의 연구 팀이 진행하고 있는 '관념사 연구'는 통계를 이용한 분석의 선진적 사례로서 참고가 된다.[23]

23　중국의 '관념사 연구'에 관해서는 다음 자료 참조. 진관타오, 이기윤 옮김, 「중국 사회 근대적 전환의 역사단계」, 『개념과 소통』 4, 한림과학원, 2009, 133~173쪽; 류칭평, 김민정 옮김, 「관념사 연구에서 데이터베이스 방법론이 지니는 의의」, 같은 책, 175~216쪽.

이 연구 팀에서는 1820년부터 1930년까지 중국에서 발간된 1)정치사상과 문화 중심의 신문과 잡지, 2)공문서, 3)문편文編, 4)사대부 논저, 5)중국에 온 서양인 선교사의 중국어 저술과 정기간행물, 6)신학문을 전파하는 교과서를 1억 2,000만 자의 데이터베이스로 구축했다. 그리고 근대성과 관련된 10개 군의 관념을 설정하여 각각의 관념들을 표현하는 대표적 핵심어 100여 개를 선택한 후[24], 이 핵심어들의 역사적 의미에 대한 정량적 분석을 시도했다. 핵심

중국의 '관념사 연구'는 통계를 이용한 분석의 선진적 사례로서 참고가 된다. 진관타오, 류칭펑 교수의 관념사 연구를 소개한 책 『관념사란 무엇인가』.

어의 사용 빈도 조사는 전통 어휘가 현대어로 대체되어가는 과정이나, 유사한 관념을 표현하는 기표들의 주도권 투쟁 과정을 하나의 명료한 도표로 압축한다. 예컨대 〈표 1-1〉의 통계 결과는 '과학科學'이라는 신조어가 '격치格致, 격물格物, 치지致知' 등의 전통 어휘를 앞서게 되는 시점을 명료하게 드러낸다. 또 〈표 1-2〉는 공적 영역의 우월성과 도구적 이성을 강조하는 측면에서 도덕적 정당성을 표현했던 '공리公理, 공례公例'라는 어휘가 공사公私 영역의 이치를 통합하는 '진리' 眞理라는 어휘와 경합하고 주도권을 주고받는 과정을 명시해준다.

24 진관타오, 류칭펑 교수는 개인의 권리, 도구적 합리성, 민족 정체성이 근대성을 구성하는 세 가지 기본 요소라고 보고, 이 요소들을 대표하는 10개 군의 기본 관념을 '이성, 공공 영역, 권리, 개인, 사회, 민족국가, 민주, 경제, 과학, 혁명'으로 분류했다. 그리고 각 관념을 표현하는 핵심어를 다시 설정했는데, 예컨대 '이성'을 표현하는 핵심어에는 '천리, 실리, 자연지리自然之理, 공리, 공례, 진리, 이성'이 있고, '권리'의 핵심어에는 '권리, 이권, 자주지리自主之理, 자주지권自主之權, 주권, 인권, 공권, 사권, 의무'가 있다.

4. 일상 개념, 다른 생각과 실천의 가능성

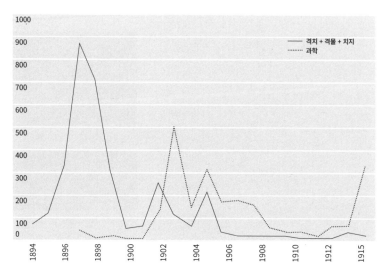

표 1-1 '과학'이 '격치'+'격물'+'치지'를 대체하는 과정(1894~1915) [25]

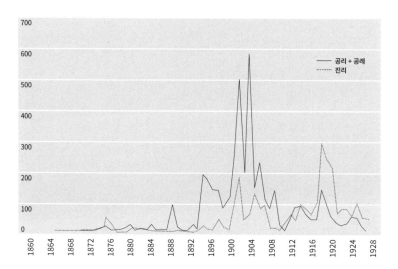

표 1-2 '공리' + '공례' 및 '진리'의 사용 빈도(1860~1930) [26]

25   진관타오, 앞의 글, 155쪽.
26   위의 글, 157쪽.

나아가 이 연구 팀은 개별 핵심어를 포함한 문장들의 데이터베이스를 구축하고, 해당 어휘의 사전적·문맥적 의미 유형을 추출한 후 이를 다시 통계 수치로 환원함으로써 키워드의 의미 유형에 대한 계량적 분석도 시도했다. 예컨대 각종 사전과 문장의 용례에서 1864년부터 1915년까지 중국에서 '민주'民主라는 어휘는 크게 네 가지를 가리키는 뜻으로 사용되었다. 1)군주(民의 주인), 2)인민 통치(民의 통치), 3)군주제와 상반되는 정치제도(民이 주인 되는 제도), 4)백성이 뽑은 국가 최고 영수(民이 주인 되어 뽑은 대표)가 그것이다. 연구자들은 네 가지 의미가 긍정적으로 사용되는 경우, 부정적으로 사용되는 경우, 중립적으로 사용되는 경우를 나누어 각 용례에 '+', '−', '0'을 표기하고 그 결과를 〈표 1-3〉과 같이 도표화했다. 도표의 수치를 통해 우리는 1864년 이후 전통적으로 황제를 가리키는 말이었던 '민주'라는 어휘에 2)와 3)의 의미가 새롭게 도입되기 시작하며, 특히 3)이 1895년 이후 대량적으로 사용됨을 알 수 있다. 또 '민주'가 현재와 같은 3)의 의미로 상용되기 시작한 1894년부터 1898년 당시에는 그것을 부정적으로 파악하는 인식도 적지 않았음을 아울러 알 수 있다.

100여 개 핵심어를 정량적으로 분석한 결과 이 연구 팀에서는 근대적 관념들의 의미 변화가 유사한 변동 곡선을 그림을 발견하고, 이를 바탕으로 중국이 근대적 가치들을 수용하는 과정을 세 단계로 구분했다. 그에 따르면, 1840년부터 1894년까지의 1단계에서는 유교를 통해 근대 서구 사상이 선택적으로 수용되었고, 1900년부터 1914년의 두 번째 단계에서는 본격적으로 근대 서구 사상이 학습되어 중국의 정치사상이 서구에 근접하게 되었으며, 신문화운동(1915~1924)부터 계속 이어지는 세 번째 단계에서는 서구에서 학습된 근대적 개념들이 중국식으로 재구성되어 5·4운동 이후의 중국 혁명과 당–국가 체제 성립을 뒷받침한다. 진관타오·류칭펑은 각각의 단계가 근대, 현대, 당대라는 새로운 시기 구획을 가능하게 하며, 서구 사상의 학습과 중국식 근대적 관념의 형성 과정이 중국 역사를 관통하는 초안정 시스템의 작동 속에서 이루어졌다는 결론을 내린다.

분류	군주			백성이 주재하다 혹은 인민 통치			세습군주제와 상반되는 정치제도			백성들이 뽑은 대표			합계
평가	+	0	–	+	0	–	+	0	–	+	0	–	
1864								18					18
1867				1				3					4
1873								2			1		3
1875	1			5				7					13
1876				1				2					3
1877				1				4	1				6
1878							2	11	1		1		15
1879							5	3					8
1880								9			1		10
1881								9			1		10
1882								21					21
1883								10					10
1885								12	2				14
1886	1				1			12					14
1887				2				2			1		5
1888								8					8
1889				6				2					8
1890								13					13
1891								7			2		9
1892	4			1				13			1		19
1893								40					40
1894								13					13
1895								102			38		140
1896				12		1	11	72	3		7		106
1897		5				64	29	123	7	2	15		245

연도										합계
1898				66	20	50	22	9		167
1899	1				6	37	7	2		56
1900		6			2	24	11	1		44
1901		30			15	84		1		130
1902		1	15		6	205		3		230
1903		52		10	34	133		8		237
1904			10	11	9	407		1		438
1905		16	8	20		72	1	1	22	140
1906		58	52	54		91	1	2		258
1907		13	19	3		44	2	1		82
1908		7	12			40				59
1909				22		122				144
1910		8		3		56	1	1		69
1911				31		9	2	9		51
1912				10		31				41
1913				1		163		1		156
1914						21			5	26
1915			10	24	1	142			33	210

표 1-3 '민주'의 의미 분석(1864~1915)[27]

　　한국의 개념 연구에서 계량적 분석은 주로 질적 분석의 보조
자료로 활용되어왔다. 2004년 간행된『근대 계몽기 지식 개념의 수
용과 그 변용』에서『독립신문』에 나타난 독립, 문명, 동포, 개인, 사
회 등의 개념 사용 방식을 탐구한 연구자들이 각 개념의 연대별 빈
도수를 이용한 이래, 간단한 수치의 용례 빈도가 간헐적으로 이용
되고 있는 것이다. 그러나 통계 그 자체가 본격적인 연구 방법으로
사용되거나 실험된 예는 드문데, 그런 점에서 2010년 4월에 발표된
허수의「식민지기 '집합적 주체'에 관한 개념사적 접근」[28]은 통계분
석법을 이용한 한국에서 시도된 최초의 개념사 연구로 주목에 값

27　류칭펑, 앞의 글, 195~196쪽. 이 도표에는 데이터가 누락된 연도가 있고 수치의 합
계가 틀리는 등 몇 가지 오류가 있으나 원문에 표기된 것을 그대로 인용했다.
28　허수,「식민지기 '집합적 주체'에 관한 개념사적 접근」,『역사문제연구』 23, 역사문제
연구소, 2010. 4, 133~193쪽.

4. 일상 개념, 다른 생각과 실천의 가능성

한다.

　이 연구에서 허수는 1920년부터 1962년까지『동아일보』기사 제목을 데이터베이스로 이용하여 식민지 시기 집합적 주체를 지칭하는 네 가지 어휘, 곧 '국민', '인민', '대중', '민중'에 대한 통계적 분석을 시도했다. 먼저 빈도 분석을 통해 각 어휘의 시기별 사용 추세를 파악한 후, 다시 용례의 등장 방식을 복합명사형, 수식어 전치형, 단독형으로 구분하여 해당 어휘의 복합어와 수식어 및 사용 문맥을 다시 계량화했다. 그 결과로 허수는 네 가지 어휘의 시기별 경합 관계를 고찰하고, '인민'과 지명, '민중/대중'과 계몽 운동·사회 운동, '국민'과 식민주의/반식민주의가 제각기 가까운 관계에 있었음을 밝혀냈다.

　허수의 연구는 집합적 주체를 가리키는 다수 어휘들의 경합 양상과 시대별 주도권 이동 현상을 객관적 수치를 통해 논증함으로써 많은 파생 연구를 가능하게 했다는 데 의의가 있다. 그러나 서로 다른 전략과 내포로 사용되는 네 가지 어휘를 빈도, 수식어, 결합어 통계라는 동일한 방법으로 계량화하는 연구 방식이 수치를 넘어선 어휘 경합의 논리를 얼마만큼 읽어낼 수 있는가에 대해서는 아직 의문의 여지가 있다. 통계 분석이 개념 연구에서 의미를 지니려면 개념을 표현하는 어휘의 의미 스펙트럼을 더욱 초점화하고, 이 스펙트럼이 사회적 맥락과 관계 맺는 양상을 계량화할 수 있는 정교한 전략이 필요하다.

　이러한 점에서 롤프 라이하르트가 작성한 의미장의 도표는 일정한 시사점을 준다. 라이하르트는 한 개념의 의미 구성 요소를 계열의 장, 통합의 장, 원인, 반의어의 네 부분으로 나누고, 네 영역의 용례 빈도를 하나의 평면에 배치함으로써 의미장을 가시화했다.

〈표 1-4〉와 〈표 1-5〉는 라이하르트가 작성한 1774년과 1789년 '바스티유'의 의미장이다. 여기서 '계열의 장'은 해당 개념과 유사 관계에 있는 어휘들의 빈도이고, '통합의 장'은 해당 개념의 속성을 지칭하는 말, 즉 설명어의 빈도로 구성된다. 또 '원인'에는 개념을 구체화한 역사적 사건이나 인물 등이 배치되고, '반의어'에는 개념과 상반 관계에 있는 어휘들의 빈도가 기록된다. 1774년의 의미장(〈표 1-4〉)에서 바스티유는 중립적 의미의 감옥, 요새 등과 동의 관계를 이루며, 철창, 지하 감방, 비밀 등의 내포로 설명되었고, 법과 자유의 반의어로 기능한다. 이에 비해 1789년의 의미장(〈표 1-5〉)에서는 전제정의 산물이라는 성격이 뚜렷이 부각되고, '지긋지긋한', '무서운' 등의 부정적 어휘를 통해 형용되는 감옥 · 요새로서, 법과 자유뿐만 아니라 애국주의와 인간애의 반의어로 규정된다.[29] 따라서 〈표 1-4〉에서 〈표 1-5〉로의 시간적 변이는 전제정의 상징이자 혁명의 공격 목표로 부각되는 바스티유의 의미장 이동 현상을 가시적으로 확인할 수 있게 해준다.

그러나 라이하르트가 가시화한 의미장 역시 '바스티유'라는 말이 혁명의 지표로서뿐 아니라 혁명을 구성하는 요소로서 사회적 실천에 능동적으로 개입한 '과정'을 밝혀주지는 못한다. 또 바스티유에서 구성한 것과 같은 의미장 형식이 모든 개념에 동일하게 적용되기도 어렵다. 실제로 라이하르트의 연구에서 '교양인' 같은 개념의 의미장은 통합체적 관계와 반의어 두 영역으로만 구성된 이원 구조로 배치된다고 한다.[30] 사회 변혁에 격렬히 개입했던 '바스티유'

---

29 라이하르트의 통계 분석 방법에 대해서는 김학이의 앞의 글을 참조했다.
30 고지현, 「일상개념연구: 이론 및 방법론의 정립을 위한 소론」, 『개념과 소통』 5, 한림과학원, 2010. 6 참조.

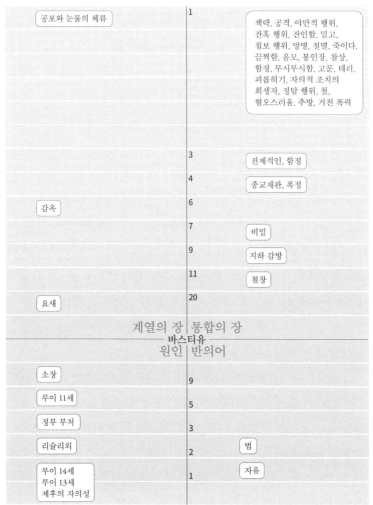

빈도수

공포와 눈물의 체류	1	책략, 공격, 야만적 행위, 잔혹 행위, 잔인함, 밀고, 첩보 행위, 망명, 절멸, 죽이다, 끔찍함, 음모, 봉인장, 참상, 함정, 무시무시함, 고문, 테러, 괴롭히기, 자의적 조치의 희생자, 정탐 행위, 철, 혐오스러움, 추방, 거친 폭력
	3	전제적인, 함정
	4	종교재판, 폭정
감옥	6	
	7	비밀
	9	지하 감방
	11	철창
요새	20	

계열의 장 | 통합의 장
바스티유
원인 | 반의어

소장	9	
루이 11세	5	
정부 부처	3	
리슐리외	2	법
루이 14세 루이 13세 제후의 자의성	1	자유

표 1-4 1774년 '바스티유'의 의미장[31]

31   김학이, 앞의 글, 113쪽에서 재인용.

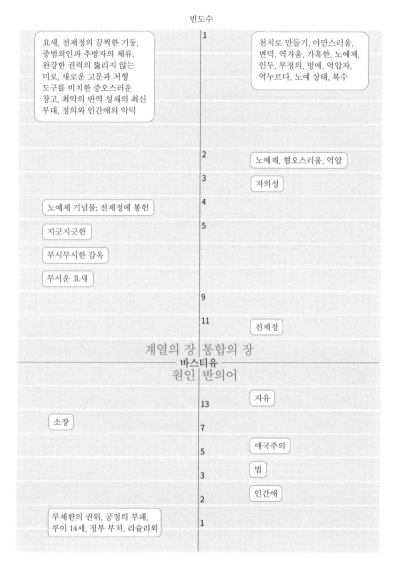

빈도수

계열의 장		통합의 장

요새, 전제정의 끔찍한 기둥, 중범죄인과 추방자의 체류, 완강한 권력의 뚫리지 않는 미로, 새로운 고문과 처형 도구를 비치한 증오스러운 창고, 최악의 반역 성채의 최신 무대, 정의와 인간애의 악덕 — 1 — 천치로 만들기, 야만스러움, 변덕, 역겨움, 가혹한, 노예제, 인두, 부정의, 멍에, 억압자, 억누르다, 노예 상태, 복수

2 — 노예제, 혐오스러움, 억압

3 — 자의성

노예제 기념물; 전제정에 봉헌 — 4

지긋지긋한 — 5

무시무시한 감옥

무서운 요새

9

11 — 전제정

바스티유
원인 | 반의어

13 — 자유

소장 — 7

5 — 애국주의

3 — 법

2 — 인간애

무제한의 권위, 궁정의 부패, 루이 14세, 정부 부처, 리슐리외 — 1

표 1-5 1789년 '바스티유'의 의미장[32]

32   김학이, 앞의 글, 114쪽에서 재인용.

4. 일상 개념, 다른 생각과 실천의 가능성

와 달리, '교양인'은 상대적으로 완만한 변이를 겪었기 때문이다. 결국 각각의 개념들은 제각기 다른 관점과 맥락에서 운동할 수밖에 없고, 따라서 연구 대상이 되는 개념이 가진 독자적 특질에 따라 통계 분석의 전략도 달라질 수밖에 없다.

그러므로 통계 분석은 해당 개념의 성격과 자질, 그리고 이를 분석하는 연구자의 시각이라는 문제와 다시 만난다. 통계가 연구자의 주관적 판단에 객관적 검증의 통로를 제시한다면, 연구자는 대상 개념의 역사적 의미 변화를 더욱 정치하게 드러낼 수 있는 통계 분석의 방법을 개발해야 하는 것이다. 그런 점에서 연구자의 문제의식과 통계는 상호 보완의 관계를 갖는다고 하겠다. 특히 개념사는 언어의 역사적 변화와 사회적 실천의 관련 양상에 천착하는 연구 영역인 만큼, 서로 다른 이해관계를 지닌 주체들이 의미를 전유하기 위해 경합하는 양상이 개별 텍스트 단위를 넘어 어떻게 집합적으로 계량화되고 체계적으로 분석될 수 있는가에 대한 문제는 앞으로 지속적으로 탐구해야 할 과제이다.

나아가 계량적 분석이 연구의 객관성을 보완하는 자료가 되기 위해서는, 통계 결과가 실증성과 적확성을 뒷받침한다고 인정될 만한 충분한 양의 데이터베이스가 축적되어야 한다. 특히 풍속·문화론적 개념 연구는 일상생활에 숨어 있는 개념 전유의 양상들에 초점을 두는 만큼, 생활의 현장을 기록하는 다양한 자료의 구축과 시대별, 성별, 계층별, 분야별, 사회 운동 단위별로 서로 다른 이해집단의 개념 전유 방식을 계량화할 수 있는 데이터 분류와 검색 엔진의 개발이 필요하다고 하겠다.

이상에서 풍속·문화론적 표상 연구들이 본격적인 개념 연구로 전진하기 위해 참조할 수 있는 원칙과 방법들을 확인해보았다. 이 방법들은 연구를 진행하는 데 기초적으로 필요한 작업이며 정향

일 뿐, 모든 연구가 균질하게 적용하거나 추구해야 할 기준은 아니다. '개념의 시대적 맥락과 역사적 변화에 대한 탐구'가 기초적 원칙에 해당한다면, 나머지는 연구 대상 개념의 성격과 자질 및 역사적 운동 방식의 특성에 따라 서로 다르게 적용되거나 유연하게 조절될 수 있다. 개념 편성은 세부적인 개별 연구의 축적을 통해 가능하며, 개별 연구들은 연구자의 비판적 지식과 문제의식을 바탕으로 다양한 방식의 자료 선별과 해석을 통해 진행될 수밖에 없다. 또 개별 개념들에 대한 질적 연구는 계량적 분석을 통한 양적 연구와 지속적인 보완 관계를 형성하면서 서로를 검증하고, 전체적인 사유 질서 이전의 구체적 과정을 파악하는 데로 나아가야 한다. 무엇보다 중요한 것은 이질적 집단들이 서로 다른 이해관계 속에서 의미를 전유하는 방식과 그로부터 발생하는 의미장의 이동, 그리고 여기에 관여하는 정치적 역학을 규명하는 일이다.

특히 일상 개념 연구는 연애, 어린이, 취미, 교양, 행복 등 상대적으로 간과되어 온 일상의 미시적이고 분절적인 영역들에 천착하여 개념의 표상과 전유 방식에 개입하는 다양한 구조와 힘들의 교섭, 갈등, 긴장 관계의 복합적 역학을 탐구해야 한다. 개념사가 '현실의 지표인 동시에 현실을 구성하는 요소'로 개념을 규정함으로써 특징 지어진다면, 일상에 스며 있는 개념적 사고에 주목하는 일상 개념 연구는 개념의 두 특징 가운데 '현실을 구성하는 요소'로서의 측면을 더욱 적극적으로 해석하고 탐구하는 개념사라고 할 것이다. 그런 점에서 일상 개념 연구는 기본 개념 연구와 방법론을 달리하기보다는, 언어의 능동성이라는 측면에서 개념사의 방법론을 더욱 적극적으로 추진하는 연구로 자리매김될 수 있다.

앞으로 필요한 것은 개념과 사회·문화적 제도 및 담론 사이에서 발생하는 복잡다단한 관계의 맥락들을 어떻게 더욱 체계화하고 그로부터 의미 있는 결과를 이끌어낼 것인가 하는 문제일 것이다. 이는 연구 대상이 될 개념이 지니는 특질과 맞물려 개별적으로, 또 종합적 방법론의 차원에서 더욱 면밀히 탐색되어야 할 과제이다.

다른 생각과 실천의 가능성을 위하여

일상 개념 연구는 일상을 관통하는 한 시대의 언어 질서를 복원하는 고고학적 방법과 그것의 시대적 변동을 재구성하는 계보학적 방법의 교차를 통해 언어의 역사적 운동 과정에서 우리 일상의 사고와 인식이 지니는 특수성을 규명하는 학문 영역이 되어야 한다. 기존 역사에서 주목받지 못했던 감성, 취향, 심성, 욕망의 아비투스로서 일상은 다원적 가치와 규율이 복잡하게 교차하는 공간이다. 우리 삶을 규율하는 제도와 이로부터 관습화되는 윤리 의식 및 정치·사회 구조의 본질은 일상을 통해 구체적 감각과 경험의 실체로 육화된다. 그런가 하면 일상은 이데올로기의 규율을 비껴가는 다양한 일탈과 저항, 전복의 욕망이 혼재하는 공간이기도 하다.

　　일상 개념 연구는 이처럼 다원적 욕망과 다층적 요소들이 교차하는 일상 영역을 연애, 어린이, 취미, 교양, 행복 등의 분절적 개념 범주를 통해 접근한다. 이 개념들이 처음 등장한 배경, 오늘날과 같은 개념적 의미가 성립하기까지 동원되었던 지식 권력의 움직임, 서로 다른 집단들이 그 개념을 표상하는 데 동원했던 전략과 관습, 그리고 거기서 빚어진 의미의 전유와 균열 과정을 살펴봄으로써, 개념 연구는 오늘날 우리의 인식을 구성하는 지식 구조의 배경과 조건을 탐구한다. 달리 말해 그것은 지금 우리의 인식 틀 자체를 낯설게 바라보고 문제화하는 작업이다. 우리가 너무나 자명하다고 생각하는 인식의 틀을 상대화하고 그 인식 틀 자체를 '구성'의 관점에서 고찰할 때, 우리는 우리에게 주어진 구조화된 사고들을 객관적으로 파악하고 보다 능동적인 주체로서 여기에 다가가는 길을 열 수 있다. 우리 인식의 구조에 대한 실천적 '작용'은 이 구조의 메커니즘에 대한 충분한 이해 및 이 메커니즘과의 역동적인 소통 가운데 이루어질 수 있는 것이다.

일상의 분절적 개념 영역들이 인식되고 표상되는 방식에 개입하는 다양한 구조와 힘들의 교섭과 갈등 및 긴장 관계의 복합적 역학에 대한 탐구는 또한 분절된 개념 영역들의 근대화 과정이 지니는 차이를 적극적으로 인식함으로써, 근대 질서의 보편성에 대한 환상을 타파하고, 다른 세계 인식과 사회적 실천의 가능성을 탐색하는 일이기도 하다. 개념 인식의 역사 가운데 작동하는 복잡한 정치적 역학들의 규칙을 파악하고, 일상 개념이 표상하는 분절적인 영역들의 근대화 과정이 지니는 차이를 이해하는 일은 삶의 영역들을 사고하고 언술하는 다른 방식에 대한 상상력을 개방하는 일이며, 이질적 이해를 지닌 주체들 사이에서 좀 더 합리적이고 상생적인 개념 소통의 가능성을 찾기 위한 방법이다.

차이의 이해를 통한 합리적인 인식과 실천의 방식에 대한 상상력을 풀어놓기, 그것은 존재를 소여의 상태로 이해하는 것이 아니라 가능성의 형태로 사유하려는 노력의 일부이다. 자명하다고 간주했던 사고에 배제 또는 간과된 것들에 의미를 부여하고 일상의 역사에서 그런 것들의 웅성거림에 귀 기울이는 일, 인간 삶의 잠재된 영역을 사유하고 다른 삶의 가능성을 찾는 일, 일상 개념 연구가 궁극적으로 지향하는 것은 이 가능성의 탐색을 통한 새로운 인식과 실천일 것이다.

2
부

개념사로 읽는
근대의 일상과 문학

1

'연애'란 무엇이었는가

'연애'라는 신조어

2000년에 개봉한 일본 영화 〈기묘한 이야기〉에는 '사무라이의 핸드
폰'이라는 에피소드가 있다. 한 사무라이가 길에 떨어진 휴대전화
를 줍는다. 그것은 미래 사회의 역사학자들이 시공을 거슬러 보낸
물건이다. 이 휴대전화를 주운 사무라이는 역사에 기록된 자신을
조사하는 미래의 인물과 대화한다. 정부의 집을 방문한 사무라이
는 마침 울리는 휴대전화를 열고 자랑하듯 통화를 시작한다. "지금
어디 있어요?" "둘째 집이오." "아, 애인이랑 있어요?" "애인? 애… 사
랑. 인… 사람. '사랑하는… 사람', 얼마나 아름다운 말인가!" 사무라
이의 얼굴은 기쁨으로 발그레하게 빛난다. 그는 자신의 정부를 '애
인'이란 관념으로 처음 '발견'한 것이다. 300년의 시간을 넘나드는
이 대화는, 오늘날 우리가 아주 당연하게 여기고 있는 관념들의 자
명성을 다시금 반추하게 한다. 18세기의 인물에게 '애인'은 '아름다
운' '독립어'가 아니었다. '연애'도 그러했다.

영화 〈기묘한 이야기〉는 전근대 일본에서 연애 개념이 부재했음을
흥미로운 일화를 통해 보여준다.

　'연애'戀愛는 '연'戀과 '애'愛라는 한자어를 합성한 신조어였다.[1] 한
자어 '연'戀과 '애'愛는 각기 넓은 의미의 '그리움'과 '사랑'을 뜻하는
동시에 남녀 간의 사랑을 일컫는 글자였는데, '연'戀에 그리움의 뜻
이 강했다면 '애'愛에는 성적인 사통의 의미가 더 강했던 듯하다. 고
전 문헌들에는 연戀과 애愛를 이용한 조어로서 '애경'愛敬, '애고'愛顧,
'애련'愛憐, '애련'愛戀, '애모'愛慕, '애민'愛愍, '애열'愛悅, '애총'愛寵, '애행'愛幸,
'애호'愛好, '연모'戀慕, '연연'戀戀, '연애'戀愛 등이 사랑을 가리키는 말로
두루 사용되었다. 이때 '연애'戀愛는 '애연'愛戀보다 드물게 쓰였던 것

1　근대 서구의 영향으로 번역을 통해 형성된 신조어에는 세 가지 종류가 있었다고 한
　다. 첫 번째는 기존 한자의 의미를 바꾸지 않고 조합해서 쓴 경우, 두 번째는 '자유'
　나 '자연'같이 이전부터 있었던 한자어의 의미를 바꿔서 사용한 경우, 세 번째는 '사
　회' 또는 '부동산'같이 완전히 새롭게 만들어낸 경우이다. '연애'는 이 가운데 첫 번째
　경우에 해당한다. 마루야마 마사오 · 가토 슈이치, 임성모 옮김, 『번역과 일본의 근
　대』, 이산, 2000, 106쪽 참조.

으로, 물론 '사랑하다', '그리워하다'의 뜻이 있었지만 하나의 개념을 형성하여 쓰이던 독립 어휘는 아니었다.

　남녀 간의 사랑을 가리키는 용어 '연애'는 영어 'love'의 일본 번역어에서 유래했다.『번역어 성립 사정』의 저자 야나부 아키라柳父章에 따르면, 일본에서 'love'가 '연애'로 번역된 것은 불결한 느낌을 일으키는 일본 통속의 문자들과 영어 'love'를 구별하기 위해서였다고 한다. 원래 일본의 전통에서 남녀 간의 사랑은 육체적 결합과 분리되지 않았다고 한다.『만요슈』萬葉集 같은 문학작품집에 실린 사랑의 노래는 일단 서로 만나 성적으로 결합한 이후 헤어진 남녀의 그리움을 노래한 것이 일반적이었으며, 이러한 사정은 우리나라도 유사했던 것으로 보인다. 남녀의 사랑이라고 하면 곧바로 성적 결합을 연상했던 풍토에서, 성적 접촉을 기피하거나 생략하고 상대와 멀리 떨어진 곳에서 영혼의 순정을 바치는 사랑의 개념은 이해되기 어려웠고, 그렇기 때문에 그러한 사랑을 표현하는 말은 기존의 남녀 간 사랑을 가리키는 표현과는 달라야 한다고 생각되었던 것이다.[2]

　한국어에서 남녀 간의 사랑을 일컫는 의미로 '연애'戀愛가 처음 발견된 것은 1910년대 초반의 신소설들이다. 1912년『매일신보』에 발표된 조일제의『쌍옥루』에는 '사랑', '연이', '편이'라는 용어가 의미의 구별 없이 혼란스럽게 섞여 쓰이는 부분이 발견된다. 다음 해 같은 신문에 연재된『장한몽』의 초두에서는, 금강석 반지를 낀 김중배의 화려한 모습에 현혹되었던 심순애가 이수일의 잠든 얼굴을 바라보면서 '신성한 연애'의 힘으로 속된 욕망을 깨끗이 잊어버리는 순간이 기록되고 있다.

2　'love'의 번역에 대해서는 야나부 아키라, 서혜영 옮김,『번역어 성립 사정』, 일빛, 2003 참조.

1910년대 초반 신소설들에서 드물게 모습을 보이기 시작한 '연애'는 1910년대 중·후반까지도 희귀한 어휘였으나, 1919년 즈음에 이르면 폭발적인 유행어로 자리 잡는다. 대대적인 유행어로 대두되기 이전까지 '연애'는 '애'愛, '애정'愛情, '친애'親愛, '상사'相思, '사랑' 등의 어휘들과 경쟁해야 했다. 이 가운데 '연애'와 가장 가까운 뜻으로 사용된 우리말은 '사랑'과 '상사'였던 듯하다. 그러나 '상사'는 '연애'가 세력을 확대하면서 점차 용례가 줄어들었고, 1920년대에 이르면 '연애'와 '사랑'이 남녀 간 열정을 가리키는 데 가장 많이 사용되는 용어가 된다. 1920년대 중반까지 '연애'는 사실상 '사랑'과 동의어처럼 쓰였다.

그렇다면 1910년대 중반까지만 해도 잘 쓰이지 않던 '연애'가 남녀의 열정을 가리키는 가장 유력한 어휘로 자리 잡게 된 이유는 무엇일까? 그것은 '연애'가 남녀의 사랑을 공식적으로 정당화하는 기능을 발휘할 수 있는 어휘였기 때문이다. 1913년 『매일신보』에 발표된 신소설 『눈물』에서 작가 이상협은, 지체 높은 협판댁 규수와 가난한 고학 청년이 서로를 연모하게 된 사연을 이야기하면서 다음과 같이 연애의 정당성을 주장한다.

독쟈제군즁, 진정흔 련이戀愛라는 것을 경력지 못흔 청년 남녀는, 조필환이가 일기 빈쳔흔, 셔싱으로, 쥬인집 규슈를, 사모ᄒ며, 량가의 쳐자로 규즁에 잇는, 몸이 외람히, 청년 남쟈를 사모홈이, 각기 품힝에 온당치 못흔 일이라고, 반다시 타미ᄒ리로다, 그러나 (……) 두 사름의 련이는, 슌결純潔흔 련이요, 츄잡흔 련이가 안이며, 신셩神聖흔 련이요, 비루흔 련이가 안이라, 텬디신명의게 뒤ᄒ야도, 량심良心에 붓그러올 바이 업스며, 사회공즁에 뒤ᄒ야도, 타

눈물

天外小史

一

ᄯᅢᄂᆞᆫ삼월의즁슌, 달밝은밤이라 경셩북부제동마루턱이, 언의소슬대문집후원에도, ᄉᆞ(私)업ᄂᆞᆫ달이, 낫낫치빗취ᄂᆞᆫᄃᆡ, ᄆᆞᆰ은바람이, 지날ᄯᅢ마다 ᄭᅩᆺ다운향긔를, 젼ᄒᆞᄂᆞᆫᄭᅩᆺᄉᆞ이에, 비회ᄒᆞᄂᆞᆫ, 남녀두사ᄅᆞᆷ이잇더라

『매일신보』 1913년 7월 16일자에 실린 이상협의 『눈물』 제1회 연재면.

인의 치쇼를 밧을 리유가, 업거늘, 다만 슯흔 바ᄂᆞᆫ, 우리 사회에셔 아직도 슌결신셩ᄒᆞᆫ 련ᄋᆡ를 츄잡ᄒᆞ고, 비루한 련ᄋᆡ와 갓치, 녁이니, 엇지 옥과 돌이 함ᄭᅴ 타ᄂᆞᆫ 유감이 없스리오.[3]

작가가 볼 때 두 주인공의 연애는 인정의 자연스러운 발화이며 순결한 감정이었다. 그것은 남녀 간의 일을 상상할 때 일상적으로 떠올리는 추잡하고 비속한 관계와는 달랐다. 그런데 '남녀 간'을 뜻하는 말만 비추어도 저속하게 취급하고 기피하는 풍토는 이같이 순결한 감정의 표현을 가로막고 있었다. 세간의 점잖지 못한 사랑의 풍토에 젖어 인간의 본원적인 정의 유로流路를 막는 것은 잘못된 일이었다. 그러므로 독자는 순결한 감정을 논하는 것이 조금도 속된 일이 아님을 알아야 했다. 이 같은 논리로 작가는 남녀 간의 은밀한

3 이상협, 『눈물』, 『매일신보』, 1913. 7. 23.

사정을 이야기하고 있는 자신의 정당성을 주장하는 동시에, 남녀 간의 열정을 공식적 담론의 영역으로 이동시켰다. 그리고 이 담론 개방의 핵심적 역할을 담당한 어휘가 '연애'였다.

이상협이 지적하고 있는 것과 같이, 유교 윤리의 지배 아래 있던 조선 사회에서 성과 사랑은 공적 담론에서 언급되기 어려운 대상이었다. 성이나 사랑을 이야기하는 것을 점잖지 못한 행위로 간주하던 문화적 풍토에서, 이성에 대한 열정이 담론의 대상으로 떠오르기 위해서는 특별한 장치가 필요했다. 그런데 새로운 어휘의 생경함은 성惺과 열정을 이야기하는 데 수반되는 거부감을 줄여준다. 그리하여 예전에는 자주 쓰지 않았던 '연애'라는 말이 유력한 후보로 부상한 것이다. '연애'라는 신조어는 비공식의 영역에 숨어 있던 사랑의 열정을 공식의 영역으로 해방하는 전략적 장치가 될 수 있었다.

'신성한 연애'의 상상력

'연애'에 대한 사회적 논의는 1890년대 후반부터 제기되던 자유 '결혼'의 다른 표현으로 시작되었다. 혼인의 형식은 개화기 조선 사회에서부터 개혁을 주장하는 계몽주의자들의 주요한 관심의 대상이었다. '과부 재가 허용'이라는 갑오개혁의 개혁 항목에서 보듯 혼인 제도의 시정 요구는 일찍부터 제기되고 있었으며,『독립신문』에는 조선의 혼인 제도가 지니는 불합리성을 비판하는 사설들이 종종 실리곤 했다. 갑오개혁의 시기까지 거슬러 올라가는 자유결혼론은 1910년대 초반까지도 활발히 진행되다가 1910년대 중·후반에 이르러 '자유연애'라는 어휘에 슬그머니 자리를 내주기 시작한다. 자유결혼론의 연속으로서 자유연애론은 혼인 개혁이라는 사회 개량 운동의 차원에서 처음 대두되었고, 그 실질적 의미는 자유결혼론의 내용과 다르지 않았다. 즉 '자유연애'란 배우자 선택의 자유를 의미하는 말로, 사실상 '자유결혼'과 이음동의의 관계였던 것이다.

그러나 일단 '결혼'이 '연애'라는 어휘로 대치되면서부터, 사랑과 결혼에 대한 생각들은 제도의 문제로만 국한되지 않는 다채로운 방향으로 뻗어나갔다. '자유연애'의 이상은 서로 이해가 일치하는 남녀가 자유로운 의사에 따라 만나 혼인에 이르는 일이었다. 그러나 '연애'는 반드시 결혼의 조건으로 머무르지만은 않았다. 『청춘』의 판매 부수를 늘리는 데 혁혁한 공을 세우고, "왜 소설이란 소설은 모도 연애결혼 주창의 무기에만 쓰느냐"는 김동인의 유명한 불평의 표적이 되었던 춘원의 소설 「어린 벗에게」의 주인공은 결혼에서 독립한 감정의 자유를 다음과 같이 역설한다.

> 혼인의 형식 가튼 것은 사회의 편의상 제정한 한 규모規模에 지나지 못한 것─즉 인위적이어니와 사랑은 조물이 품부稟賦한 천성이라 인위는 거슬일지언정 천의야 엇지 금위하오릿가. 물론 사랑 업는 결혼은 불가하거니와 사랑이 혼인의 방편은 안닌 것이로소이다.[4]

어릴 적 부모의 뜻에 따라 애정 없이 결혼했던 이 청년은, 유학중에 만난 이상의 여인 앞에 감정의 자유를 선언한다. 조혼 풍속에 따라 학생 기혼자가 많았던 당시의 상황에서 자유로운 사랑은 혼인의 수단이 아니라 오히려 혼인을 위협하는 장애로 다가왔던 것. 그

4   이광수, 「어린 벗에게」, 『청춘』 9호, 1917. 7, 106쪽.

러나 그는 자신의 불순한 감정을 순순히 철회하지 않았다. "육적으로 사람을 사랑함은 사회의 질서를 문란하는 것이매 맞당히 배척하려니와 정신적으로 사랑하기야 웨 못하리잇가"[5]라는 것이 이 청년의 항변이다. 이 같은 항의는 혼인 제도를 초월하는 사랑을 창출해냈다. 이른바 감정의 자유, 플라토닉 러브의 시작이다. 혼인도 안 하고 성적으로 결합하지

1919년 발간된 『창조』 1호의 표지.

도 않으며 멀리서 지켜보는 사랑의 존재, 그것은 남녀의 관계에 '정신'의 영역을 부여했고, 행위와 감정을 분리했다. 그리고 이 사랑은 '연애'의 이름으로 추앙되었다.

감정의 자유와 혼인 당사자의 정신적 이해를 강조하는 연애의 논리는 사랑과 결혼에 대한 전통의 감각으로는 납득할 수 없는 것이었다. 『창조』 1호에 실린 최승만의 희곡 「황혼」에서 아버지와 아들은 이 감각의 불일치로 싸운다.

김: (……) 참 혼인婚姻을 하려면 두 사람 사이에 원만圓滿한 이해理解와 열렬熱烈한 사랑이 잇서야 하지오. 두 사람이 철저徹底하게 이해理解하고 열렬熱烈한 사랑이 잇서야 하죠. 이것이 업는 혼인婚姻이라면, 벌서, 이것은 참 혼인婚姻이 못되겟지오.

부: 이놈아 살면 사는 것이지, 참 혼인은 엇던 것이요 거즛 혼인은 엇던 것이란 말이냐 내, 네 소리는 하나투 몰으겟다. 쏘 철저한 이

5   위의 글, 109쪽.

해는 엇더케 하는 것이 철저한 이해며 열렬한 사랑이라는 것은 엇더케 하는 것이 열렬한 사랑이란 말이냐.[6]

아버지의 세계에서 사랑은 행위의 문제이다. 살면 사는 것, 혼인하면 혼인하는 것. 이 동어반복의 문장은 행위와 개념의 분리를 무력화한다. 아버지의 세계에서는 삶도 사랑도 행위를 통해 '실행'되는 것이었다. 그는 '동사'의 세계를 산다. 그러나 아들은 사랑을 '생각'하고자 한다. 그에게 사랑은 철저한 이해와 열렬한 감정이다. 아들은 사랑을 '사고'하고 자신이 '사고한 사랑'을 실천하고 싶어한다. '사고되는 사랑', 그것은 사랑을 동사의 영역에서 명사의 영역으로 이동시킨다. 연애는 이 명사화된 사랑, 개념화된 사랑의 자리에 위치한 언어였다.

'연애'는 이처럼 사랑을 사실에서 의식 또는 가치로 바꾸고, 사랑의 감각적·정신적 측면을 사유하는 계기가 되었지만, 그렇다고 정신적 사랑만을 강조하는 말은 아니었다. 연애의 유행과 더불어 또 하나의 유행을 만든 말이 영육일치의 사랑이었다. 영육일치의 사랑은 당시 세계적으로 유명했던 스웨덴 여성운동가 엘렌 케이의 사랑론에서 주창된 것으로, 춘원 같은 자유연애론자들의 논의에 중요한 이론적 기반이 되고 있었다. "세상에서 흔히 '플라토닉'의 연애―곳 감각을 억압한 연애로써 고상한 연애라고 하나 그것은 대단한 오해일다. 참 의미로의 연애는 어대까지던지 영육일치靈肉一致의 연애戀愛가 아니면 아니다"[7]라는 엘렌 케이의 주장은 정신적 사랑 역시 기형적인 것으로 전락시켰다. 참다운 사랑은 영혼과 육체가 함께 결합하

6   최승만,「황혼」,『창조』1호, 1919. 2, 12쪽.
7   노자영,「여성운동의 제1인자 엘렌 케이」,『개벽』8호, 1921. 2, 52쪽.

『연애와 결혼』, 『어린이의 세기』로 잘 알려진 스웨덴 여성운동가 엘렌 케이.

는 곳에 있다는 생각은 그동안 담론의 표면에서 제외되었던 육체에 대한 관심을 새로이 환기했다. 게다가 이 시기 가장 큰 영향력을 지닌 과학 이론이었던 사회진화론과 우생학은 성적 결합의 문제에 깊은 의미를 부여했다. "연애는 총명강장聰明強壯한 자녀를 낫키 위하야의 유일한 수단방편이라 하는 점으로 보아 최귀最貴한 것이오 신성한 것이다"[8]라는 식의 국민 양성 논리나, "우리는 우리의 생명을 영구히 보존키 위하야 이성의 결합을 구하는데 연애를 전제로 한다. 그럼으로 연애는 신성하다"[9] 등의 생물학적 주장들은 사회진화론적 사상에 이론적 근거를 두고 있었다. 남녀의 성 결합을 인간 삶의 토대로 간주하는 이러한 생각들은 연애를 신성한 것으로 부각시키는

8 　서상일, 「'문단의 혁명아'를 독하고」, 『학지광』 15호, 1918. 3, 66~67쪽.
9 　김영보, 「실제록」, 『조선문단』 10호, 1925. 7, 22쪽.

주요한 요인의 하나였다.

1920년대 중반으로 가면 육체에 대한 관심과 논의들이 더욱 노골화한다. 『조선문단』 10호(1925)의 특집 기사 「제가의 연애관」에서는 성적 애착과 생식 작용이라는 유물론적 관점에서 연애를 이해하는 생각들이 중심을 이룬다. 예컨대 파인 김동환은 "첫재로 생명의 혁명의 불길을 주니 할 것이며, 둘재로 마취제가 필요한데 그 임무를 맛터주니 조혼 것이며, 셋재로 성의 조화기관이 되니 할 일이라"고 연애의 필요를 긍정했다. 또 양주동은 연애가 "성욕의 시화詩化"이며, 성욕을 온전히 해탈한 특별한 연애가 있다고 하면 그것은 도깨비나 마찬가지의 허상일 뿐이라고 일축했다. 최서해는 "연애는 성적으로 자기를 충실히 하려는 강렬한 애욕에서 나오는 것"으로 "성적 방면에 대한 자기완성의 요구"를 충족시키는 것이라 규정하기도 했다.

육체에 대한 관심은 과도한 연애열을 경계하는 이유가 되기도 했지만, 반대로 그때까지의 상식을 초월하는 이채로운 사유들의 발원지가 되기도 했다. 1924년 '결혼문제호'라는 부제로 발간된 『신여성』 5호에서 김기진은, 새로운 사랑이 발생하는 곳에는 늘 새로운 정조가 생긴다는 대담한 주장을 펼친다. "다른 남자와의 사이에 사랑이 싹을 터서 연애가 성립될 때에는 그 사랑의 불길로 그 여자의 정조가 단련"된다는 것. 몇 번을 결혼하더라도 처음과 같이 몸과 마음을 수양하면 정조란 "완전히 재생"된다는 것이 그의 주장이다. 같은 호에 실린 「결혼생활은 이러케 할 것」이란 글에서 주요섭은, 결혼이라는 절차 자체를 완전히 거부했다. 결혼하고 싶으면 함께 살면 되는 일이요, 종교의식적 절차란 불필요한 의례라는 것이다. 『조선문단』 3호에 발표된 한병도의 소설 「그날밤」은 "나는 Onlylove를 부인한다. 러−브는 얼마던지 이동하는 것이다. 이동은 진화다"라고 당당하게 선언하는 프리섹스주의자를 주인공으로 내세웠다. "인류의 해방이 완전이 되는 날"을 희구하는 이 청년은, 일부일처제를 거부하고 국가와 사회가 육아를 담당하는 신사회를 고안해냈다.

이처럼 '연애'는 감정과 육체에 대한 관심을 불러일으키고, 유교적 인식 틀 안에서는 가능할 수 없었던 새로운 상상력을 촉발했다. 주목되는 것은 감정, 본능, 제도라는 서로 다른 측면에서 연애에 접근하는 이질적 시각들이 모두 '신성한 연애'라는 하나의 기표를 향해 집중되고 있었다는 사실이다. 연애의 정신성에 천착하는 논의도 육체와 본능의 중요성에서 출발하는 논의도 모두 '신성한 연애'를 강조했다. 신성한 연애는 혼인에 필요한 전제 조건이면서도 혼인을 초월하는 감정의 자유여야 했고, 사랑의 정신적 측면에 의미를 부여하면서도 육체와 본능에 대한 존중 가운데 강조되고 있었다. 여기에 연애를 전해준 서구와의 관계를 고려하면 사정은 더욱 복잡해진다. 연애는 이국의 사랑을 전달하면서 등장했기 때문에 '신성한' 문명의 사랑으로 추상되었지만, 한편으로는 자유로운 사랑에 대한 전통 사회의 축적된 요구를 반영하기 때문에 '신성'하기도 했다. '신성한 연애'는 중층적 관점들이 결집하는 기표였고, 상호 모순적인 의미들이 공존하는 하나의 추상이었다. 요컨대 연애는 이미 존재하고 있는 사랑을 가리키는 용어가 아니라 앞으로 있어야 할 사랑, 미래의 소망스런 삶을 가리키는 기표였으며, 최종적인 결정물로서의 무엇이라기보다는 문명화된 삶의 '신성'한 이미지에 의해 접근되는 문제적 시각의 집결지였던 것이다.

식민지의 사랑

사랑이 '연애'라는 어휘를 통해 새롭게 표상되고 공론화되면서, 가족과 결혼을 둘러싼 전통적 관계의 양식은 급속한 전환의 계기를 맞는다. 그런데 '연애'라는 어휘가 그토록 단기간에 쉽게 전통적 어휘들을 이겨내고 사랑을 가리키는 중심 어휘로 자리 잡았다는 사실, 더욱이 지고한 가치를 지니는 기호로 정착했다는 사실은, 이 개념을 수용하는 언어와 원본 언어 사이의 관계가 중립적이지 않았다는 것을 암시한다.

많은 연구자들이 지적했던 것과 같이, '연애'는 외국 문학의 독서에서부터 시작되었다. 1910년대에 발표된 춘원의 「김경」에서는 기노시타 나오에木下尙江의 「불기둥」火の柱을 통해 "'주의'의 고상한 감미甘味와 '분투'의 욕망과 '연애'의 순미醇味"를 배웠다는 소년이 등장한다. 이 소년은 밤을 꼬박 새워 소설을 읽었던 벅찬 감동을 "고열한 불바다"의 감격으로 기록하고 있다. 한편 "세계에 일흠난 연애소설 가운데 일어로 번역된 자는 대개 보왔다. 그리고 그 소설 가운데 연애에 성공한 자는 나로 치고 성공치 못한 자는 나의 사랑의 원수로 치고 마럿다"[10]고 밝히는 청년에게 소설은 연애를 가르치는 교과서와 마찬가지였다. 번역 소설이 들려주는 사랑의 이국성은 낯선 삶의 풍경에 대한 호기심을 유발하고, 알고자 하는 욕망을 작동시켰다. 그리하여 연애를 학습하는 청년들의 머릿속에 자리 잡은 것은 서구적인 삶의 풍경이었다. 춘원의 『무정』에서 김 장로가 미국 유학을 조건으로 선형과의 혼약을 청할 때 이형식이 떠올리는 것은 피아노가 놓이고 바이올린이 걸린 깨끗한 양옥집에서 선형과 함

10   김동인, 「마음이 여튼 자여」, 『창조』 3호, 1919. 12, 29쪽.

께 사는 자신의 모습이었다.
이 사랑의 연상은 "두 음악가
가 터-ㄱ 결혼을 해 가지고
양옥집 하나 족으마하게 짓고
조석으로 내외가 하나는 피
아노 타고 하나는 사현금 타
고 (……) 그런 팔자가 어대잇
나"[11]라고 한탄하는 4년 후 한
소설 주인공의 소망과 놀라

청년들이 꿈꿨던 스위트 홈의 이미지.

울 만큼 흡사하다. 연애를 열망하는 청년들이 소망했던 삶은 이처
럼 유사한 이미지 틀로 귀속되고 있었다. 이들이 바라는 미래는 깨
끗한 양옥집 거실에서 피아노를 울리며 함께 웃는 가족의 모습을
찍은, 서구적 가정의 선전 사진 한 컷 같은 이미지 이상이 아니었다.
피아노를 갖춘 양옥의 스위트 홈sweet home은 '연애'에 딸린 부속품 같
은 것이었다. 이 같은 이미지는 제국주의의 문화·경제적 침투를 용
이하게 해주는 취향의 동질화를 야기했다. 달리 말하면 청년들은
연애의 이미지가 촉발하는 문명적 삶에 대한 동경 가운데 서구적
물질문화가 제공하는 획일적 기호들에 수동적으로 적응하고 있었
다고도 할 것이다.

서구적 결혼 및 가정의 합리성은 전통에 대한 거의 저주에 가
까울 만큼 강렬한 비판 위에서 강조되었다. 자유연애론을 집대성
했던 춘원의 논설들에서 과거의 조선은 일고의 가치도 없는 야만
의 사회로 전락한다. 춘원은 조혼의 관습이 "식食, 색色 중심의 야만
적 인생관"에서 비롯된 것이라 분석하고, "조선 사회에 만반 현상이

11   방정환, 「그날밤」, 『개벽』 6호, 1920. 12, 153쪽.

차此 식食과 색色을 중심으로 선전旋轉"[12]한다고 규정했다. 그의 눈에 비친 "조선의 가정은 풍파와 적막과 반목과 비수悲愁와 죄악과 불행의 소굴"이었으며, "조선의 부부는 염오厭惡와 불화와 원차怨嗟와 고통의 집합"이었다. 조혼한 부부가 낳은 "조선의 아동은 정신상으로 대개 병신이외다"[13]쯤에 이르면 조선 풍속에 대한 춘원의 자기 비하는 극에 달했다고 할 수 있다. 염상섭이 본 조선의 가정은 어떠했던가. "가장권의 전제, 횡포, 남용 위압과 이에 대한 노예적 굴종과, 도호적塗糊的(멍청한, 임시방편의 ─ 인용자) 타협과, 위선적 의리와, 형식적 허례와, 뇌옥牢獄적 감금과, 질타, 매리罵詈, 오열, 원차怨嗟 (⋯⋯) 등等 모든 죄악의 소굴"[14]로 조선의 가정을 매도하는 횡보의 독설은 춘원의 그것과 그대로 닮아 있다. 가정이 이처럼 죄악의 소굴로 전락할 때, 입센의 인물 노라의 출분은 '지상선'地上善의 영예를 얻을 수 있었다.

　서구와 전통 조선의 극렬한 대조는 사랑을 해방하는 동시에 제약하는 결과를 빚었다. '연애'라는 새로운 표상을 설립하는 일은 사랑에 관한 전통적 관념의 권위를 해체할 수 있었던 만큼, 사랑이라는 문제를 근본적으로 새롭게 바라볼 수 있는 여건을 조성해주었다. 그것은 전통 사회가 사랑에 요구했던 의무와 제약들을 되짚어보고, 현실에 숨어 있는 허위와 모순 및 가능성의 조건들을 성찰하며, 사랑을 어떤 결정적이고도 종국적인 단계까지 추적할 수 있는 새로운 접근을 요구하고 또 가능하게 하는 일이었다. 그런 의미에서 '연애'는 인간의 욕망과 삶의 조건을 자유롭게 탐구하고 새로운

12　이광수, 「조혼의 악습」, 『이광수 전집 1』, 삼중당, 1961, 501쪽.
13　이광수, 「혼인론」, 『이광수 전집 17』, 삼중당, 1961, 140쪽.
14　염상섭, 「지상선을 위하야」, 『염상섭 전집 12』, 민음사, 1987, 48쪽.

2부. 개념사로 읽는 근대의 일상과 문학

상상력을 펼쳐나갈 수 있는 하나의 가능성을 제공하는 표상이었다고 할 수 있다.

그러나 식민지 초기 한국 사회에서 '연애'는 자유롭고 순수한 탐구 이전에, 서구 문명이 전달하는 선험적 개념들의 격자로 미리 구획되고 구조화되는 특정한 인식 방법을 통해 접근되고 있었다. '신성한 연애'의 의미는 우등한 서구 문명과 열등한 전통 사회라는 우열의 논리로 구획되고 있었으며, 현실적 삶의 토대를 고려하기 이전에 서구 문명이 제공하는 이미지에 먼저 압도되고 있었다. 이국의 정서를 담은 새로운 사랑은 식민지 조선에 열광적으로 '적용'되었고, 신교육을 받은 조선의 청년 지식인들은 신문명의 언어에 재빨리 자신들을 '적응'시켜갔다. 이 '개조'와 '이해'의 과정은 제국주의 세력과 결탁하기도 하고 그에 저항하기도 하는 싸움의 과정이었다고 할 수 있다. 분명한 것은, 이 과정에서, 전통 사회 안에 움트고 있던 자발적 변화의 움직임은 그 스스로 발현되고 역사를 만들어나갈 가능성을 빼앗겼다는 점이다. 이 잠재된 역사는 간과되고, 억압되고, 그리고 잊혔다.

연애, 문학, 근대인

연애는 한국 근대문학의 첫 관심의 대상이었다. 근대적 문학 개념을 처음으로 도입했던 춘원 이광수는 자유연애 주장의 선두 주자였고, 최초의 문학 동인지들에서는 연애에 대한 표현과 논의들이 초미의 관심사가 되었다. 문학은 '연애'라는 새로운 사랑의 표상에 자극받았으며, 이 표상의 확산과 구체화에 능동적으로 기여했다. 연애의 형성과 근대문학의 성립은, 감정과 의지를 지닌 주체로서 인간을 세계의 중심으로 상정하는 새로운 세계관의 설립이라는 동일한 맥락 위에서 펼쳐진 역사적 사건이었다. 사회적 의무로 규정되는 인간에서 벗어나 주관적 욕망과 의지를 지닌 존재로서 인간을 바라보는 의식의 지각 변동 위에 근대문학과 연애는 동시적으로 공식화되었다.

춘원 이광수의 '정'의 논리는 연애와 문학이 어떠한 관점에서 동일한 원천을 지니며, 그것이 그가 생각했던 근대적 개인상과 어떻게 관련되는지를 함축적으로 드러낸다. 인간의 정신을 '지', '정', '의'의 세 영역으로 나누고 문학을 '정'의 영역으로 분립시킴으로써, 춘원은 세계를 감각하고 만들어가는 주체로서의 인간을 사고하고 언술하는 장으로 문학의 의미를 새롭게 정립했다. 감각으로서의 '정'을 문학의 영역으로 이해하고 '정'이 추구하는 가치인 '미'의 실현을 문학의 목표로 규정함으로써, 춘원은 인간의 감각적 삶과 욕망에 의미를 부여하는 새로운 사고를 촉발시켰다. 그런데 이 '정'은 단일한 의미로 통합되지 않고 양가적 특성을 보인다. 춘원은 '정'을 '계몽의 원천'이자 '계몽의 대상'이라는 이중의 차원에서 파악하고 있었다. 즉 정은 인간 고유의 특질로서 인간이 무한히 발전하고 스스로를 고양할 수 있는 기초적 자격 및 조건을 가리키는 동시에, 개인의 성숙도를 표시하고 문명화의 정도를 분별하게 해주는 가치 판단의 지표였던 것이다. 즉자적 욕구나 욕망에서 정신적이고 영적인 영역에 이르기까지 춘원의 '정'은 다양한 스펙트럼을 지니고 있었다.

독립적이지만 다양한 스펙트럼을 지닌 '정'의 영역으로 규정된 문학은 자율적이면서도 숭고한 가치를 지향해야 했다. 문학은 세계를 감각하고 욕망하고 움직이는 존재로서의 인간을 새롭게 발견했지만, 그 인간은 성숙하고 문명적인 감정의 소유자로 자신을 책려하는 존재여야 했던 것이다. 같은 논리가 '연애'에도 그대로 적용된다. '연애'는 춘원이 생각했던 '정'의 스펙트럼에서 자발적인 감정이자 순도 높은 강렬성을 지니는 정념으로서 높은 위치를 차지했다. 그러므로 연애를 자각하고 실천하는 일은 그 자체로서 계몽적 행위로 높이 평가될 수 있었다. 연애는 타율성을 거부하고 자신의 내부에서 행동의 지침을 찾아내는 근대적 자아의 발현을 의미함으로써 그 자체로서 가치 있는 일인 동시에, 더 숭고한 본질을 관계 속에 구현할 수 있도록 단련되어야 하는 것이었다. 이 같은 '정'의 논리를 통해 춘원의 연애론과 문학론은 인간의 감각적·정서적 욕망의 발현을 주창하면서도 그것을 다시 문명화된 삶의 도덕적 규율에 엄격하게 귀속시켰다.

　여기서 문제적인 것은 숭고한 '정'을 향해 자아를 책려하고 도덕성을 부과하는 자기 조정의 힘이 환경과 소통하는 자아의 내부에서 기원하지 않았다는 사실이다. 이 힘은 자아의 외부에서, 구체적으로는 추상적 문명의 이미지로부터 부과되고 있었다.『무정』은 이러한 문제점을 명확히 드러내는 작품이다. "데체 주긔는 누구를 사랑ㅎ는가 션형인가 영치인가"를 고민하는 이형식은 이론처럼 명확히 규정하기 어려운 내면적 욕망의 문제에 부딪히고, 진정한 "주각흔 사람"에 이르지 못한 자신의 불완전성을 깨달을 수밖에 없었다. 그러나 그는 사랑의 갈등을 통해 깨닫게 된 자아의 결핍을 "올타 그럼으로 우리들은 빅호로 간다"는 학업 의지를 통해 극복하고자 했다. "ᄉ랑에 디흔 튀도로 죡히 인싱에 대한 튀도를 결뎡홀 수 잇다고 밋는" 신념의 소유자였던 그는, 자아와 환경을 조율하는 내면의 성숙이 아니라 '배움'을 통해서 "인성에 대한 틔도를 결뎡"할 수 있는 "스랑에 디흔 틔도"[15]를 확립하고자 했던 것이다. 더구나 형식이 가르침을 구하는 배움의 출처는 '미국'이었다. 모순적인 자아의 욕망이 빚어내는 내면적 갈등을 외래적 문명의 가르침 안에서 인위적으로 해소하려 할 때, 전근대적 삶의 질곡에서 벗어나고자 하는 모든 움직임은 외적으로 강제된 위계질서 아래 일정한 모형으로 정형화될 수밖에 없었다.

식민지 시기 발간된 이광수의
『무정』.

　이처럼 근대문학이 탄생하는 공간에서 '연애'는 이론적으로 주창되었던 것과는 달리, 자아와 환경의 긴밀한 상호작용을 통해 이루어지는 자아 발견의 통로로서 구현되지 못했다. 연애는 문명화된 삶의 이미지라는 자아의 외부에서 그 실천의 힘을 얻는 이념화된 표상이었으며, 아직 생활의 구체 속에 정착하지 못한 하나의 추상이었다. 감정과 그것이 생성되는 사회적 맥락 사이에 균형 있는 관계가 형성되지 못한 상태에서, 연애의 문학화는 이상화된 이념의 인위적이고 의식적인 표출로 귀결되었다. 식민지 초기의 근대소설들에서 연애는 근대적 개인으로서의 자아를 '발견'하기보다는 '선언'하는 계기로 표현되고 있었다.

　1920년대 전반까지 발표된 근대소설 가운데 가장 흔히 발견되는 서사의 유형은 (1)'조혼한 청년'이 (2)'자신의 진보한 사상을 이

15　이광수, 김철 편, 『바로잡은 무정』, 문학동네, 2003.

해하는 이성'과 만나 (3)'사랑에 빠짐'으로써 (4)'조혼한 아내와의 이혼을 요구'하면서 (5)'반대하는 부모와 투쟁'하는 이야기이다. 이때 '진보한 사상(2)'이란 '예술에 대한 이해와 열정'으로 설정되는 경우가 많았고, 경우에 따라서는 부모와 투쟁하는 이유가 '부모의 예술에 대한 몰이해'로 나타나기도 했다. 사랑의 '발견'이나 내면적 격정의 묘사는 오히려 드문 편이었다. 대부분의 소설에서 갈등의 중심은 (5)에 있었고, 연인들은 사랑 그 자체보다는 부모와의 대결을 통해 '연애'를 이해하는 자신들의 정체성을 확인하려 했다. 신문명적 사랑과 근대인이라는 텅 빈 기표는 그것과 대척하는 전통과의 대립을 통해 동일성을 회복하고 있었던 것이다.

　　연애의 자유를 외치며 아버지와 투쟁했던 「황혼」의 주인공은 마침내 이혼하고 신여성과 결혼하지만 자살한 전처의 원혼 때문에 병들어 죽게 된다. 그러나 그는 죽음의 순간에도 모든 문제를 부모의 탓으로 돌린다. "내 병은 내가 맨든 것이 아니요…… 다른 사람이 만드렀서…… 다른 사람이…… 다른 사람이!…… 우리 아버지, 어머니가,…… 아니, 우리 사회가!…… 나는, 나는! 하로밧비, 저-리로…… 저-리로! 광명한 천당으로…… 광명한 천당으로"[16]라는 것이 그의 유언이다. 청년은 전처를 죽음으로 몰고 간 현실 모순의 일부를 이루고 있는 자신의 이념을 재고할 줄 모른다. 모든 것은 부모 세대의 책임일 뿐, 죽음의 순간에서조차 그는 오직 "광명한 천당", 완전한 사회를 꿈꾸는 데서 아버지와 다른 '자기'를 찾으려 했다.

　　구체적인 생활에 스며들지 못한 연애의 외래성과 추상성은, 삶의 일반적인 경험 감각에 어긋나는 스토리나 과격하고 폭력적인 행위로 빠져드는 문학작품들이 속출한 원인의 하나였다. 식민지 초기

16　최승만, 앞의 글, 19쪽.

근대소설에서 사랑은 상식적으로 이해하기 어려운 장면들을 자주 연출했다. 첩의 아들이라는 이유로 청혼을 거절당한 청년이 거절의 이유에 진심 어린 경의를 표하기도 하고(이일,「몽영의 비애」,『창조』 4호), 신여성을 사랑하여 멀쩡한 아내가 죽기만을 기다리다가 정말로 아내가 죽었다는 전보를 받고 뛸 듯이 기뻐하며 애인에게 달려가는 기혼남이 반어적 인물이 아니라 정당한 주인공으로 그려지기도 한다(백주,「영생애」,『조선문단』7호).『청춘』(나도향, 1920)의 주인공 일복은, 자살한 연적과 가족에 대한 의리를 지키기 위해 자기를 죽여달라는 애인의 사랑에 감동하여, 실제로 그녀의 가슴을 칼로 찌른다. 이 살인의 순간에 그가 느끼는 것은 참사랑의 감격이었다.

이 이야기들의 부자연스러움은 소설의 미숙성 때문이기도 하지만, 아직 체화되지 못한 연애라는 표상의 낯섦 때문이기도 했다. 현실적 삶의 토대에 사랑을 성찰하는 내면의 성숙이 아직 이루어지지 않은 상태에서, 연애를 갈망하는 인물들은 사랑에 대한 추상적이고 외부적인 '지식'을 생활에 그대로 적용하려 했고, 그 결과 일반적 삶의 감각에 어긋나는 과도하고 부적절한 행위와 태도들이 양산되었던 것이다. 이는 연애가 서사적 상황과의 긴밀한 관련 가운데 자유롭고 순수하게 실험되기보다는 서사 밖에서 미리 규격화되고 있던 인식 방법을 통해 접근된 결과라고도 할 수 있다. 이 소설들에서 연애의 묘사는 사실상 '경험'의 문학화가 아니라 외적으로 주어지는 '지식' 또는 '사상'의 문학화였다.

신성한 연애의 표상에 의해 개발된 삶에 대한 과도한 기대 지평은 실질적인 현실의 경험 지평과 균형을 맞추지 못했다. 현실과 기대의 현격한 불일치 앞에서 청년들은 더욱더 강렬한 열정으로 자아의 순수성을 확인하려 했다. 이로써 격앙된 기대와 격정은 자살

1922~1923년 『동아일보』에 연재된 나도향의 연애소설 『환희』.

이라는 과격한 행동주의로 쉽게 치달았다. 수많은 소설의 주인공들이 사랑 때문에 죽어갔다. 보답받지 못하는 감정 때문에 죽고(이광수, 「윤광호」, 1916), 애인의 배신 때문에 죽고(방정환, 「그날밤」, 1921), 잘못된 선택을 속죄하기 위해 죽고(나도향, 『환희』, 1922), 애인과 소식이 끊어져서 죽고(윤귀영, 「흰달빛」, 1924), 애인이 몹쓸 병을 지닌 기생이라서 살아서는 육체적 관계를 나눌 수가 없어서도 죽었다(박종화, 「죽음보다 압흐다」, 1923). 죽음은 연애의 이상 앞에 자아의 절대적 순수성을 증명하는 방법인 한편, 이상과 현실의 불일치에 항거하는 강력한 저항의 표출이기도 했다. 완전한 사랑에 대한 믿음은 이론적 신념과는 너무나도 동떨어진 현실의 여러 문제들과 부딪치면서 세계의 연속성에 대한 기본적 신뢰를 무너뜨렸고, 스스로를 지탱할 수 있는 힘을 다른 곳에서 찾을 수 없었던 청년들은 죽음이라는 왜곡된 형식으로 주체성의 절정을 맞았다. 인위적이거나 극단적인 방식으로 '연애'라는 추상을 현실화하려 할 때, 자아와 환경을 균형 있게 조율할 수 있는 깊은 내면성을 형성하기란 불가능했다. 자기 자신을 돌아볼 수 있는 의식의 발달과 더불어 연애가 구체적인 삶의 현실로 들어가기 위해서는 염상섭 같은 리얼리스트의 냉철한 현실감각이 발현되기를 기다려야 했다.

1. '연애'란 무엇이었는가

사랑은 깊은 내면의 충동 속에서 아직 설명되지 않고 의미화되지 않은 삶의 진실들을 이끌어냄으로써 끊임없이 새롭게 자아를 발견하라고 명령한다. 감각과 욕망의 들끓는 충동 속에서 자아의 새로운 진실을 발견하고 그것을 더욱 깊은 내면성의 원리를 통해 삶의 표층과 화해시키는 일은 끊임없이 반복해야 할 근대인의 영원한 숙제일지도 모른다. 식민지 초기, 자유로운 사랑의 표상으로 등장했던 연애는 자아의 주체성을 표출하는 계기로서 열광적인 지지를 받았지만, 실질적으로 자아의 내면을 탐구하고 발현하는 계기로 구현되지 못했다. 서구 문명의 자극에서 촉발된 사랑의 추상적 이미지에 경도되면서, 연애는 구체적인 삶의 현장에서 '창조'되기보다는 삶에서 겉도는 하나의 이념으로 문학에 '인용'되고 '적용'되었다. 그런 점에서 한국 근대문학의 연애의 표현은 자기 발견이 아니라 자기소외의 형식으로 출발했다고 할 수 있다. 추상적으로 겉도는 소문과 이미지의 지배 아래에서 연애의 주장은 식민지 중산계급의 세속적 이념과 취향 속으로 쉽게 빠져들어갔다. 근대적인 성, 사랑, 결혼의 감각은 이와 같은 공간에서 움트고 있었다.

2

'청춘', 개인적 감성과 사회적 이상 사이에서

젊음의 표상, '청춘'과 '청년'의 거리

'청년'과 '청춘'이란 젊음을 의미하는 서로 다른 표현이다. 활달한 신체적 역능과 왕성한 심리·정서적 활동 및 변이를 동반하는 젊음의 주기가 '청년'이라는 기호로 호명되기 시작한 것은 근대의 일이다. 청년의 성격은 그것을 호명하는 역사적 조건에 의해 결정된다. 근대 계몽기를 거치면서 청년은 구습과 구도덕에 저항하는 신문명의 상징이자 자수자강의 주체로서 특권화된다.[1] 청년이 국민국가 건설의 요체이자 부모 세대에게서 독립한 자립적 계몽 주체로 개념화된 것은 한국 근대가 낳은 특수한 역사적 사실의 하나이다.

그런데 '청춘'은 '청년'과 조금 다르다. 오늘날 청춘은 청년과 일

[1] 근대 계몽기 '청년'이 지녔던 혁신적 의미는 다음의 글들에서 자세히 논구된 바 있다. 이기훈, 「일제 시기 청년 담론 연구」, 서울대학교 박사학위 논문, 2005; 소영현, 앞의 책, 2008; 이경훈, 「청년과 민족 ─『학지광』을 중심으로」, 『대동문화연구』 44집, 성균관대학교 대동문화연구원, 2003, 269~303쪽; 천정환, 「식민지 시기의 청년과 문학·대중문화」, 『오늘의 문예비평』 55, 2004. 12, 36~56쪽.

정 부분 동일한 시기와 상태를 지칭하면서도, 좀 더 유연하고 정서적이며 낭만적인 성격을 지니는 말이다. '청년'이 젊은이의 진취적이고 사회적인 의지력과 활동력을 포괄적으로 표상하는 어휘라면, '청춘'은 다분히 정적인 성격을 띤다. '청춘'이 표상하는 감상적·낭만적 성격은, 정치·사회적 의미로 작동하는 '청년'의 경우와 달리, '청춘'으로 하여금 대중문화가 호명하는 대표적 기표로 자리 잡게 한 원인이 된다. '청춘'이라고 하면 〈맨발의 청춘〉, 〈청춘극장〉, 〈고교 얄개〉 시리즈같이 폭발적 인기를 얻었던 대중 영화들을 우선적으로 떠올리게 되는 것도 이와 무관하지 않다.

그러나 '청춘'이라는 어휘가 늘 지금과 같은 의미로 사용되었던 것은 아니다. '청춘'이 낭만적·감상적 이미지와 더불어 사랑과 젊음을 결합한 대중문화의 지배적 표상으로 자리 잡은 것은 1920년대에 이르러서였다. 이 시기 '청춘'은 '청년'이 표상하는 사회·정치적 주체성의 일부를 개인적·문화적·정서적 방향으로 굴절시킴으로써 젊음의 또 다른 일면을 가시화했다. '청년'이라는 세대 기표의 출현과 더불어 근대화된 '청춘'은 다시 청년이 표상했던 사회성과 일정하게 분리되면서 대중문화의 중심으로 이동하게 된 것이다. 따라서 '청춘'이라는 말의 역사적 굴절 과정은 개인적·문화적·정서적 차원에서의 젊음이 역사·사회적 조건에서 어떻게 다르게 인식되고 조절되어왔는지를 밝혀줄 수 있는 유용한 단서가 된다.

'청춘'이라는 말이 지니는 이 같은 문제적 지점에 주목하면서, 이 장에서는 '청춘'이 표상하는 '청년과 다른 젊음'의 측면들이 한국 역사에서 어떻게 가시화되고 인식되며 표상되어왔는지를 살펴보고자 한다. '청춘'과 '청년'의 차이는 무엇인가. 이 차이는 언제부터 생긴 것인가. 이 차이를 만든 것은 어떤 힘과 욕망, 역학들인가. 이 차이 위에서 20세기 전반기 한국의 젊음이 표상된 방식에는 어떤 사회적·정치적 조건들이 작용하고 있는가. 이 조건들과 표상들은 어떻게 서로 간섭하고 관련을 맺으면서 길항했는가. 이러한 질문에 답하는 일은 젊음이라는 주체성이 지니는 사회적 위상을 복합적으로 파악하고, 특히 감각적·감성적 차원에서의 젊음이 지니는 사회·문화적 위상을 재성찰하는 작업이 될 것이다.

'청년'과 '청춘'의 분화, 그리고 감성의 공공화

푸름(靑)과 봄(春)을 합성한 어휘 '청춘'은 전근대 사회부터 사용된 만큼 오랜 역사를 지닌 말이다. 아직 '청년'이라는 어휘가 개념화되기 전, '청춘'은 푸른 봄의 아름다움과 계절의 순환성에 비추어 젊음이라는 인생의 주기를 가리키는 말로 사용되었고, '소년'少年, '연소'年少 등의 어휘와 더불어 상대적 의미에서 나이 어린 사람 일반을 지칭하는 데 이용되었다. 그러나 '청춘', '청년', '소년' 등이 연령을 뚜렷이 구분하거나 특정한 연령대를 집단적으로 지칭하고 인식하기 위해 사용된 것은 아니었다. 조선 시대까지 어른과 아이의 구분은 혼인을 한 자와 하지 못한 자, 또는 생식이 가능한 자로서의 남녀와 그렇지 못한 자 등 생물학적 기준에 의해 이루어졌다. 따라서 '소년, 연소, 청년, 청춘' 등의 용어는 지시 대상을 구체적으로 제한하기보다는 상대적·임의적 맥락에서 나이 어린 시기를 지칭하는 데 가까웠다.

'청년'과 '청춘'은 특히 '청'靑이 나타내는 푸름이 상징하는 계절의 순환성에 비견하여 인생의 시기를 가리키는 말이었다. 비유를 통해 의미를 형성했던 탓인지, 두 어휘 가운데서는 '푸름'이라는 단일한 의미만 빌려온 '청년'보다 푸름과 계절을 함께 접속시킨 '청춘'이 압도적으로 많이 쓰였다.[2] 푸름과 계절의 복합적 비유 기능을 통해 '청춘'은 젊음을 단순히 시기적으로 지칭할 뿐만 아니라 젊음이 지닌 미적 형상성을 함축했다.

① 소년 시절의 행락을(少年樂) / 이제는 늙어버려서 탄식만 할 뿐이로다(老矣已矣徒歔欷)[3]
② 노을 위로 솟구치는 청년 재자의 기상이여(靑年才子氣凌霞)[4]
③ 지관의 명성은 청년 시절부터 우뚝했으니(地官聲譽屬靑年)[5]
④ 태평이라 길한 현상 자랑할 만하고 말고(太平休象是堪誇) / 청춘에 뜻 얻었네 우리들을 쳐다보소(靑春得意看吾輩)[6]
⑤ 공조 좌랑은 모습이 청춘인데다(水曹眉宇照靑春) / 게다가 마음마저 속세를 벗어났네(剩使胸襟擺俗塵)[7]

①, ②, ③, ④에 쓰인 '소년, 청년, 청춘'이 상대적 의미에서 젊음의 시기를 가리킨다면, ⑤에서 사용된 '청춘'은 젊음의 시기가 표상하는 형상적 차원, 즉 미학적 아름다움의 의미를 포함한다.

'청춘'의 비유적 함의는 시기나 연령을 구체적으로 구분하기보다는 계절의 순환성에 의거하여 젊음의 상태를 형상적 이미지와 더

2 2011년 1월 28일 현재 한국고전종합 데이터베이스에 실린 고전 번역서 원문에서 '청춘'靑春의 용례는 277건 나타나지만 '청년'靑年의 용례는 단 17건이다.
3 이색, 「소년락」少年樂, 『목은집』牧隱集, 목은시고 제9권.
4 최립, 「난후록」亂後錄, 『간이집』簡易集 제6권.
5 서거정, 「봉사출경」奉使出京, 『사가집』四佳集, 『사가시집보유』 제2권.
6 정약용, 「탐화연」探花宴, 『다산시문집』茶山詩文集 제1권.
7 황준량, 「차박희정멱저생」次朴希正覓楮生, 『금계집』錦溪集 외집 제2권.

불어 표상하는 데 용이했다. 연령 구분의 잠재성이 배태되어 있는 '청년'보다 '청춘'을 압도적으로 많이 사용했던 조선 시대의 문헌에서, '청춘'이 주로 흘러가는 시간에 대한 안타까움을 표현하는 수사로 활용되곤 했던 것은 이 때문이다. 즉 '청춘'은 인생의 주기에 대한 객관적이고 사회학적인 구분이 아니라, 주관적이고 회고적인 관점에 의거하여 활용되는 어휘였던 것이다.

1897년 간행된 제임스 게일의 『한영ᄌ뎐』은 '소년', '청년', '청춘'을 모두 표제어로 싣고 셋 다 공통적으로 'youth'라 번역했다.[8] 세 어휘를 그리 구분하지 않았던 고전적 관습이 근대 계몽기에도 이어지고 있었음을 확인해주는 부분이다. 그러나 근대 계몽기 세 어휘의 주도권은 눈에 띄게 달라진다. 이는 무엇보다도 '청년'이라는 용어가 새로운 주목을 받았기 때문이다.

일본에서 YMCA가 '기독교 청년회'로 번역되어 등장하고 영어 'youth'의 번역어로 '청년'이 유력해진 이래, 1890년대 말부터는 조선에서도 '청년'이라는 어휘가 하나의 시대적 기표로 대두하기 시작했다. 조선의 매체들은 자주독립과 국민국가 건설이라는 긴급한 요청 아래 신문명사회를 선취해나갈 주체로 '청년'을 호명했다. "청년靑年이야말노 실實노 국가國家의 중추中樞며 주동력主動力"이고, "강고强固혼 국가國家는 강고强固혼 청년靑年을 뇌賴ᄒ야 비로소 건설建設홈을 득得"[9] 한다는 새로운 공감대가 형성되기 시작한 것이다. 바야흐로 청년은 부국강병의 국가적 요청을 준비하고 실천해나가야 할 주도적 세대로 급부상했다. 국민국가 건설이라는 시대적 사명 아래, 청년은 신

---

8   단, 소년과 청년이 모두 'youth'로 번역된 데 비해 청춘은 'the green and salad year of youth'로 부기되는데, 이는 청춘의 비유적 함의를 염두에 둔 번역으로 보인다.
9   「국가의 주동력」, 『대한유학생회학보』 2호, 1907. 4, 4~5쪽.

문명사회를 선취해야 할 상징적 주체로서 성, 신분, 계급, 가치 지향 등이 서로 다른 존재들을 하나의 집단으로 묶어내는 유력한 기표로 각인되고 있었다.[10]

"청년자제는 장래 국가의 정간植幹이 될 터히오 인민의 표준이 될 자"[11]이니 "아청년我靑年이 자중自重의 덕德과 직왕直往의 용勇을 양養ᄒ면 독립유신獨立維新의 사업事業을 가可히 장상掌上에 운運"[12]할 것이라는 기대 가운데, 청년은 '교육'이라는 매개를 통해 국가의 독립과 신문명 건설을 담당할 수 있는 선도적 주체로 이해되었고, 이러한 현상은 1910년대 말 일본 유학생들이 신문명 담론의 중심에 서면서 더욱 가속화된다.[13] 유학생 청년들은 스스로를 문명화 선도의 집단이자 자수자양自修自養의 인격을 갖춘 윤리적 주체로 재규정하고, 구습 및 구세대와의 단절이 무엇보다도 신문명 건설의 첩경임을 강조했다.

신학/구학, 신도덕/구도덕, 신문명/구습 등 신/구의 대립 어법을 통해 새로움의 가치를 자기화하고 활용했던 '청년'은 이제 그 자체가 진보와 새로움을 표상했다. 이 청년은 조선의 전통을 불행하고 병적이며 야만적인 것으로 규정하고, "하여 놓은 것 없는 공막空漠한 곳에 각종各種의 창조創造함"[14]을 신문명의 과제로 인식함으로써 "'앎이 없는 인물', '함이 없는 인물'"[15]들인 구세대와 구별하여 신

---

10 이상 근대 계몽기 청년의 의미에 대해서는 이기훈의 앞의 글(2005)과 소영현의 앞의 책 참조.

11 박은식,「사범양성師範養成의 급무急務」,『서우』5호, 1907. 4, 2쪽.

12 「아청년사회의 책임」,『태극학보』25호, 1908. 10, 15쪽.

13 1890년대까지 '청년'은 유학층의 '자제' 개념과 결합하여 교육구국운동의 대상으로, 즉 교육을 통해 국민의 일원이 될 수 있는 대상으로 지칭되다가 1910년대 말 일본 유학생층이 담론의 중심에 서게 되면서 보다 자립적인 자수자양적 개혁의 주체로 대두하기 시작한다. 이기훈, 앞의 글(2005) 참조.

14 이광수,「금일 아한 청년의 경우」,『이광수 전집 1』, 삼중당, 1967, 478쪽.

15 이광수, 위의 글, 같은 쪽.

사회를 건설할 것을 자신들의 책무로 인식했다. 스스로를 신문명의 기관이자 신체로 의미화함으로써 '청년'은 더 이상 단순한 인생의 주기만을 중립적으로 지칭하는 어휘가 아니라, 사회적 책임과 능력을 부여받은 세대 분절의 개념으로 재정립된 것이다.

'청년'이 시대적 기표로 부상하면서 '청춘'의 용례는 눈에 띄게 줄어든다.[16] 근대 계몽기 학회보에서 '청춘'은 철저히 '시기'를 가리키는 말로 제한된다. "청춘소년靑春少年을 ᄌ랑 마시오 명경백발明鏡白髮이 가석可惜ᄒ도다"[17], "청춘靑春이 불재래不再來ᄒ니 백일白日을 막허도莫虛度라"[18], "청춘靑春이 일거후一去後에 추색秋色이 필지必至로다"[19] 등의 예에서처럼 '청춘'은 거의 예외 없이 짧은 젊음의 시기를 지칭하는 시간의 수사로 쓰였고, "풍류세월風流歲月에 청춘靑春을 허송虛送ᄒ고 정의인도正義人道를 각오覺悟하난 자者ㅣ 소少"[20]하다는 일침에서와 같이 '청춘을 허송하지 말라'는 부정적 어법을 통해 애국을 위한 매진의 자세를 독려하는 데 활용되었다. 신문명의 주체로 호명되었던 '청년'과 달리 '청춘'은 철저히 인생의 한 주기를 가리키는 시간의 단위로 사용되었고, 봄과 푸름의 아름다움은 이 시간의 찰나적 성격을 나타내는 데 동원되고 있었던 것이다.

계몽 언설과 다른 차원에서 '청춘'의 용례를 보여주는 사례는 딱지본 신소설들이다.

---

16 국사편찬위원회에 입력된 한국사 데이터베이스를 기준으로 할 때, 1905년부터 1910년까지 발행된 근대 계몽기 학회보에서 '청년'의 용례가 485건 등장하는 데 비해 '소년'은 149건, '청춘'은 26건밖에 등장하지 않는다. 이는 조선 시대의 사례와 뚜렷이 대조를 이루는 현상이다.

17 김유탁, 「서우사범학교도가」西友師範學校徒歌, 『서우』4호, 1907. 3, 39쪽.

18 「춘조春調로 증기호학생贈畿湖學生」, 『기호흥학회월보』9호, 1909. 4. 25, 40쪽.

19 최석하, 「무하향만필」無何鄕漫筆, 『태극학보』4호, 1906. 11, 45쪽.

20 김기환, 「한국금일의 청년사업」, 『대한흥학보』6호, 1909. 10. 20, 18쪽.

- "청춘시절만 허숑을 ᄒ고"

  — 이인직, 『치악산 下』, 동양서관, 1911, 69쪽.

- "청춘을 눈물과 흔슘 속에 늙히고져 ᄒ니"

  — 김필슈, 『경세종』, 광학서포, 1908, 48쪽.

- "청춘에 호을노 되야"

  — 이해조, 『모란병』, 박문서관, 1916, 58쪽.

- "이팔청츈 젊으나 젊은 째에"

  — 이해조, 『구의산 上』, 신구서림, 1912, 73쪽.

- "졂어 청춘에 임석겨 노잔다"

  — 이해조, 『두견성』, 보급서관, 1911, 107쪽.

- "화창한 청츈 시절이 도라왓더라"

  — 김교제, 『비행선』, 동양서원, 1912, 146쪽.

- "오늘 청춘이 늬일 빅발은 정흔 일"

  — 최찬식, 『추월색』, 동양서원, 1912, 7쪽.

위의 사례에서 보듯, 신소설에서도 '청춘'은 대체로 시기를 가리키는 말로 쓰인다. 다만 '이팔청춘'이나 '청춘의 과부' 등의 사례가 자주 나타나는 데서 알 수 있듯, 신소설의 '청춘'에는 학회보들과는 다르게 지나가는 젊음의 아름다움과 그에 대한 안타까움의 뉘앙스가 도드라진다. 그러나 신소설의 통속성이 지속적으로 비판되고 계몽 논설이 지배적 언설을 장악했던 사회적 상황에서 '청춘'의 감성적 함의는 어디까지나 부차적인 것으로 숨어 있었을 뿐, 담론의 표면으로 부각되지는 못했다.

1914년부터 1918년 신문명 건설의 주체로서 젊은 세대를 겨냥해서 발간된 최남선의 잡지가 『청춘』이라는 표제를 표방했던 것은 그런 점에서 주목할 만하다. 『아이들보이』, 『붉은 저고리』 등 아동용 잡지와 분기하면서 창간된 『청춘』은, 『소년』의 정신을 계승하면서도 『소년』의 일반적 화자였던 15세 미만 그 이상以上으로 독자 대상을 이동시킨 잡지였다.[21]

　"우리는 여러분으로 더부러 배홈의 동무가 되려 합니다. 다 가치 배홉시다 더욱 배호며 더 배홉시다"(『청춘』 1호, 5쪽)로 시작하는 『청춘』의 권두언은 "우리 대한으로 하여금 소년의 나라로 하라"(『소년』 1호, 1908)는 저 『소년』의 역설을 계승하면서, 과거와의 단절 및 신지식 습득이라는 이중의 과제를 통해 새로운 사회 건설의 주체를 정립하고자 했다. 당시 학습의 주체이자 신문명 건설의 주체가 되어야 할 이 존재들은 '청년'이라는 기표를 향해 수렴되고 있었지만, 『청춘』이라는 표제가 마련될 시기까지 소년, 청년, 청춘이라는 기표의 의미가 아직 명확하게 분기되지는 않았던 1900년대의 상황은 일정 부분 지속된다. 『소년』에 「신시대 청년의 신호흡」(1909. 3), 「청년학우회의 주지」(1910. 6), 「금일 아한 청년의 경우」(1910. 6)와 같은 글이 실리고, 학습과 수신의 주체로서 소년과 청년이 구별되지 않았던 것과 마찬가지로, 『청춘』 또한 「어린이 꿈」(창간호), 「새 아이」(3호) 등을 권두시로 내세울 만큼 그 독자 집단의 호칭을 명확히 분절하지는 못하고 있었다.

　그럼에도 『청춘』이 '소년'이나 '청년'이 아니라 봄의 비유를 살린 어휘 '청춘'을 제목으로 내세운 것은 각별한 의미를 갖는다. 이는 무엇보다도 이 잡지가 문학과 예술 등 문화적 장을 통한 신지식 습득에 특별한 노력을 기울임으로써 감성적 열정의 차원에서 신문명

21　윤영실, 「국민국가의 주동력, '청년'과 '소년'의 거리」, 『민족문화연구』 48, 고려대학교 민족문화연구원, 2008, 111쪽, 120쪽 참조.

『청춘』(1914. 10), 『아이들보이』(1913. 9), 『붉은 져고리』(1913. 1) 창간호.

을 향한 배움과 실천을 견인하고자 했기 때문이다. 잡지『청춘』의
진眞 가치는 "오즉 심心을 탄殫하고 성誠을 갈竭하는 적성열혈의 유무
에만 재在"하며『청춘』은 "전혀 이것(적성열혈 ― 인용자)의 화신"이라
고 칭했던 한 독자의 투고문은 열정을 자극함으로써 문명화의 저력
을 이끌어내고자 했던 잡지의 의도를 여실히 간파해내고 있다. 소
설과 시가, 시각적 화보와 노래 등의 장르를 적극 포섭하면서 감각
적 문화의 차원에서 계몽의 열정을 이끌어내고자 했던 '청춘'은 신
문명 건설의 주체로 호명된 청년 세대의 열정을 견인해내기 위해
붙여진 제목이었다. 그러나 이 호명이 함축하는 열정의 의미장이
아직 의식의 표면 위로 또렷이 부각된 것은 아니었다. 잡지『청춘』
에서 제목 이외에 '청춘'이라는 용어를 표제로 앞세운 글이나 지면
은 거의 발견되지 않는다.

　'청춘'이 표상하는 봄과 푸름의 상징적 의미가 단순히 인생의
한 주기를 가리키는 시기적 의미를 넘어 본격적 전환을 맞은 것은
근대 동인지 문인들에 의해 새로운 미학이 발생하고부터였다. 다음
의 예에서 사용된 '청춘'의 의미는 전대의 용례와는 현격한 거리를

드러낸다.

감정은 청춘의 그 가장 위대한 문화일다. / 청춘의 생명은 그 감정
의 금욕중衾褥中에 들어잇다. / 감정은 청춘의 그 생명의 일종의 솜
든 금의錦衣며, 또한 그(생명)를 포飽케 하며, 취醉케 하며, 가歌케 하
며, 무舞케 하는 그의 유일한 구락부俱樂部일다. / 감정은 청춘의 그
생명의 배양되는 일개의 비옥한 밧일다, 대지일다. / 청춘의 그 특
수한 무르녹은 방순芳醇한 향기와 그 맑은 음향과 또는 그 만색萬色
의 영롱·찬란한, 화려한 광채는 모다 이 감정의 안으로부터 발효
되며, 울리며, 유로流露되어 나오는 자者일다. / 감정은 청춘의 그 천
래天來의 문화일다.

청춘의 그 감정은 일종의 삼위상三位像의 향락욕享樂慾을 가저잇다.
(1)은 식욕(간식적間食的, 도락적道樂的 식욕食慾), (2)는 미욕美慾, (3)은
연애戀愛일다. / 이 삼위상三位像의 향락욕享樂慾은 청춘의 그 감정이
가즌 지존의 지위의 욕망의 일一이라 하겟다. 그 중의 가장 인기잇
는 총운아寵運兒는 연애일다. / 연애는 청춘의 식욕의 그 가장 친한
자매며 또는 그 생명의 가장 갓가운 죽마의 벗일다.[22]

1920년대 동인지 문인이자 근대시 선구자의 한 사람이었던 황
석우가 1923년에 발표했던 윗글에서 '청춘'은 감정을 생명으로 삼으
며, 감정을 통해 찬란하고 화려한 광채를 발휘하는 어떤 것으로 표
현된다. 이 글에서 청춘의 광채는 욕망과 향락을 부정하지 않으며,
내면에서 발효되고 표출되는 감성의 향기와 음향을 적극적으로 향

22 　황석우,「연애戀愛 (촌상寸想), 어느 애愛에의 박해迫害를 밧는 이이二二의 젊은 영혼靈
　　 魂을 위寫하야」,『개벽』32호, 1923. 2, 49쪽.

유한다. '청춘'은 향락의 욕망을 공공연히 표방하고 욕망에 지존의 지위를 부여함으로써 젊음의 존재를 새롭게 이해하는 관념으로 바야흐로 전이되고 있다.

감정과 욕망에 대한 이 같은 긍정이 가능해진 것은 1910년대부터 지속되어온 '정'의 재발견과 무관하지 않다. '정'의 발달 정도로 문명과 인격 발달의 수준을 가늠했던 저 「동정」[23]의 강변 이래, 1910년대의 청년 지식인들은 '정'을 개체의 내면에서 계몽의 자발적 추동력을 이끌어낼 수 있는 유력한 원천으로 재발견했다.[24] "정육情育을 기면其勉하라. 정육情育을 기면其勉하라. 정情은 제의무諸義務의 원동력原動力이 되며 각활동各活動의 근거지根據地니라"[25]라는 계몽의 외침 속에서 '정'은 개체의 자발적 감정과 집단의 사회적 요구를 효과적으로 접속시켜 청년의 열정을 계몽의 열정으로 견인해낼 수 있는 주요한 동력이었다.

1910년대 '정' 담론이 개체와 집단의 이해를 일치시킴으로써 계몽 열정을 고양하는 데 이용되었다면, 감정을 '청춘의 생명이 배양되는 대지요 천래天來의 문화'로 정의하는 위 인용에서 '청춘'에 깃들어 있던 개체와 집단의 균형은 개체의 월등한 우위를 향해 유감없이 전환된다. "청춘의 생명은 그 감정의 금욕중衾褥中에 들어잇다"라는 부르짖음은 젊음의 시기를 집단적 목표 아래 귀속시키려 했던 1910년대식 균형 감각을 여지없이 혁파하는 것이다. 감정과 욕망에 대한 적극적인 긍정이 가능해진 것은 무엇보다도 1920년대 동인지 문인들의 변화된 인간관과 세계 인식에 말미암는다. 동인지

23   이광수, 「동정」, 『청춘』 3호, 1914. 12.
24   1910년대 '정'의 재맥락화는 다음 책에서 자세히 소개된 바 있다. 권보드래, 『한국 근대소설의 기원』, 소명, 2000, 27~38쪽.
25   이광수, 「금일 아한 청년과 정육」, 『이광수 전집 1』, 삼중당, 1962, 475쪽.

문인들은 외부에서 주어진 이념이나 정치적 구호가 아니라 자아 내부에야말로 절대적이고 영원한 가치의 기준이 내재한다고 믿었다. "자기自己 개성個性에 의依하야 그 생명生命의 곳을 잘 배양培養"하는 일에 지상의 가치를 부여하고 "나의 전 생명의 절대적 표현을 요구"[26] 하는 일이야말로 시대마다 변화하는 정치적 구호와는 비교할 수 없이 깊고 절대적인 진리를 발견하는 일이라고 확신했다.

　"무엇보다 먼저 자기自己에게 충실忠實하라"[27]는 새로운 명제와 개인의 내면 감정이 진실한 것이라는 동인지 문학인들의 인식 전환을 통해 '청춘'이 표상하는 젊음은 '청년'이 표상했던 공적인 속박에서 풀려나 한층 자유로움을 맛보게 된다. '청춘'은 개체적 욕망을 더 이상 부정하지 않았다. 생물학적이고 심미적인 욕망들("식욕, 미욕, 연애"), 표현 행위(생명을 "포포飽케 하며, 취취醉케 하며, 가가歌케 하며, 무무舞케 하는"), 쾌락 욕구("향락욕"享樂慾) 등 공적 가치에 복무하지 못했던 충동과 정서들이 '감정'과 '생명'의 이름으로 공식적 긍정을 얻게 된다. 개체의 내부에 숨어 있는 감각과 정서에 대한 초유의 긍정 가운데 '청춘'은 이제 "방순芳醇한 향기와 (……) 맑은 음향과 (……) 영롱·찬란한, 화려한 광채"의 감각적 예찬을 통해 이미지화된다. 젊음을 감정과 감각, 욕망의 차원에서 적극적으로 긍정하는 시각은 이전의 사회에서는 찾아보기 어려운 것이었다. 사회적 책무가 아니라 감각과 열정의 차원에서 젊음을 공공화하는 인식의 전환 위에서 '청춘'은 근대적으로 재의미화된다.

26　오상순, 「허무혼虛無魂의 독어獨語」, 『폐허이후』 1호, 1924. 1, 117쪽.
27　염상섭, 「개성과 예술」, 『염상섭 전집 12』, 민음사, 1987, 35~36쪽.

해방과 불안의 감성적 딜레마

근대 계몽기의 학회보와 1920년대 초반 잡지의 '청춘' 용례가 드러내는 이 현격한 용법의 차이는 이 시기 젊음의 주기가 인식되고 구성되는 방식의 전환이 얼마나 급격한 것이었는지를 실감하게 해준다. '청춘'의 급격한 변화는 1920년대부터 보편화되기 시작한 '연애'의 새로운 풍속과 긴밀한 관련이 있었다. 연애 개념의 등장은 1910년대까지 공적 가치에 압도되어 있던 청년들을 새로운 의미의 '청춘'이라는 감각 속으로 진입시켜준 획기적 사건이었다. 사랑과 결혼이라는 사적 가치에 공적 가치 이상의 의미를 부여해준 연애라는 신개념은, 사회적 의무로 규정되는 인간 이전에 감각적·감성적 존재이자 욕망의 존재로서 인간을 긍정하는 새로운 인간관과 더불어 공식화된다. 연애가 초래한 감각과 감정에 대한 관심은 내면적 자율성에 기반한 청년들의 새로운 가치관과 사회적 실천을 '청춘'이라는 언표에서 새롭게 공식화할 수 있는 내재적 토대였다.

'연애'와 결합한 '청춘'의 새로운 감각은 급속하게 확산되는 근대문학[28]과 대중매체를 통해 빠른 속도로 퍼져나갔다. 1920년대 신문은 자유로운 혼인이 좌절되자 목숨으로 저항하는 젊은이의 사연들을 보도하는 데 열을 올렸다.

- 「연애戀愛끝혜 정사情死 ─ 청춘남녀 두 명이」
  ─『동아일보』, 1923. 1. 2.

- 「청춘남녀의 정사情死 ─ 여자는 죽고 남자는 살아」

---

28 1920년대 근대문학은 언론 매체와 도서관 등을 매개로 문화 전 영역에서 주도권을 장악해간다. 천정환, 「식민지 시기의 청년과 문학·대중문화」, 앞의 책, 46쪽 참조.

2부. 개념사로 읽는 근대의 일상과 문학

—『조선일보』, 1923. 9. 10.

- 「(……) 십육세청춘十六歲靑春으로 강제결혼强制結婚에 희생犧牲된 곳 가튼 처녀處女!」

  —『동아일보』, 1924. 6. 11.

- 「무이해無理解와 압박壓迫으로 자살한 청년 — 18세의 가련한 청춘으로 세상을 비관 (……) 금일의 조선을 말하는 일면상」

  —『조선일보』, 1924. 10. 25.

- 「강제결혼强制結婚의 희생자犧牲者, 십팔세 청춘을 긔차 박휘에」

  —『동아일보』, 1924. 11. 19.

- 「사랑의 파탄破綻을 비관悲觀하고 청춘남녀靑春男女의 정사情死」

  —『동아일보』, 1925. 11. 30.

- 「청춘 여자 자살 — 시집가기 싫어」

  —『조선일보』, 1927. 7. 30.

- 「애욕과 정열에 타는 상인霜刃 — 청춘남녀 정사 참극」

  —『조선일보』, 1928. 12. 10.

- 「완고頑固한 가정家庭의 희생犧牲 — 청춘남녀정사靑春男女情死」

  —『동아일보』, 1929. 5. 6.

일련의 예에서 보듯 1920년대부터 좌절된 연애나 강제 결혼에 비관한 젊은 남녀의 자살 기사는 신문의 단골 소재로 등장했다. 이 같은 보도에는 종종 "참사의 원인은 조혼의 폐해"[29], "강제결혼의 희생"[30], "금일의 조선을 말하는 일면상"[31], "완고한 부모를 반성

29 「애욕과 정열에 타는 상인 — 청춘남녀 정사 참극」,『조선일보』, 1928. 12. 10.
30 「강제결혼의 희생자, 십팔세 청춘을 긔차 박휘에」,『동아일보』, 1924. 11. 19.
31 「무이해와 압박으로 자살한 청년 — 18세의 가련한 청춘으로 세상을 비관 (……) 금일의 조선을 말하는 일면상」,『조선일보』, 1924. 10. 25.

2. '청춘', 개인적 감성과 사회적 이상 사이에서

케"[32] 등등 전통 인습과 부모 세대의 과오를 비난하는 어구들이 따라붙곤 했다. 열거한 제목에서 드러나듯 이러한 기사들은 희생자들의 젊음을 강조하고 이들에 대한 낭만적 동정과 연민을 유도하기 위해 '청춘'이라는 기표를 이용했다. 자유연애와 신문명적 삶을 희구하는 청년 세대의 욕망을 구시대적 인습의 구속에 의해 굴절되는 희생자의 이미지로 강조하는 매체의 수사 가운데 '청춘'은 자율적 결정권을 요구하는 새 세대의 감각적·감성적 욕망에 정당성을 부여했다. 구습에 대한 저항의 기치 아래 '청춘'은 젊음의 욕망들을 결집하면서 이를 정당화하는 긍정적 기표로 기능했다.

연애에 대한 관심과 더불어 근대화되었던 문학의 수사는 사랑과 청춘에 대한 감각을 혁신해나갔다. "당신은 청춘이외다. 청춘은 청춘끼리 사랑할 수 잇지 안어요!"[33]라는 고백이나 "나는 당신께 청춘도 밧첫서요. 눈물도 밧첫서요. 나의 존재도 밧첫서요"[34]라는 호소가 근대소설의 자격을 획득하는 소재인 양 현상 문예의 지면을 장식했고, 극적 인생을 살아간 서구 소설가에게는 "청춘의 불꽃 가운데 넘어진 사람"[35]이라는 동경과 칭송이 쏟아졌다. 예술에 대한 열망을 교환하고 토로하는 순간은 "영원한 청춘의 소유자가 되"[36]는 순간으로 화려하게 미화되었으며, "청춘의 특권이요, 색채라 할 만한 정열이 고갈한 것"[37]은 청년다움의 자격을 압박하는 심각한

---

32 「불평, 비관으로 청춘에 황천지원 — 완고한 부모를 반성케 하고자 귀중한 목숨을 희생한 청년!」, 『조선일보』, 1925. 6. 20.

33 이기영, 「옵바의 비밀편지」, 『개벽』 49호, 1924. 7, 148쪽.

34 최석주, 「파멸」, 위의 책, 132쪽.

35 "흉兇한 운명運命을 바든 신비神秘한 사람이어! (……) 네 자신의 청춘의 불꽃 가운데 넘어진 사람이어!", Edgar Allan Poe, 김명순 옮김, 「상봉」相逢, 『개벽』 29호, 1922. 11, 25쪽.

36 임로월, 「경이와 비애에서」, 『개벽』 21호, 1922. 3, 24쪽.

37 염상섭, 「만세전」, 『염상섭 전집 1』, 민음사, 1987, 27쪽.

고민거리의 하나로 나타났다. "남루한 봄의 몸에는 내 붉은 청춘의 피로 새롭게 물들여 입히려 합니다"라든가 "화륜花輪과 진주를 가지고 네 청춘을 장식코자 한다"[38] 따위의 낭만적 수사가 범람하는 가운데, 문학의 수사들은 "청춘의 뜨겁고 고흔 저 알 수 업는 놉흔 곳"[39]으로 젊음의 감성을 충동질해갔다.

노자영의 서간집 『사랑의 불꽃』.

　　1923년 간행된 『사랑의 불꽃』의 대대적인 성공은 연애와 청춘의 새로운 감각이 전파된 결과이자, 이 감각의 대중적 확산을 진전시킨 하나의 기폭제였다. 청년남녀가 주고받는 다종한 사랑의 편지들을 묶어 출간한 이 책의 신문광고는 청춘과 연애의 감상적 열정을 다음과 같이 기술한다.

　　이 책은, 현대신진문사들이, **청춘**의 열정과, 피와, 눈물과, 한숨과, 우슴을 쫏아, 아름답고 묘하게 쓴 '러브렛터'(연연서간戀戀書簡)집이니, 그 아름답고 묘함은, 품속에 숨은, 한포기 백합화 갓기도 하고, 달 아래 흐르는, 맑은 시내 갓기도 하야, 구구마다 금옥이오, 간간히 향기라. **청춘**으로 하야금, 취케 하고, **청춘**으로 하야금, 울게 하지 아니하면, 마지 아니하리라. 그 내용은 예술화하고, 시화하야, 시 이상의 시이오, 소설 이상의 소설이고, 소품 이상의 소품이다. 연애에 우는 자도 잇고, 연애에 취한 자도 잇스며, 연애에 죽은 자

38　임로월, 「불멸의 상징」, 『개벽』 27호, 1922. 9, 39쪽.
39　성태, 「광란」, 『개벽』 51호, 1924. 9, 50쪽.

도 잇서서, 피에 살고, 눈물에 사라, **청춘**으로 하야금 갓치 울게 하고, 갓치 웃게 하리니, 연애를 알고저 하는 자나, 연애에 실패한 자나, 연애에 깃버하는 자나, 다시 한 거름 나아가, **청춘**과 인생의 문데를 알고저 하는 자는, 그 누구를 물론하고, 기어히 일독할 가치가 잇슴을, 절대책임을 지고 말하여 둔다.[40]

독자 대상을 청년이나 학생이 아니라 '청춘'으로 명명하는 이 광고는 열정, 피, 눈물, 한숨, 웃음, 아름다움, 향기 등 근대문학의 낭만적 수사들을 적극적으로 활용하면서, 연애와 눈물, 도취를 '청춘'의 속성으로 일반화했다. 피, 눈물, 향기 등 신체적이고 '감각'적인 소재들과 열정, 웃음, 슬픔의 '감정'들이 달빛, 백합화, 시내 등의 자연물과 접합하여 낭만적 도취를 유도하는 가운데, 연애와 눈물은 "청춘과 인생의 문제"의 핵심으로 부각한다. 사랑이라는 철저히 개인적이고 주관적인 감정과 밀착함으로써, 청춘은 개체의 내면적 감성과 그 발현의 문제를 무엇보다도 긴급한 인생의 문제로 특권화하고 있다.

사회적 의무나 윤리적 가치가 아니라 사랑이라는 개인적이고 주관적인 감정을 앞세우는 젊음의 표상이 대중의 열렬한 지지를 받으면서, 신문명 건설의 주축으로 호명되었던 청년상에는 이전과는 다른 균열이 발생했다. 이 균열은 서로 다른 관점에서 같은 대상을 가리켰던 '청년'과 '청춘'이라는 개념 간의 차이 및 균열과도 무관하지 않았다.

근대 계몽기 '청년'이라는 말은 신지식을 습득하고 신문명 사회를 건설할 주역으로서 학생 세대를 주체화했다. 근대국가 건설이라

---

40 「연애의 서간집 사랑의 불꽃」(광고), 『동아일보』, 1923. 2. 11.

는 지상 과제 아래, '청년'은 개인의 행복과 민족의 번영이라는 별개의 목표를 갈등 없이 절충하고 공존시켰다. 강제 병합 이후 구국 및 인격 완성의 과제와 입신출세의 욕망 사이에 균열이 발생하고, 신문명의 세례를 받은 청년들의 허영심과 사치심을 경계하는 목소리도 출현했지만[41], 젊음이 표상하는 새로움과 쇄신의 이미지는 개인의 현재에서 사회와 국가의 미래까지 전 영역을 관통하는 원리로서 '청년'의 위상을 강력히 견인했다. 1920년대부터 급속도로 진척된 청년회 활동은 이 같은 청년상이 식민지 현실의 토대 위에서 실천적으로 구체화된 결과였다. "신사상을 확립케 하며 경제적 권리를 회복케 하는 모든 운동의 중심이 무엇인가 하면 곧 청년"[42]이며, 불의와 부패와 빈약과 고루와 인습과 허위와 허례의 타파가 청년의 임무[43]라는 강변 가운데, '청년'의 의미는 근대 계몽기부터 마련되어왔던 개혁 주체의 이미지로 강고히 환원되고 있었다. 그리하여 1920년대 중반까지 사회개혁과 계몽 활동의 역군이라는 이상적 청년상 속에서 '청년' 개념은 개체적 차이와 욕망들을 부차적인 것으로 밀어내면서 일정한 동일성으로 수렴되어갔다.

이와 달리 개체에 잠재하는 감성적 내면을 공식화하면서 부각되기 시작한 '청춘'은 젊음의 감각적·감정적·육체적 욕망의 측면에 보다 적극적인 의미를 부여했다. '청춘'은 '청년'이 부차적이고 잉여적인 것으로 밀어냈던 개인의 정서와 행복에 사회적 가치를 부여했다. '청춘'의 새로운 합법화에 이르러 청년들은 비로소 근대 계몽기 이래 지속되어오던 공사 일치의 압박에서 벗어나, 순수하게 개

---

41 소영현은 『문학 청년의 탄생』(푸른역사, 2008)에서, 『소년』과 『청춘』을 중심으로 1910년대 '청년'에 대한 담론에서 발생한 차이와 균열의 지점을 정밀하게 분석해냈다.
42 「지방발전과 청년회의 관계 ― 활력의 근원」, 『동아일보』, 1922. 5. 27.
43 「청년회연합에 대하야 각지 동회에 경고하노라」, 『동아일보』, 1920. 7. 9.

인적인 영역에 속하는 사랑과 욕망을 거리낌 없이 내어놓을 수 있게 된다. 개체와 공동체의 관계를 강조하던 '청년'과 달리, 개체를 내면적 감각 및 욕망과의 관계 속에 위치시킨 '청춘'을 통해 계몽적이고 이상적인 청년상을 향해 수렴하는 젊음의 규격화된 표상 질서는 도전을 받는다. 청춘이 표상하는 젊음은 인간 내부의 감성과 욕망을 적극적으로 긍정했으며, 미적이고 감상적인 것을 지향하는가 하면, 육체적 욕망과 섹슈얼리티[44]까지도 능동적으로 포섭했다.[45]

---

44 "청춘에게 취就하야는 피예술욕彼藝術慾과 성욕은 동일한 근상根上의 것일다. (……) 피청춘彼青春의 소운所云 서정시抒情詩되는 자者는 그 성욕의 회화繪化, 음악화된 자者에 불과하다." 황석우, 앞의 글, 50쪽.

45 실제로 1930년대에 들어서면 '청춘'이 청년 학생의 배타적 문화 범주를 뛰어넘어 다양한 계층과 감성, 욕망들을 포용하는 경향이 가속화된다. 1930년대 신문의 헤드라인에서 '청춘'을 표제로 한 기사 중에 이전부터 이어지던 자살과 정사의 기사 외에 미용과 건강을 다루는 기사가 눈에 띄게 증가한다. 백분 광고들은 "청춘으로 보이게 한다"는 주장을 판매 전략으로 내세웠고, 「청춘미 보존과 음식물의 관계」(『중외일보』, 1930. 1. 22~25), 「지나 여성의 미용법: 말향주와 식사로 청춘의 미를 보장한다」(『조선일보』, 1939. 11. 11), 「겨울의 화장법: 청춘의 광택미를 분으로 감추지 말것」(『동아일보』, 1935. 1. 21), 「강력 남성 호르몬: 청춘의 원천」(『조선일보』, 1934. 9. 20) 등등의 기사들은 미와 건강을 청춘과 직결시킴으로써 청춘의 함의를 미학적으로 확장해갔다. 청춘 자살의 이유로 우울, 까닭 모를 슬픔, 봄 시절의 번민상 등 불투명한 젊음의 불안정성이 새롭게 부각되었고, 기생, 여급, 매춘부의 타락사와 관련된 흥미 위주의 기사가 증가하는 가운데, 「신앙信仰과 청춘青春과 싸호는 젊은 니승尼僧의 번뇌煩惱」(『매일신보』, 1932. 3. 25), 「장삼 넘어 환희사. 여승의 생활 이면 그들도 청춘이다」(『조선일보』, 1933. 6. 29), 「고해전전苦海輾轉의 일○화一○花 철창鐵窓에 시드는 청춘유혹青春誘惑의 마수魔手에 임신妊娠까지」(『동아일보』, 1935. 1. 12) 등과 같이 '청춘'이 직접적으로 섹슈얼리티를 연상하는 헤드라인들도 늘어난다. 우울과 번민, 미, 섹슈얼리티 등과 적극적으로 접속하고, '여성'과 '노년'에게도 개방된 형태를 취하면서 청춘은 '모-던'으로 상징되는 문화적 현상과 더불어 청년 학생들을 중심으로 한 젊음의 표상 질서를 더욱 교란시켰다. 여성과 노년에 대한 배타적 분리 및 근대, 민족, 국가, 문명의 동력으로 개념화되었던 청년의 고정된 표상 질서는 청춘의 유동성과 가변성에 의해 심각한 도전을 받은 것이다. 이는 감각과 감정에 대한 가치 부여, 개체성의 긍정에서 의미화되었던 '청춘'의 함의가 근본적으로 내장했던 불확정적 자질이 대중문화와의 접속을 통해 더욱 확장된 결과이다.

청년과 청춘을 호명하는 매체 지면들의 수사적 특성은 두 기표의 이질적인 개념화 작용 방식을 극명하게 보여준다. 청년 담론들은 독자 대상을 '오배 청년아', '청년 제군이여'와 같이 웅변적 연설 가운데 집단적으로 호명하고 '~해야 한다', '~할 것이다'라는 당위적 명령 속에 청년의 미래를 규정했다.[46] 반면 '청춘'을 호명하는 매체의 지면들은 '아!', '청춘!', '이상!' 등의 감상적 영탄을 앞세웠고, "청춘은 '빗'이다"[47], "청춘은 인생의 황금시대다"[48], "청춘은 꽃의 향기라"[49] 따위의 주관적 정의와 추상적 비유들을 남발했다. 선동적이고 연설적인 '청년' 담론들이 집단성과 객관성에 호소하면서 이상적이고 미래적인 존재태로서 그 개념을 만들어나갔다면, 감상적 형식을 취하는 '청춘' 담론들은 주관성을 극대화하면서 자연물에 대한 추상적 비유를 통해 감각과 감정의 형태 없는 추상성을 구체화하려 했다. 개인의 내면이란 객관화되기 어려운 만큼 '청춘'의 의미가 비이성적이고 불합리한 성격을 내포하게 되는 것은 불가피한 일이었다.

1920년대 '청춘'이 발산하고 공표했던 정서와 욕망은 감각과 감정의 어두운 충동과 쉽게 연결되곤 했다. "청춘의 슬픔과 외롬이 / 지금, 내 가슴에 온다"[50], "청춘의 상뇌傷惱되신 동모"[51] 등 청춘을 슬픔과 상처, 눈물과 연결 짓는 구절들은 초창기 근대문학 작품들에서 쉽게 찾아볼 수 있는 사례들이다. 나아가 "세월이 갑니다. 청춘

---

46   청년을 호명하는 기사들의 수사적 특성은 소영현의 앞의 책에서 자세히 기술된 바 있다.

47   이돈화, 「청춘사」, 『별건곤』 21호, 1929. 6, 4쪽.

48   민태원, 「청춘예찬」, 위의 책, 2쪽.

49   장정심, 「청춘을 앗기는 가인애사: 청춘아 늙지 마라」, 『삼천리』 7권 3호, 1935. 3, 111쪽.

50   벌곳, 「내 마음 근심 가득하매」, 『창조』 8호, 1921. 1, 96쪽.

51   이상화, 「마음의 꽃 ― 청춘의 상뇌되신 동모를 위하야」, 『백조』 3호, 1923. 9.

은 갑니다. 새파란 청춘이 우리를 죽음으로 끌어갑니다"[52]라든가 "내 청춘은 파선破船의 경종警鍾을 울리"[53]다 등의 예에서처럼 '청춘'은 불길하고 파괴적인 충동과 종종 연계되었다.

감상적 연애 및 죽음과 슬픔의 정서를 실어 나르는 문학 서적들이 유행하고, 동반 자살 기사들이 신문 기사를 장식하며, 청년 학생 간의 교제 풍속이 사회적 문제로 제기되기 시작하면서, 청년의 사회적 임무와 주체적 역량을 역설하던 청년 담론은 1920년대 중반부터 견제와 규율의 담론으로 선회하기 시작했다. "고등보통학교는 불량배, 부랑자 양성소라는 악평"[54]들이 등장하고, "부랑에 침윤하는 야속野俗한 도시청년"[55]의 생활상이 비판의 도마 위에 오르면서, 이전까지 청년 담론을 추동하던 세대적 단절과 자수자양의 논리가 현격히 약화되고, 대신에 은인과 자중, 준비와 훈련을 강조하는 경향이 커진다.[56] 이와 더불어 청년, 청춘의 시기를 과학적으로 분석하여 우울과 번민의 경향이 나타나는 이유를 탐구하는 지면들도 눈에 띄게 늘어났다.[57] 과학의 이름을 빌려 청춘 시기의 불완전성을 강조한 이러한 기사들은 부형과 교육자의 각별한 관심과 지도를 당부함으로써 이전과는 뚜렷이 달라진 '청년'의 위상을 드러냈

52　노자영 편, 『사랑의 불꽃·반항(외)』(원본은 1923), 범우, 2009, 295쪽.

53　임로월, 「불멸의 상징」, 『개벽』 27호, 1922. 9, 38쪽.

54　김도태, 「교원의 입장에서 학부형에게 대한 희망」, 『학생』 2권 5호, 1930. 5, 3쪽.

55　신흥우, 「실적 생활로 향하는 금일의 청년」, 『청년』 7권 6호, 1927, 1쪽.

56　이기훈, 앞의 글, 2005, 122쪽 참조.

57　이러한 기사는 1920년대 중반부터 눈에 띄게 증가하여 꾸준히 지속된다. 다음은 대표적 예에 해당한다. 「위험시기인 청춘시대의 위생」, 『동아일보』, 1925. 8. 23~24; 「심리상과 생리상으로 본 청춘기 남녀의 번민과 동요」, 『조선일보』, 1926. 3. 13~14; 「청춘기에 있는 자녀의 범죄─자녀교화상에 심상히 보지 못할 큰 문제」, 『조선일보』, 1926. 3. 27~30; 조재호, 「인생삼대기, 청춘기의 특징」, 『별건곤』 21호, 1929. 6; 「녀자청춘기」, 『중외일보』, 1930. 8. 4~8.

다. '청춘'의 감상과 어두운 충동들은 신문명적 지식과 가치를 바탕으로 선도적 존재로 부상했던 청년을 "향당의 지식계급"[58]의 자리에서 끌어내려 연장자의 지도와 교육이 필요한 미숙한 존재로 변화시켰다.

그러나 청년 담론의 이 같은 선회는 '청춘'의 사회적 파장에는 그리 영향을 주지 못했다.[59] 무엇보다도 1920년대부터 본격화된 대중문화 자본이 적극적으로 '청춘'을 불러냈기 때문이다. 주지하다시피 1920년대는 신문과 잡지 등의 출판물뿐만 아니라 영화, 라디오, 유성기 등의 새로운 매체가 보급되면서 조선의 대중문화 영역이 본격적으로 성장하기 시작한 시기였다. 대중문화의 네트워크를 이용한 문화산업 매체들은 문학이 혁신한 '청춘'의 새로운 감각을 상업적으로 이용하기 시작했다.

『사랑의 불꽃』의 대대적 성공 이래 『청춘의 광야』(노자영, 청조사, 1924), 『청춘의 꽃동산』(삼광서림, 1927) 같은 연애 서간집이 상업적 출판 전략에 따라 연속 출간되었고, 서간 형식을 갖춘 도스토옙스키의 『Poor Folk』가 『청춘의 사랑』(경성서관출판부, 1924)으로 번역되어 여러 차례 재판을 찍었다. 나도향의 『청춘』(1920)과 최독견의 「청춘의 죄」(『문예공론』, 1929)를 비롯한 근대문학 작품은 물론, 1920년대 중반부터는 딱지본 신소설들도 『청춘홍안』(대성서림, 1924), 『이팔청춘』(강은형, 대성서림, 1925), 『청춘남녀』(강의영, 영창서관, 1927),

---

58   김기진, 「향당의 지식계급 중학생」, 『개벽』 58호, 1925. 4.

59   일례로 『동아일보』에서, '청춘'을 표제로 한 기사는 1920년 2건, 1921년 5건, 1922년 8건, 1923년 4건 등 1920년대 초반 매우 적은 편이었다가 1920년대 중반부터 눈에 띄게 증가하며(1924년 26건, 1925년 23건), 청년 담론이 전반적으로 선회하고 있는 1928년에는 40건으로 부쩍 늘어나기도 한다. 지면이 늘어나는 사실을 고려하더라도 이 증가 폭은 상당한 편이다. 1920년대 중반 이후 『동아일보』의 '청춘' 표제 기사는 식민지 전 기간 비교적 고르게 나타난다.

2. '청춘', 개인적 감성과 사회적 이상 사이에서

『동아일보』(1923. 6. 18)에 실린 서적 광고. 당시 소설과 서간문집 광고의 주요 키워드 중 하나가 '사랑'과 '청춘'이었다.

『꽃다운 청춘』(김영득, 백합사, 1927),『무정한 청춘』(김상용, 영창서관, 1926),『청춘화』(무궁생, 태화서관, 1927),『의지할 곳 없는 청춘』(탄금대인, 청조사, 1927),『청춘의 열정』(현병주, 박문서관, 1929)같이 '청춘'이라는 용어를 제목에 적극적으로 도입했다.

　'청춘'이라는 어휘가 신소설의 표제로 등장한 것은 1910년대에는 찾아볼 수 없었던 새로운 현상이었다. 부모가 맺어준 정혼자와의 언약을 지키기 위해 가출한 여인의 수난과 행복(『청춘남녀』), 절개 있는 기생의 사랑과 고난담(『청춘홍안』), 꿈속에서 만난 소녀와의 사랑을 다룬 몽유록계 모험담(『청춘화』) 등등의 서사를 다룬 딱지본들은 1910년대 신소설의 구조와 윤리를 계승하면서도 '청춘'이란 표제를 앞세움으로써 젊은 남녀의 사랑과 감성 그 자체를 부각해 드러냈다. 이제 남녀의 사랑은 '치악산', '모란봉', '홍도화', '추월색' 따위의 자연물에 비유할 필요가 없을 만큼 날것 그대로 상품 가치를 획득할 수 있게 되었다. 이 같은 현상은 연극과 영화계에서도 예외가 아니어서, 1910년대 '청춘'을 표제로 앞세운 연극은 극히 드물었던 데 비해[60] 1920년대부터는 '청춘'을 표제로 한 연극 광고가

60　「1910년대 한국 신파극 공연 연보」(양승국,『한국 신연극 연구』, 연극과인간, 2001)

활발하게 신문 지상에 오르내린다. 〈청춘의 몽夢〉(『조선일보』, 1923. 4. 10), 〈일도─刀의 청춘〉(『조선일보』, 1926. 3. 5), 〈청춘의 반생〉(『동아일보』, 1928. 6. 24), 〈째어진 청춘〉(『동아일보』, 1929. 1. 25), 〈청춘가〉(『동아일보』, 1929. 8. 16), 〈청춘의 혈〉(『중외일보』, 1929. 10. 13), 〈버림바든 청춘〉(『동아일보』, 1930. 1. 31), 〈이팔청춘〉(『동아일보』, 1930. 12. 12)[61] 등 '청춘'이 대중극의 단골 표제어로 변모한 것이다. 뿐만 아니라 서구 영화들 또한 〈청춘을 회고하면〉(『중외일보』, 1928. 6. 8), 〈아─청춘〉(『조선일보』, 1930. 6. 5) 등의 제목으로 탈바꿈하여 상연되었으며, 이런 표제들은 1930년대에 이르면 더욱 활발히 재생산된다. 신지식, 신도덕, 신문화 창출의 역군으로서 신문명 건설의 주체로 앞장섰던 청년의 주도적 가치는 바야흐로 '청춘'이라는 인접 어휘의 새로운 개념화에 이르러 대중문화의 상품화 전략과 급격히 손잡게 된다.

1910년대의 신소설과 달리 '청춘'을 표방한 대중 서사들은 이제 가부장적 윤리나 신문명 건설의 명분 이상으로 청년 남녀의 사랑과 고난에서 비롯된 내적 고뇌들을 서사의 전경에 배치했다. 정혼자에게 애정을 느끼지 못하고 근무지에서 만난 처녀에게 반해버린 은행원 청년이 진실한 사랑 때문에 갈등을 느끼고 반대에 부딪혀 급기야 애인의 가족을 살해하는 데 이르는 나도향의 『청춘』(1920)을 비롯하여, 기독교인 유부녀가 애인에게 배신당한 은행원 청년과 사랑에 빠져 남편과 갈등을 겪고 친구와 은행원 애인 사이를 질투하면서 동반 자살과 출가 등을 시도하게 되는 『의지할 곳 없는 청춘』

에 따르면, 1910년대 '청춘'을 표제로 한 연극은 오직 1914년 연흥사 문수성에서 공연한 〈청춘〉 한 편뿐이다.
61   안광희 편, 『한국 근대 연극사 자료집』1~4권, 역락, 2001 참조.

(1927), 해수욕장에서 만난 여인과 사랑에 빠진 사범학교 교사가 종교적 문제로 반대에 부딪히자 독일로 사랑의 도피를 감행하고 출세와 성공에 이르는 『청춘의 광야』(1924), 조혼한 청년 교사가 여교사와 사랑에 빠져 열렬한 고백을 주고받는 『무정한 청춘』(1926) 등등 1920년대 청춘 서사들에서 남녀의 사랑은 이제 직접적인 서사의 중심부에 오르고 번민과 갈등, 고난과 모험을 야기하는 서사의 동력으로 기능한다. 청년 남녀 당자의 이성에 대한 감정 문제를 서사의 표면에 노출한 것은 애초에 맺어진 혼인이나 정혼을 위협하는 부모의 실덕, 악인의 간계 등 외부적 요소가 서사적 갈등의 추동력으로 기능했던 1910년대 신소설과는 뚜렷이 차이 나는 현상이었다.

그러나 봇물 터지는 청년들의 감성, 욕망, 열정들이 신문명의 명분에만 의존하여 무조건적으로 옹호된 것은 아니었다. 1920년대 발표되어 1930년대까지 연극과 영화로 폭발적인 인기를 끌었던 최독견의 『승방비곡』은 '청춘'의 고뇌를 다음과 같이 생생히 기록한다.

내가 나를 이렇게도 괴롭게 하는 것은 도리어 죄악이 아닐까? 파랗게 돋는 **청춘**의 싹을 무참하게 짓밟아버리고 붉게 피려는 인생의 꽃을 애처롭게도 따버리는 것이 과연 순리일까? (……) 나는 나를 부질없는 나의 고집에 그 얼마나 나를 학대했던가. 남이 불어넣은 나의 정신의 노예가 되어 나의 육체를 얽어매고 채찍질했던가. 육은 영과 똑같이 중한 것이 아닐까? 그러면 육을 시달리게 하는 것은 곧 영을 괴롭게 하는 것이 아닐까? 그러면 육을 위해 영을 희생하는 것이 죄악인 것과 같이 영으로 해 육을 희생하는 것도 커다란 죄악일 것이다. 펄펄 뛰는 **청춘**을 한아름 안은 내가 이성에 목말라 하는 것은 당연 이상의 당연한 일이 아닌가. (……) 고장없는 위장

은 식물을 요구하고, 병 없는 **청춘**은
이성을 그리워하는 것이다. 그곳에
아무런 모순도 없고 죄악도 숨지 않
았다.[62]

이성동복 남매의 비극적
사랑을 그린 최독견의 영화소설
『승방비곡』(신구서림, 1929).

인용문은 일본 유학에서 돌아오는
기차 안에서 만난 음악가 김은숙을 사
랑하게 된 운외사 승려 최영일이 자신
의 감정을 이기기 위해 은숙과 오누이
의 언약을 하지만, 그 약속이 사랑을 포
장한 허위임을 깨닫고 자신의 감정에
솔직해지기로 결심하게 되는 내면적 과
정을 묘사한 부분이다. 청춘의 열정이 곧 "이성에 목말라하는 것"이
며 "남이 불어넣은 (……) 정신의 노예가 되어" 육체를 부정하는 것
은 곧 "커다란 죄악"이라는 영일의 성찰은 당대를 풍미하던 자유연
애의 이념과 '청춘'의 새로운 함의를 날것 그대로 노출한다. 감정과
욕망의 명령을 따르는 것이 잘못이 아니라 오히려 "내가 나를 이렇
게도 괴롭게 하는 것"이 곧 "죄악"이라는 성찰은 개체적 청년을 집
단의 이념과 직결시키고 공사의 의무를 동일시했던 과거와 결별하
는 변화된 인간관의 핵심과 맞닿는다.

그러나 감성과 욕망에 대한 이처럼 급격히 변화된 긍정은 불안
과 갈등을 내포할 수밖에 없었다. 욕망에 대한 영일의 긍정은 은숙
이 실제로 자신의 친동생이었다는 마지막의 반전을 통해 다시 가로
막히고 만다. 수양과 책려의 임무를 버리고 청춘의 열정에 굴복한

---

62 최독견, 『승방비곡(외)』(원작은 1927년), 강옥희 편, 범우, 2004, 322~325쪽.

영일의 선택은 그의 사랑을 애초부터 실현 불가능한 금기의 사랑으로 예비한 서사적 장치를 통해 궁극적인 좌절에 부딪히는 것이다. 이 원천적 금기는 어떤 인간적 노력을 통해서도 극복될 수 없다는 점에서 1920년대 초반 서사의 중심적인 연애 장애였던 세대 격차, 즉 부모의 반대보다 훨씬 더 막강하다. 실제로 영일과 은숙이 오누이임을 알고 있었던 은숙 모가 부모의 권위로 두 청년 남녀의 자율적 선택을 가로막는 데 전혀 힘을 쓰지 못하고, 심지어 자살을 선택할 수밖에 없었을 만큼 청춘의 자유는 이 시기 이미 강력한 힘을 발휘하고 있었다. 이처럼 강력해진 청춘의 구호를 제어할 수 있는 난공불락의 모티프가 근친상간의 금기였다.

그 무엇으로도 넘을 수 없는 이 금기의 장치에는 연애와 청춘의 급진적 구호에 직면하여 대중이 가졌던 불안과 동요의 공통 감각이 숨어 있다. 감정의 자유를 부르짖는 이념적 구호와 사회적 유행 앞에서 위기에 처한 일상의 감각은, 청년들의 해방 논리에 대항할 만한 뚜렷한 명분을 찾을 수 없는 상황에서 금기된 사랑의 설정을 통해 열정의 제어와 윤리적 감각의 회복을 도모함으로써, 욕망의 해방이 초래할 파탄에서 삶의 균형 감각을 보호할 수 있는 봉합의 장치를 마련한 것이다.

실제로 구도덕과 단절함으로써 급격히 주체화된 청년 집단과 거기서 파생한 '청춘'의 감각은 주관적 열정을 상승시키고 그에 무제한의 힘을 부여했지만, 감정, 욕망, 열정 등 정서적 요소들은 생활 체계와 합리적이고 역동적인 관계를 맺지 못할 때 질서 있는 의미의 총체를 빚어내기 어려웠다. '청춘'이 표상하는 감각과 열정이 온전한 긍정을 얻으려면 삶의 합리적이고 이성적인 측면과 조화를 이룰 수 있는 보다 깊은 내면성의 원리와 실천의 가능성을 발견해

야만 했다.『승방비곡』이 마련한 '청춘'의 원천적 좌절은 이 같은 파탄의 예감에 대한 대중의 자기방어 의식에 적절히 부응한 서사적 장치였다. 청년 세대의 자율성과 청춘의 해방을 역설하면서도 상징적 금기로 그 좌절과 절망을 예비한『승방비곡』의 서사가 연극과 영화로 만들어지고[63] 1930년대 초반까지 대중의 열렬한 환호를 받을 수 있었던 것은 이 때문이다. '청춘'이라는 어휘가 마련했던 갑작스런 감성 해방의 감각은 열렬

영화소설로 발표되었던
『승방비곡』은 이구영 감독이 영화로 만들어, 1930년 5월 31일 개봉했다.

한 지지를 받는 가운데서도 이처럼 감출 수 없는 불안과 동요를 노출하고 있었다.

모던 청춘, 환멸과 냉소의 다른 이름

1920년대 후반부터 1930년대에 들어서면서, 1920년대 전반까지 사회 운동의 주축이 되었던 민족주의계 청년 운동은 급속히 쇠퇴했다. 청년보다는 계급을 앞세우는 사회주의 분파가 사회 운동의 또 다른 세력으로 자리 잡았고, 한편에선 청년들의 부랑 세태가 사회 문제로 대두되면서 청년 담론의 방향이 수양과 지도를 강조하는 쪽

63 1927년 영화소설이라는 장르로 발표된『승방비곡』은 1930년 동양영화사에서 영화로 제작되었으며, 동양극장 청춘좌의 간판 레퍼토리로 반복 공연되었다.

으로 선회했기 때문이다. 물론 "청년이 죽으면 민족이 죽습니다"[64] 라는 구호나 "청년이란 (……) 개인을 초월하야 종족에 살고 현재를 초월하야 무한한 장래에 살아야"[65] 한다는 강변은 여전히 지속되었고, "나의 청춘은 나의 조국!"[66]이라는 감상과 "봉사奉事에 충성忠誠하라"[67]는 강령은 식민지 전 기간에 걸쳐 유효한 힘을 발휘했다. 그러나 1930년대 현실에서, 근대국가 건설 주역으로서의 임무를 부여받고 부로父老와 구습에 대적할 수 있었던 과거의 월등한 우위는 더 이상 '청년'이란 이름만으로 허락될 수 없었다. 청년은 이제 스스로 행동하기 이전에 "각 방면으로 지도 밧을 어른", "청년의 모범될 만한 인물"[68]을 기다려야 했다.

이 같은 담론의 선회 가운데 청년 학생들의 향락적 유흥 세태에 대한 우려들은 갈수록 심화되었다. 1920년대 후반부터 청년을 대상으로 한 논설과 연설들에서는 이른바 '모−던'으로 지칭되는 도시 청년의 부박한 문화에 대한 공격이 더욱 신랄해진다. "일본日本을 풍미風靡하는 음일淫佚한 기풍氣風은 비행기飛行機를 타고 조선朝鮮에 날아와서 조선朝鮮의 장래를 촉蠋할 유일한 자인 청년 남녀男女의 맘을 고식蠱蝕하고 잇다"[69], "박행약지薄行弱志의 청년들은 허영과 사치, 현대 풍호風湖에 마취"[70]되었다 등의 지적이 빈발하는 가운데, 청년 학생들의 모던 문화는 거센 비판의 도마 위에 오른다. 1929년 『학생』에서 실시한 「조선학생기질문제」 특집에 참여한 인사들은 '각各

64 산옹山翁, 「조선 청년의 용단력과 인내력」, 『동광』 9호, 1927. 1, 3쪽.
65 이광수, 「조선의 청년은 자기를 초월하라」, 『동광』 24호, 1931. 8, 43쪽.
66 정지용, 「해협海峽의 오전午前 이시二時」, 『카톨닉청년』, 1933. 6.
67 조만식, 「청년이여 압길을 바라보라」, 『삼천리』 8권 1호, 1936. 1, 49쪽.
68 유진태, 「조선학생기질문제: 자성자계」, 『학생』 1권 3호, 1929. 5, 9~10쪽.
69 이광수, 「야수에의 복귀, 청년아 단결하야 시대 악과 싸호자」, 『동광』 21호, 1931.5, 43쪽.
70 조만식, 「청년과 사회봉사」, 『삼천리』 8권 11호, 1936. 11, 136쪽.

티느게길녀리허色고지어삵검껍는리고쩌웃
안점멋　도남절게니다으즛내응믐몟……고
　　──(安 · 畵漫生學)──　　강모응납

유행하는 학생들의 차림을 풍자한 안석영의 삽화(『별건곤』).

테 로이드 안경, 라팔바지, 라듸오 머리, 월부 풍금, 바요린, 횡적橫笛,
선생 별명, 선진의 욕설, 짼스 밴드, 유행가 가요' 등을 '조선 학생의
대다수를 점령하는 기질'로 꼽으면서, "화치華侈, 문약文弱, 연애戀愛"를
학생들의 의기를 침체시키는 3대 요소로 평가했다.[71] 극장, 색주가,
중국요릿집이 학생들의 점유 지대이며, 한강, 장충단, 창경원, 남산
에서 근교의 숲과 온천으로 옮겨 가는 연애 행각이 학생 세태의 현
주소로 지적되는 가운데, '모–던 학생'은 문자 그대로 '못된 학생'을
의미[72]했다.

　　학생과 모던의 연계는 당시 청년 학생들이 새롭게 등장하는 근

71　유진태, 앞의 글 참조.
72　남궁환, 「모던 중학생 풍경」, 『학생』 2권 6호, 1930. 6, 30~39쪽.

2. '청춘', 개인적 감성과 사회적 이상 사이에서

방학 동안의 경성 거리 모습으로 학생 세태를 풍자하고 있는 안석영의 만화(『별건곤』 8호).

대 대중문화의 핵심적 소비–창출자였다는 사실과 연관이 깊다. 신 교육을 받은 청년 학생들은 새로운 앎에 기반한 문화적 변혁을 촉 발하는 선도자들이었다. 문학, 영화, 라디오, 유성기, 신문·잡지 등 근대 문화 매체들에 쉽게 접근하는 청년 학생들의 문화 역량은 유 행과 취향을 선도하는 데 능동적으로 작용했다. 이들이 지닌 신문 명적 지식과 문화자본이 도시 대중문화 상품의 주요 구매력이 되 면서 대중문화의 새로운 유행과 취향의 준거들을 생산했던 것이다. "대중성과 엘리트의 양면성을 함께"[73] 지닌 청년 학생층은 유행 상 품의 소비자인 동시에 새로운 취향의 주요한 출처였다.

　　그러나 식민지의 제한된 여건에서 학생들의 문화 창출 역량은

73　천정환, 「식민지 시기의 청년과 문학·대중문화」, 앞의 책, 38쪽.

2부. 개념사로 읽는 근대의 일상과 문학

주로 모던 걸과 모던 보이가 웅변하는 패션과 연애 시장으로만 이목을 집중시켰다. 대모테 안경을 쓰고 와이셔츠 소매를 늘어뜨린 채 카메라나 팸플릿을 손에 든 남학생과, 짧은 치마에 가루분을 바르고 파라솔을 받쳐 든 채 거리를 활보하는 여학생의 모습은 중매쟁이, 색주가, 매독임질병원 등의 타락 세태와 쉽게 연계되면서[74] '화치華侈, 부박浮薄, 허영, 타락'의 대명사로 대변되곤 했다.

식민지 중·후반 대중문화에서 '청춘'의 이미지를 지배했던 중심축의 하나는 이 같은 '모던'의 세태였다. 1935년 8월 14일부터 9월 17일까지『조선중앙일보』가 마련했던 「청춘사전」이라는 코너는 '청춘'이 곧 부박한 모던 문화와 직결되었던 당시의 상황을 단적으로 드러내준다.

청년 간의 유행 외래어를 비롯하여 청춘을 상징하는 용어들을 풍자적으로 설명한 이 코너는 '파라솔, 훈시訓示, 밀회, 운동신경, 자살, 마니큐아, 상대사相對死, 미용술, 봉투, 모델, 미망인, 여급' 등의 어휘로 당시의 청춘을 설명하고자 했다. 노년과 청년의 관계를 연상시키는 '훈시'를 제외하면, '밀회, 자살, 상대사, 봉투, 미망인, 여급' 등 연애 풍속과 관련된 항목과 '파라솔, 마니큐아, 미용술, 운동신경, 모델' 등 유행(멋)에 관련된 항목들이 대부분이다. 멋, 유행, 연애가 모던 청년을 대표하는 문화이자 '청춘'의 상징으로 인식되고 있었던 것이다. 「청춘사전」 외에도 신문·잡지들이 종종 개설했던 신용어 해설 코너들은 당시 청년들이 추구하던 첨단의 감각들을 담아냈다. 모던 걸을 '못된 걸'[75]로, '되다만 하이키라'를 "토마토-하이칼라"[76]로 비꼬는 사회적 시선을 꼬집어내고, 이에 대항하여 "아

74   안석영,「방학 동안의 경성 거리」(만화),『별건곤』8호, 1927. 8, 60~61쪽.
75   「신어사전」新語辭典,『학생』1권 2호, 1929. 4, 84쪽.

나구로니즘(시대착오)"[77], "오에스(올드 스타일)"[78] 등의 이름으로 구시대적 사고방식을 웃어넘기는 자신들만의 은어들을 공유하면서[79] 청년 학생들은 우월한 문화자본을 과시하고자 했다.

인텔리 · 청년 · 학생을 중심으로 한 모던 문화의 게토화가 진행되면서 '청춘'은 "모-던의 사도邪道"[80]와 직결되어갔다. 재즈를 "모던 보이, 모던 걸의 청춘의 교향악"[81]으로, 최고의 관객을 동원하는 극단을 '청춘좌'로 명명하며, 백화점에 진열된 찬란한 유행품의 아양에 유혹되는 시선을 "욕망을 담은 청춘안"으로[82], 여배우를 만나기 위해 아수라장을 만든 주인공들을 "정력 창일漲溢한 청춘들"[83]로 묘사하고, "호강이 병들어 놓은 도회지의 청춘 남녀"에게 "호미를 들면 담박 낫는다"는 일침을 가하는 매체의 수사에서, 젊음은 근대 도시의 소비적인 유흥 문화의 창출자이자 희생자였고, '청춘'은 이 부박한 문화의 표면에서 부유하는 나약한 주체들의 표상이었다.

주목되는 것은 모던 문화와 접속한 청춘의 수사에는 그 자신 이러한 청춘의 시기를 지내왔고 아직도 그 일부임이 분명한 인텔리들의 자조 섞인 냉소가 짙게 드리워져 있었다는 사실이다. 「청춘사전」에서 청춘의 항목들을 기술하는 필자의 어조는 사뭇 모멸적이었다. 예컨대 '훈시'는 "꾸중은 '나이'의 생리적 부작용"이니 절대로 반

76　「신어대사전 (5)」,『별건곤』31호, 1930. 8, 70쪽.
77　「신술어사전」新術語辭典,『대중공론』, 1930. 9, 128쪽.
78　「유행어점고」流行語点考,『신동아』 1호, 1931. 11, 54쪽.
79　청년들의 은어는 1930년대 신문 · 잡지의 각종 신어사전 코너의 단골 소재였다. 『신만몽』 4호의 「모던어사전」, 『삼천리』 1931년 4월호의 「신여성간 유행어」 등은 대표적인 예에 속한다.
80　남궁환, 앞의 글, 35쪽.
81　「금야에 개최될 납량 음악대회」,『중외일보』, 1928. 7. 30.
82　「불야성풍경 (제일)」,『동아일보』, 1932. 11. 22.
83　「인천 월미도 천막생활 제4대 서범석 통신 (2)」,『중외일보』, 1929. 8. 17.

항하지 말고 "올튼 글튼 그겨 녜,
녜 하고만 잇스면 (……) 컷트아
우트"된다는 비타협적 태도로 기
술되었고, '봉투'는 "남녀 간의 교
제가 첨단화하고, 경제화하고, 스
피ー드화한 까닭"에 전보, 전화로
대체되었다는 경멸적 어조로 설
명되었다. '미망인'은 외로운 곳에
집을 짓고 한숨으로 밤을 새는 부
류, 남편의 죽음에 기꺼하며 미용
실, 극장, 댄스홀을 전전하는 부류
등으로 조롱되었으며, '자살' 또한

『조선중앙일보』(1935. 9. 14)
「청춘사전」란에 실린 '미망인'의
어휘 풀이. 신랄하고 냉소적인 어투가
두드러진다.

"목구녕 안상하게 독약가루를 헌겁에 싸먹기도 하고 생명에는 상관
업슬 대를 칼로 찔러 피를 낸다"는 가성假性 자살, "겨울이면 감기 안
들도록 주의해야 된다"는 수성水性 자살 등으로 희화화된다.[84] 열정
을 찬양했던 1920년대 초 연애 열풍과 비교하면 현격히 달라진 조
소적 태도가 주류를 이루게 된 것이다.

모던 생활에 입문하기 위한 방법으로 무지 은폐술, 부모 속이
는 법, 돈 없이 멋 내는 법, 책임 회피법 등을 역설하는 「모던 칼리
지」(『별건곤』, 1930)를 비롯하여 「모던 행진곡」(『동광』, 1931~1932),
「모던 복덕방」(『별건곤』, 1930~1931; 『혜성』, 1931), 「모던 과학 폐
지」(『동광』, 1932) 등 각종 잡지의 '모ー던' 코너에서도 공통적으로 발
견되는 이 냉소적 어법에는, 면학과 봉사의 정신으로 민족의 중추
가 되어야 한다는 이념적 청년상이 실제로 현실화되기 어려웠던 식

84 「청춘사전」, 『조선중앙일보』, 1935. 8. 14~23 참조.

민지 청년들의 불행 의식이 아이로니컬하게 노출되어 있다.

실제로 값비싼 학자금을 지불하고 학업에 입문한 학생들의 미래는 그리 밝지 않았다. 식민지 전 기간에 걸쳐 조선인 학생들은 민족자본의 침체, 일본인 위주의 교육 및 취업 정책, 세계적인 경제공황 등으로 만성적인 취업난에 시달려야 했다.[85] '제국대학, 대학, 전문학교, 중학교/고등보통학교'라는 피라미드식 서열 체계 아래서 사회적 직위와 급여에 철저한 학력제를 도입한 일제의 정책 탓에 학력주의 입시난도 극심했다.[86] 학업열은 높았지만 막대한 학비 때문에 상당한 부농이라 해도 자녀를 전문학교 이상 공부시키려면 전 재산을 쏟아부어야 할 지경이어서 입학을 한다고 해도 졸업에 이르기가 쉽지 않았다.[87] 일본인 학생과의 차별 대우와 군국주의 군사교육이 강화되는 교육 환경에서 민족운동의 기세 또한 약화되는 가운데 입학난, 취업난, 학비 걱정을 헤쳐나가야 했던 조선인 학생들은 이론적 강변과 현실 사이에서 심각한 혼란을 경험해야만 했다. "그처럼 애를 써서 그처럼 돈을 드려서 십년 이십년 공부한대야 놀고 지내기는 맛챤가지라는 사실이 현대 학생 현대 청년의 모ー든 기운을 썩거"[88]놓는다는 불평이 등장하는 것은 자연스런 일이었다. 졸업하여 지식인의 부류에 속한 자들 또한 "성취한 일은 하나도 업고 생활난은 닥처오게 되매 (……) 일변하여서 어디로 어디로 (……) 닥치는 대로, 무엇이, 무엇이고, 다 업서저 버리고, 너무도 급속히

85 박철희, 「1920~30년대 고등보통학생집단의 사회적 특성에 관한 연구」, 『한국교육사학』 26권 2호, 2004. 10, 97~119쪽; 정선이, 「일제강점기 고등교육 졸업자의 사회적 진출 양상과 특성」, 『사회와 역사』 77호, 2008, 5~38쪽 참조.
86 정선이, 위의 글 참조.
87 이기훈, 「젊은이들의 초상 ― 식민지의 학생, 오늘날의 학생」, 『역사비평』 90, 2010. 2, 57~59쪽 참조.
88 정대현(보성고보 교장), 「정신적 자살: 조선학생기질문제」, 『학생』 1권 3호, 1929. 5, 8쪽.

성장한 배금주의의 선구자"[89]로 쉽게 전락하게 되는 것이 현실이었다. 자기 책려의 정신과 성실한 노력이 성공으로 이어진다는 자조론自助論식 논리[90]가 조금도 통하지 않는 도저한 현실 앞에서[91] 합리적 근대를 창출하고자 했던 '청년'의 계몽 이념은 뿌리 깊은 절망과 만날 수밖에 없었다.

> 환멸이 우리를 침노한다. 정직한 사람, 성실한 사람, 민중을 위해 진심으로 애쓰는 사람은 결국 고생하고 손해보고 버림을 받는다. 그 대신 거짓말 잘 하는 사람, 남을 해하려고 밤낮 궁리하는 사람, 비굴한 사람, 겉으로 젠체하고 속으로는 비열한 행동을 하는 사람, 민중을 파는 사람이 출세를 하고 환영을 받고 상좌에 앉고 무엇보다도 괴상한 것은 상당한 사업을 성취하는 것이다. 그래서 새로운 철학이 생겨난다. 모든 리상을 파괴하고 오직 '빈정거림'이 유일한 가치의 비판이 되고 만다.[92]

모던 청년들의 냉소주의 풍조를 고발하는 윗글의 필자는 정직과 성실보다는 비굴과 비열이 괴상하게도 '출세, 사회적 환영, 상당한 사업 성취'의 밑거름이 되는 전도된 현실 앞에서 청년들이 직면했던 정체성의 혼란을 여실히 드러낸다. 민족 계몽의 주축이라는 과거의 자신감이 여지없이 실추되는 현실에서 식민지 초기 '청년'이 상징했던 계몽 주체로서의 정체성은 더 이상 예전과 같은 힘을 발휘하기 어려웠다. 구세대와 과격하게 단절할 수 있었던 과거

89   박영희, 「조선지식계급의 고민과 기 방향」, 『개벽』 2권 1호, 1935. 1, 9~10쪽.
90   최남선, 『자조론』, 신문관, 1918.
91   「MODERN COLLEGE 개강」, 『별건곤』 28호, 1930. 5, 49~60쪽.
92   「조명탄」, 『동광』 22호, 1931. 6, 60~61쪽.

학생복을 폄하하는 '청년 풍속'을 풍자한 삽화(『별건곤』).

의 자신감은 더 이상 유효하지 않았으며, 그럼에도 지속되는 계몽
의 언설과 입신양명의 꿈은 청년 인텔리들의 상처를 더욱 증폭시켰
다. 풀리지 않는 취업난과 생활고로 상처 받은 '청춘'이 도달하는 곳
은 헤어나기 어려운 환멸과 냉소였다.

　　"패금"(지금—필자) 여학생들이 흔히 하는 오락은 "연애하고 활
동사진하고 화투 이 세 가지가 거의 전부"라고 "욕먹을 각오하고 정
직하게"[93] 대답한 한 여학교 졸업생은 "무슨 일을 하기 위하야 이
공부가 필요한가 (……) 학부형 역시 이러타 할 목적이 업"[94]다는
솔직한 항의를 여과 없이 드러냈다. "직업적 책임감責任感, 민족적 사
회적 공도公道에 대한 노력, 또는 개인적 취미와 희망에 의한 남몰
을 고심과 면려勉勵를 축적해온 한 청년은 "기맥힌 현실 우에 입각"
한 "기적과 가티도 명명明明업는 생활"에 직면할 때, "가장 찬연해야

93　　손명숙, 「여학생생활해부」, 『학생』 2권 2호, 1930. 2, 17쪽.
94　　위의 글, 15쪽.

샤리, 안나, 메리 등 서양 이름을 펜네임으로 사용하는
신여성들의 '모던'한 풍속을 비꼬고 있는 삽화(『여성』, 1938. 9).

할 (……) 청춘의 예기銳氣는 무듸게" 될 수밖에 없음을 절절히 토로
하기도 했다.[95] 식민지 중·후반의 '청춘'이 표상하는 퇴폐적 환락과
유흥의 정서는 이 뿌리 깊은 절망과 냉소의 산물이었다. 빈정거림
이 유일한 가치가 되는 모던 청춘의 냉소와 모멸은 도달 불가능한
계몽의 이상, 삶의 준거를 찾을 수 없는 현실 앞에서 당대 청년들이
직면했던 환멸과 절망의 결과였던 셈이다.

통속 서사의 청춘, 슬픔과 연민의 표상

'청춘'과 퇴폐, 유흥 정서의 접합 양상을 가장 극명하게 보여주는 것
은 '조선 학생의 대다수를 점령하는 기질'의 하나로 일컬어졌던 유
행가 가사들이다. 〈청춘계급〉, 〈청춘의 밤〉, 〈슬허진 젊은 꿈〉, 〈이

95 이해문, 「청춘수필: 불평, 희망, 장래」, 『조선중앙일보』, 1935. 11. 2.

팔청춘〉, 〈청춘타령〉, 〈경성은 조흔 곳〉 등 '청춘'을 소재로 한 다수의 재즈, 유행가, 신민요들이 미래를 기획할 수 없는 청춘들의 출구없는 환락을 묘사했다.

이 밤이 다 새도록 술 마시고 놉시다 / 젊음의 한 시절은 숨과도 갓타니 / 리별의 노랠낭은 지금 아직 두고요 / 사랑의 한 밤을 춤추고 샙시다.

— 최명주 노래, 〈유행가, 청춘의 밤〉[96]

에— / 색 보고 오는 호접 네가 막지 마러라 / 쏫지고 닙이 피면 차저올 이 업구나 / 에— / 청춘아 이날을 즐거웁게 마셔라, 칠선녀 그 사랑 몸에 감고 놀세나, 얼시구나 절시구 노래하고 춤을 추어라 / 두리둥기둥실 청춘이로다.

— 강홍식 노래, 〈신민요, 청춘타령〉[97]

세상은 젊어서요 젊어서는 멋대로 / 어엽분 계집의 술 안이 먹고 멋하리 / 부어라 먹자 먹자 오날 밤이 새도록 / 래일은 지옥 가도 오날만 천당.

— 강석연 독창, 〈세상은 젊어서요〉[98]

우리는 에로이카 그늘의 용사다. / 아 — 상냥한 악마여 / 아 — 다리리리 다리리리 다답다 / 산쯔리 마시며 춤추고 노래해.

---

96 콜롬비아 레코드 40451A, 한국고음반연구회 · 민속원 공편, 『유성기음반가사집』, 민속원, 1990, 97쪽.
97 콜롬비아 레코드 40610, 위의 책, 139쪽.
98 빅타 레코드 49105B, 위의 책, 310쪽.

— 김해송 노래, 〈청춘계급〉[99]

상냥한 악마의 유혹을 기다리며 그늘의 영웅으로 자신을 선언하고, 내일의 지옥을 기약하며 오늘의 술과 댄스, 노래에 빠져드는 이 젊음의 표현들에서, '청춘'은 자기 파괴에 가까운 절망적 유흥의 표상에 다름 아니었다. 이는 '청춘'이 함축하는 젊음의 감성이 '청년'이 표방했던 집단적 정체성과 합리적이고 조화로운 관계를 창출할 수 없었던 제한된 상황의 결과였다. 감성의 충동과 이성의 요구를 종합할 수 있는 총체적 합리성의 세계를 상상하고 기획할 수 없었던 식민지의 제한된 여건에서, 출구를 찾을 수 없는 도시 청년들에게 '청춘'의 감성은 미래 없는 향락으로 쉽게 빠져 들어갔다. 젊음의 감성과 개체성은 낙후한 사회를 변혁해야 할 힘이자 발판이었지만, 또한 그 무엇도 실질적으로 이루어낼 수 없는 무력감과 좌절 가운데 놓여 있었다. 모던 도시 문화가 유발했던 환락과 유흥의 '청춘' 표상은 이 허무와 절망에서 비롯된 자기 파괴적이고 찰나적인 도취의 표출이자 소극적이나마 세속적 방식으로 구현된 저항의 표현이었다.[100]

중등 이상의 학력을 지닌 도시 청년들의 모던 문화가 이처럼 환락의 형상으로 '청춘'을 표상하는 다른 한편에서, 1930년대 일반 대중의 호응이 컸던 영화, 연극, 대중소설, 신소설 등은 '슬픔'과 '연민'의 정서로서 '청춘'을 형상화했다. 1920년대부터 서서히 나타나

---

99 박영호 작사, 김송규 작곡, 김해송 노래, 〈청춘계급〉, 1939년 6월 콜롬비아 레코드 (40813A). 박애경, 「환락과 환멸 — 1930년대 만요와 재즈송에 나타난 도시의 '낯선' 형상」, 『구비문학연구』 29호, 2009, 155쪽에서 재인용.

100 퇴폐와 환락은 비생산적 유흥 현상의 하나이지만, 지배 이념에의 순응을 비껴가는 비타협적 행위라는 점에서 비록 소극적이라 하더라도 일종의 저항성을 함축한다.

2. '청춘', 개인적 감성과 사회적 이상 사이에서

기 시작한 '청춘'이라는 표제는 1930년대 들어 통속적인 대중 서사 작품들의 표제에 더욱 빈번하게 이용된다. 1927년 상영된 〈이팔청춘〉 이래 조선 영화계는 〈청춘의 설음〉(이영춘 감독, 마산 불멸 키네마, 1932), 〈청춘애화: 빛나는 인생〉(원산 만 감독, 원산 만 프로덕션, 1933), 〈청춘의 십자로〉(안종화 감독, 금강 키네마, 1934), 〈청춘보부대〉(홍개명 감독, 조선 키네마, 1938), 〈청춘야화〉(고려영화사, 1940) 등의 영화들을 제작했다. 또 수입 외화도 〈청춘만세〉(1936), 〈청춘의 바다〉(1936), 〈청춘 회상곡〉(1937), 〈바다의 청춘〉(1939), 〈아름다운 청춘〉(1939), 〈강 건너 청춘〉(1939) 등 '청춘'을 앞세운 제목으로 번안하여 상영되는 일이 잦아졌다. 극장에서는 〈방황하는 청춘들〉(동양극장, 『동아일보』, 1937. 7. 4), 〈청춘일기〉(동양극장, 『동아일보』, 1937. 8. 15), 〈봄 없는 청춘〉(『동아일보』, 1937. 11. 5) 등의 연극들이 상영되었고, 지명도 있는 근대 작가들이 『청춘곡』(전영택, 『매일신보』, 1936), 『청춘송』(박태원, 『조선중앙일보』, 1935: 미완), 『청춘항로』(염상섭, 『중앙』, 1936: 미완), 『청춘기』(한설야, 『동아일보』, 1937), 『청춘무성』(이태준, 『조선일보』, 1940) 등의 장편을 신문에 연재하여 주목을 끌기도 했다.

1920년대부터 '청춘'을 표제에 도입하기 시작했던 딱지본 신소설은 '청춘'이라는 어휘의 상품성을 가장 적극적으로 활용한 매체였다. 『청춘의 한』(영창서관, 1932), 『청춘의 미인』(태화서관, 1932), 『청춘의 정사情史』(대성서림, 1932), 『청춘의 애인』(세창서관, 1933), 『청춘의 환희』(영창서관, 1933), 『청춘의 무정』(덕흥서림, 1934), 『청춘의 혈루』(덕흥서림, 1934), 『청춘의 화몽』(박문서관, 1934), 『청춘 시대』(영창서관, 1935), 『청춘의 보쌈』(세창서관, 1935), 『빗나는 청춘』(성문당서점, 1936), 『병든 청춘』(영창서관, 1938), 『앗가운 청춘』(보성서관,

1937) 등 딱지본들은 적극적으로 '청춘'의 상품성을 이용하려 했다. 대부분 학생(특히 고학생) 출신[101] 주인공과 그에 얽힌 사랑 문제를 다루고 있는 이 소설들은 자유연애 풍조에 일정하게 저항하는 새로운 서사를 담아냄으로써 '청춘'의 변화된 문화를 반영했다.

　1910~1920년대 '청춘'을 표제로 한 딱지본 신소설이 부모의 실덕, 조혼의 폐해, 여성의 배신, 악당의 모함을 고난의 원인으로 삼았다면, 1930년대 딱지본에서는 사랑하는 남녀 자신들의 감정과 열정의 유동성이나 부도덕성이 주요한 갈등의 한 원인을 형성했다. 자유연애로 만난 남녀의 결합이 감정의 변화로 속절없이 깨어지는 모티프가 등장하는가 하면(『청춘의 한』, 『청춘의 열정』), 자율적 의지로 만났던 이성의 부도덕성을 발견하고 부모가 정해준 정혼자와 결혼함으로써 비로소 바른 선택을 하게 되는 인물들이 나타나기도 하고 (『청춘의 정사』, 『앗가운 청춘』), 자유연애를 추종하는 고등교육자가 음험한 겁탈자로 등장하기도 했다(『앗가운 청춘』). 1920년대 중반까지 열렬한 지지를 받았던 감성과 열정의 해방은 이제 소설의 서사 구조에서 그것이 내포하는 위험과 불완전성을 노골적으로 의식 표면에 드러내게 된 것이다. 이는 청춘을 소재로 한 대중 서사들에서 공통적으로 나타나는 경향이었다.

　성, 연령, 학력 수준 등에서 차이 나는 다양한 대중의 기호에 부응하려 했던 1930년대 대중 서사물들에서, 상품화된 '청춘'이 공통적으로 드러내는 특징은 대부분의 청년 주인공들이 가진 자와 대립하면서 심각하게 박탈된 자의 형상으로 등장한다는 사실이었다.

---

101 『꽃다운 청춘』, 『앗가운 청춘』, 『청춘의 화몽』, 『청춘의 정사情史』, 『청춘의 광야』 등에는 외국 유학 출신자가 등장하고, 『이팔청춘』, 『청춘의 한』, 『청춘의 미인』에서는 고학생 주인공이 등장한다.

1937년 『동아일보』에 연재된 한설야 『청춘기』의 1회 연재면.

『청춘의 한』, 『이팔청춘』, 『청춘의 미인』, 『청춘의 혈루』 등 '청춘'을 표제로 했던 식민지 중·후반 딱지본 신소설들의 주인공 다수가 가난한 고학생들로서 나날의 생존마저 위협받는 어려운 생활을 유지했다. 신문에 연재된 대중소설에서도 젊은 주인공들의 박탈감은 그리 다르지 않았다. 『청춘기』(한설야)의 태호는 동경 유학을 마치고도 직장을 얻지 못해 고통받으면서 부유한 의사 명학과의 연적 관계를 감당해내야 했고, 『청춘곡』(전영택)의 주인공 한실의 고난은 기생이라는 처지를 비웃는 소리에 낙담하며 감행한 가출에서 출발했다. 『청춘무성』(이태준)의 여학생 득주는 교사 치원을 모략에 빠뜨려 학교에서 쫓겨나게 만드는 악행을 저지르지만, 병든 가족과 기생이 된 언니를 둔 채 팔려 가는 처지에 있었던 그 고통의 진실성을 이해받음으로써 동정을 얻고 행복에 이를 수 있는 자격을 획득했다.

1938년 11월 6일에서 28일까지 『조선일보』에서 주최한 제1회 영화제에서 무성영화부 일반 관객 인기투표 6위를 차지함으로써[102] 그 대중성을 인정받았던 안종화 감독의 영화 〈청춘의 십자로〉는, 가난한 하층 노동자 청년과 부유한 모던 보이의 대립적인 생활상을

102 「명화, 베스트 텐 당선」, 『조선일보』, 1938. 11. 23.

2부. 개념사로 읽는 근대의 일상과 문학

1934년 개봉한 안종화 감독, 신일선 주연의 영화 〈청춘의 십자로〉
광고 전단과 영화의 한 장면.

2. '청춘', 개인적 감성과 사회적 이상 사이에서

극명하게 시각화해내면서 당대 청춘 서사의 특성을 가장 선명하게 드러낸 작품으로 주목된다.

영화의 주인공 영복은 고향에서 봉선네 집 데릴사위로 일하다가 부유한 명구에게 봉선을 빼앗긴 아픈 기억을 지닌 인물로, 경성역에서 수화물 운반부로 일하면서 만난 주유소 직원 영희와 사랑을 키워나간다. 영복은 가난 때문에 다시 영희를 난봉꾼인 모던 보이 개철에게 빼앗길 위기에 놓여 있다. 영희를 농락한 개철을 찾아간 영복이 카페 여급이 된 여동생 영옥 또한 개철에게 유린당하고 있었음을 알게 되면서 분노에 찬 폭력으로 개철 일당을 응징하게 되는 과정이 이 영화의 기본 골격이다.

사랑과 돈 사이에서 방황하는 개인적 윤리의 문제가 갈등의 중심을 차지하는 가운데 도시 노동자가 겪는 빈부 격차를 애정 윤리와 연계시킨 이 작품은, 두 계급의 현격한 사회적 차이를 드러냄으로써 당대의 대중이 생각했던 '청춘'의 현재가 무엇이었는지를 압축적으로 드러낸다. 가난 때문에 개철에게 희생당할 위기에 처한 영희와 영옥, 사랑하는 여인을 빼앗기게 된 위기 앞에서 인내의 한계에 다다르는 영복과 그 친구들에게, '청춘의 십자로'란 박탈된 자들이 직면하는 생존 위기와 윤리 위기의 교차점에 다름 아니다. 생존이 곧 타락으로 직결되는 선택의 기로에서, 박탈된 젊음이 선택한 폭력적 분출은 관객의 욕망을 상상적으로 만족시킴으로써 절망적 상황과 대면하는 관객들의 격정과 심리적 파탄을 봉합했다.

〈청춘의 십자로〉뿐만이 아니라 『청춘』, 『청춘의 한』, 『청춘곡』, 『청춘기』, 『순정해협』(1937) 등 다수의 청춘 서사들이 주인공의 폭력, 살인, 자살, 투옥 같은 극단적 행위로 사랑과 열정에서 비롯된 갈등과 위기를 결말 지었다. 폭력적 선택은 박탈된 인물들에게 주어진

최후의 수단이자, 불합리한 지배와 자본의 횡포에 억눌렸던 대중의 숨겨진 욕망을 충족시키는 서사적 장치였다. 그러나 이 폭력적 분출보다 더 중요한 것은, 이 같은 판타지적 만족에 이르기까지의 서사 과정이 극단적 선택을 할 수밖에 없었던 젊음들의 좌절과 슬픔으로 대중을 유도하는 데 몰두했다는 사실이다. 결과적으로 이 시기 통속 '청춘' 서사들이 대중의 감정을 끌어내고 공감을 불러일으켰던 핵심적 요소는 이 박탈과 슬픔의 정서이자 그로부터 환기되는 연민의 공유였던 셈이다. '청춘'이라는 표제가 표상했던 젊음의 감성과 열정은, 그것이 구현되어야 할 당대 현실 조건과의 연관을 통해 형상화될 때 분노와 슬픔, 동정과 연민의 부정적 정서로 현상했던 것이다.

통속적 대중 서사가 표상했던 '슬픔'이나 '연민'의 청춘과 모던으로 지칭되었던 학생-인텔리들의 '환락'의 청춘 사이의 거리는 실상 그리 멀지 않았다. 무엇보다도 둘 다 결핍감과 부정성을 기반으로 했다는 점에서 동질적이었다. 모던 '청춘'이 표상했던 환멸과 환락이 계몽의 총아로 격앙되었던 청년 인텔리의 현실적 무능성과 제한된 상황의 반영이라면, 통속 대중 서사의 '청춘'이 그려냈던 박탈감과 슬픔의 정서는 타율적 자본주의화가 산출한 사회적 격차와 이를 조정할 수 있는 합리적 이념이 부재한 현실의 반영이었다. 달리 말하면 양자는 모두 젊음이 식민지 초반과 같은 진취적 '청년'으로도 기능하지 못하고 정열적 '청춘'으로도 발현되지 못하는 제한된 현실의 결과이다.

'청년'과 '청춘'이 과거의 긍정적 의미를 발현하지 못하고, 유년이 성숙에 이르기 위해 학습하고 동화되어야 할 집단적 결정 요소가 이처럼 부정적 한계로만 나타나는 현실에서, 젊음이 스스로를 정체화할 수 있는 유력한 방법은 '부정'이었다. '모-던' 문화의 환락과 통속 대중 서사의 슬픔 속에서 '청춘'은 박탈된 현재에 대한 응시와 부정의 정서 위에 정체화되었다. 이 부정과 거부, 또는 네거티브 아이덴티티는 희망하고 동경할 수 있는 정체성 형성의 모델이 부재한 굴절된 상황의 반영이자 식민지적 근대가 야기한 불안의 한 형상이었다.

동화되어야 할 모델과 긍정적 전망을 현실에서 찾을 수 없을 때 과잉 상승한 젊음의 주체성이 쉽게 선택하는 것이 급진적인 거부의 방법이다. 그러나 젊음의 감성과 정열은 주관적 상태가 아니라, 개체가 살아가야 할 사회와 윤리적 소통을 거쳐 적절히 안정된 관계를 맺을 때에만 비로소 진정하게 긍정적인 의미를 얻을 수 있다. 식민지 청년들은 자기 내부의 욕망과 사회적 요청을 객관적으로 인식하여 적절히 상호작용할 수 있는 공간을 충분히 형성하고 적극적인 외부와의 소통을 통해 바람직한 자기상을 선택할 수 있는 성장 환경을 얻지 못했다. 계몽의 압력과 식민지 사회가 강제하는 문화적 압박 아래 청년의 위상이 과잉 상승할 수밖에 없었던 한국 근대의 특수성이, '청춘'의 열정이 부정적 대상들의 거부를 통해 정체화되면서 급격한 환멸과 연민의 정서로 진전될 수밖에 없었던 주요한 원인이다. 식민지 시기 후반의 '청춘'은 전능하면서도 무능했다. 개체 내부의 추상적 전능성과 집단적 현실에서의 실제적 무능 사이에서, 열정과 개체성의 긍정을 통해 근대화되었던 개념어 '청춘'은 환락과 슬픔의 표상으로 쉽게 전이되어갔다.

개인적 감성과 사회적 이상 사이에서

젊음의 기표도 역사를 갖는다. '청년'이 부모 세대에 맞서 문명 건설에 매진해야 할 자수자양의 존재로 자리매김되고 국민국가 건설의 기관차로 이상화됨으로써 근대적으로 개념화되었다면, '청춘'은 개체의 고유한 내면에 의미를 부여하면서 열띤 감각과 감정을 긍정하는 젊음의 또 다른 측면을 공식화함으로써 개념적으로 근대화된다. 개체와 공동체의 관계에 초점을 맞춘 '청년'이 노년과 대립하고 여성을 배제하는 배타적 방식으로 작용하는 개념이었다면, 개체와 욕망의 관계를 부각한 '청춘'은 젊음의 충동적이고 비가시적인 열정을 공공화하면서 '청년'의 배타적 범주와 고정된 표상 질서에 균열을 가했다.

그러나 긍정적 기대와 폭발적 호응 가운데 젊음을 주체화했던 '청년'과 '청춘'은 양자의 적절한 조응 관계를 탐색하기 이전에 식민지의 모순된 현실에 부딪혔다. 1920년대 중반 민족 운동과 청년 운동이 함께 위축되고 일본 학생과의 차별 대우 속에 입학난과 취업난에 시달렸던 학생들의 부랑 세태가 비판의 도마에 오르면서, '청년'의 위상은 평가절하되었고 '청춘'의 의미는 화치부박華侈浮薄한 문화 양태와 직결되어갔기 때문이다. 청년의 문화적 역량은 패션, 화장품, 연극, 영화, 소설 등 식민지 시기 중반부터 본격적으로 활성화된 대중문화 산업의 소비에 흡수되어감으로써 '청춘'을 자본주의적 상품의 하나로 변모시켰다. '청년-학생-인텔리'들을 주축으로 한 '모-던' 문화의 신풍조는 '청춘'을 퇴폐적 환락과 접속시켰고, 연극, 영화, 신소설 등의 통속 대중 서사들은 박탈된 당대 젊은이들의 형상으로 눈물과 동정을 유도해냄으로써 '청춘'의 감각을 슬픔의 정서로 표상해갔다. 통속적 대중문화가 '청춘'을 표상했던 환락과 슬픔의 정서는 젊음이 진취적 '청년'으로 기능하지 못하고 정열적 '청춘'으로도 발현되지 못하는 제한된 현실의 결과이자 지극히 세속적인 방식으로 구현된 저항의 하나였다.

청년과 청춘이 보여준 개념적 차이와 길항 관계는 집단적 이상과 개체적 내면의 조응이야말로 젊음의 가능성이 긍정적 기능을 발휘하는 데 필요한 요소임을 실감하게 한다. 청년이 근대국가의 신체이자 동력으로 개념화되자마자 청춘의 감성과 열정이 공공화되고, 이 열정이 다시 번민으로 이동할 때 청년의 활력이 위축되었던 일련의 과정들은, 젊음의 가능성이 긍정적으로 작용하기 위해서는 청춘의 개체적 감성이 청년의 집단적 기획과 합리적이고 역동적인 관계를 상상하고 실험할 수 있는 여건이 조성되어야 함을 확인해준다. 청년과 청춘이 자유로운 실험을 통해 서로 협상하고 조정될 수 있는 기회를 마련하지 못했던 식민지 상황에서 '청춘'은 부박한 환락과 슬픔의 표상으로 변이되어갔다. 인생의 한 주기를 가리키는 중립적 기표에서 젊음의 개체적 감성에 사회적 의미를 불어넣는 기표로, 다시 부박한 환락과 슬픔의 기표로 이동해간 '청춘'의 역정은 개체적 감성과 사회적 전망의 창조적 결합이 가능한 역사적·사회적 조건에 대한 성찰을 다시 한 번 요구한다고 하겠다.

3

'탐정'의 탄생

식민지 탐정소설의 형성

우리나라에 탐정소설이 유행한 것은 식민지 시대부터였다. 1920년대에 이미 홈스와 뤼팡의 이야기가 신문에서 인기를 끌었고, 식민지 시기 전반에 걸쳐 '정탐소설/탐정소설'이라는 표제를 달고 발표된 창작의 수도 그리 적은 편이 아니다. 장르적 성격도 과학적이고 이론적인 추리 과정을 담은 것뿐만 아니라 모험적인 것, 섬뜩하고 신비한 분위기를 지닌 것, 가정 비극을 다룬 것에 이르기까지 다종한 성격의 이야기들이 '탐정소설'로 출간되고 읽혔다.

식민지 시기 중반 조선 사회는 교통과 상업의 발달, 범죄가 증가하는 근대 대도시의 성장, 인구 집중과 익명성의 증가, 매체를 통한 범죄 뉴스와 범죄 스캔들의 범람 등 탐정소설이 유행할 수 있는 조건이 이미 마련되어 있는 공간이었다. 과학적 범죄 수사에 대한 관심도 높았다. '탐정소설 같은'이라는 관용구가 신문이나 잡지에 실린 사건 보도의 헤드라인을 공공연히 장식할 만큼 수수께끼 같은 사건의 성격이나 범인을 찾는 논리적 과정은 대중의 이목을 사로잡는 흥밋거리의 하나였다.

염상섭, 채만식, 김유정 같은 유명 작가들이 탐정소설의 문법을 작품에 이용하거나, 탐정소설 번역에 동참하기도 했다. 탐정소설의 장르명이 '탐정기담', '탐정기괴' 등의 독특한 기표로 발표된다거나 '탐정연애소설', '탐정모험소설', '탐정애화', '탐정비극' 등의 표제를 단 값싼 소설들이 생산된 것도 식민지 시기의 특수한 현상이었다.

식민지 시기의 이 같은 '탐정' 서사 취미 가운데 한국의 탐정소설은 서구와는 다른 이질적이고 독자적인 문화적 탄생의 과정을 겪는다. 이 과정에 올바르게 접근하기 위한 방법의 하나로서 이 장에서는 '탐정'과 '기괴'라는 어휘의 개념 변화에 초점을 맞추어 한국 탐정소설 장르 탄생의 한 경로를 복원하고자 한다. 식민지 시기 탐정소설의 장르 표제로 쓰이곤 했던 '탐정(정탐)'과 '기괴'라는 어휘는 탐정소설의 번역과 창작이 이루어지고 탐정소설의 취향이 형성되는 가운데 일정한 의미의 변화를 겪는다. 두 개념의 이전 과정은 탐정소설이 보급되고 생산 및 향유되는 일련의 문화적 지반과 밀접한 관련을 맺으면서 '탐정'과 '탐정소설'의 정체성에 대한 당대적 취향과 인식의 특수성을 역동적으로 드러낸다.

서사 장르의 정체성을 좌우하는 장르 표제의 의미 이동과 그것이 표상하는 취향의 특수성에 접근하려면 어휘의 사전적 의미뿐만 아니라 그것이 사고되고 언술되는 사회의 문화적 특성에 대한 이해가 필요하다. '탐정'과 '기괴'라는 어휘의 개념사적 흐름은 작품들 사이에만 국한된 것이 아니라, 탐정소설이 소개되고 생산되고 유통되고 향유되는 전반적인 문화 토대와 연관되어 있기 때문이다. 따라서 논의는 소설 작품을 읽고 분석하는 데 치중하기보다는 사건 보도, 잡지 칼럼, 교과서 단원, 사전 해설, 소설 작품, 전문 비평 등 포괄적인 언술 자료를 가로지르며, 특수한 취미 형성을 가능하게 했던 당대적 사유와 인식의 독자성을 추적하는 데 초점을 맞춘다. 작품과 작품 외적 자료들의 종합을 통한 개념적 인식의 지형도는 한국 탐정소설의 성격을 우리 자신의 역사적 경험 속에서 새롭게 이해할 수 있게 하는 하나의 계기를 제공해줄 것이다.

'정탐/탐정', 첩보·치안에서 취미·흥미 기호로

'탐정/정탐'은 '찾다, 구하다'라는 의미의 한자 '탐'探과 '점치다, 묻다, 몰래 살피고 헤아리다'라는 의미의 한자 '정'偵이 결합된 조어이다. 『한어대사전』漢語大詞典(상해: 한어사전출판사, 2001)에 따르면, 이 조어는 '암암리에 자세히 살피다'라는 의미로 명·청 시기부터 이미 그 용례가 발견된다. 한국의 경우도 이와 다르지 않아서,『고려사절요』,『조선왕조실록』,『승정원일기』,『일성록』 등에는 '몰래 살피다, 비밀스럽게 조사하다'라는 행위적 의미로 '정탐/탐정'이 기록된 예가 나타나고 있다. 이 자료들에서 주로 쓰인 것은 '탐정'보다는 '정탐'이었는데, "왜선의 정향과 왜인의 동향을 정탐하다"(『일성록』, 정조 즉위년 10월), "적군이 최영의 명성을 정탐해 알아내고 최영의 군대만 부수면 서울을 엿볼 수 있다고 생각했다"(『조선왕조실록』, 태조 총서) 등에서 볼 수 있듯 정치·군사적 활동과 관련하여 사용되는 경우가 많았다.

그러나 1880년 발간된『한불ᄌ뎐』이나 1897년 발간된『한영ᄌ

던』에는 '탐정'도 '정탐'도 수록되지 않았으며,『독립신문』이나 신소설, 개화기 잡지 등에서도 '정탐/탐정'보다는 '탐지', '탐문'이 많이 쓰였다. 대중매체나 개인적 저작보다 실록과 관청의 역사 기록 및 관직 수행의 기록에서 그 용례가 많이 발견된다는 것은 '정탐'과 '탐정'이 관청의 권위와 자주 연계되어 쓰이는 말이었음을 의미한다. 근대 계몽기에도 '정탐/탐정'은 개인사적인 일보다는 정부 기관의 법치 행정 및 정치, 군사적 첩보 활동과 연관된 업무를 설명하는 데 사용되곤 했다.

① 각설却說 윤수尹守가 신장손申將孫의 모母 자녀子女 삼인三人을 옥옥獄에 엄수嚴囚ᄒ고 수다數多흔 탐정探偵을 발출發出ᄒ야 신랑新郞의 본가本家 정형情形을 치탐馳探ᄒ며

— 백악춘사, 「마굴」魔窟, 『태극학보』 16호, 1907. 12, 48쪽.

② 직권은 암힝어스이라 슈령의 치적 션불션을 뎡탐ᄒᄂ 터에

— 이해조, 『화의혈』, 보급서관, 1912, 23쪽.

③ 보고원이 이프리가에셔 전보ᄒ엿스되 불란셔 탐덩듸가 속호도싯지 나갓ᄂ듸,

— 「전보」, 『독립신문』, 1898. 2. 24.

④ 덕국대사德國大使는 작금昨今에 팔방八方으로 탐정探偵을 파송派送ᄒ야 해협약該協約의 내용內容을 탐지探知흔다더라.

— 여병현, 「외국사정」, 『대한자강회월보』 12호, 1907. 6, 65쪽.

⑤ 제13은 군대정탐지법軍隊偵探之法이오

— 여병현, 「병사교육의 개요」, 『대한협회회보』 12호, 1909. 3. 25, 9쪽.

⑥ 현금시대現今時代 문명지계급文明之階級이 극달극정極達極精호야 정치政
治, 과학科學, 급及 제종諸種 철학哲學을 단거일부분이표면시지但擧一部
分而表面視之면 수소수미雖小雖微나 기중其中 소함지의의所含之意義는 광
대교조廣大巧調에 가촉세계지진화자可促世界之進化者ㅣ 즉卽 현세각국최
발달지경찰정탐학現世各國最發達之警察偵探學이 시야是也.

— 장계택, 「경찰정탐」, 『태극학보』 7호, 1907. 2, 37쪽.

⑦ 뒥으로 가 계시오 우리가 붉는 날이면 긔어히 뎡탐을 호야 통지호
오리다.

— 민준호 발행, 『옥호긔연』, 동양서원, 1912, 6쪽.

①, ②에서 '정탐', '탐정'은 군수나 암행어사의 조사 직무 및 그
일을 수행하는 데 동원된 사람을 가리키고, ③, ④에서는 제국주의
침략과 긴급한 국제정치의 변동에 따라 움직이는 정치·군사적 밀
정들을 가리키며, ⑤, ⑥에서는 적의 동태를 탐색하는 군사기술 및
경찰 조사의 기술을 지시한다. 1900~1910년대 대부분의 용례가 정
치·군사 행위와 연동되어 있는 것이다.

'정탐/탐정'과 정치·군사적 공공성의 연계성은 1920년대에도
계속된다. 예컨대 1920년대 『조선일보』에서 '탐정'이란 말은 "열국
탐정술의 발달"(1921. 7. 22), "군사탐정 백여명, 봉천 전 시가 인심 흉
흉-"(1925. 11. 14), "정치탐정 수감"(1926. 1. 11), "밀탐정을 살해한 정
의부원의 공판"(1928. 11. 10), "나남시에서 군사탐정 피착"(1929. 10.

21) 등등의 헤드라인에서 보듯 스파이, 밀사, 군대 정찰병 등을 가리키는 데 주로 쓰였고, 국가적·군사적 기밀을 캐는 행위와 행위자를 일컫는 데 쓰였던 만큼 윤리적으로 좋은 어감을 지닌 것은 아니었다.

적외선 사진 기술 발전에 대한 보도를 탐정술과 연관한 헤드라인으로 기술하고 있는 『동아일보』(1933. 7. 8) 기사.

기실 근대 계몽기부터 '정탐', '탐정'이라는 용어는 제국주의 침략과 맞물리면서 조선을 침략한 일본군의 밀정 활동과 긴밀히 연관되고 있었다. 러일전쟁 시기, 조선의 치안과 군사권을 장악하기 시작한 일본군은 러시아군과 반일·친러 한인의 동태를 파악하는 밀정 활동을 위해 수많은 조선인을 고용했다. 일본의 밀정 활동은 전후戰後 그에 대한 포상으로 관리 86명, 민간인 109명 등 총 195명의 조선인에게 훈포상을 수여한 기록으로 남아 있는데,[1] 여기서 활용된 포상의 명분도 '정탐'이었다. '정탐'과 밀정 행위의 연관성을 강력히 드러내는 사례이다.

갑오개혁 이후 경무청 소속의 경찰인 순검 밑에서 사건의 실질적 조사를 수행했던 '정탐인'과 이들의 '정탐 행위'는 이처럼 침략국 일본에 대한 봉사와 직결되어 있었다. 헌병 경찰 시대 이래 매년 경찰관의 수를 늘려간 일본은, 식민지 전 시기를 거쳐 평균 41퍼센트

---

1 김윤희에 따르면, 훈포상을 받은 이들의 주요 활동 내용은 '군용, 정탐'이었고, 훈포상에 관한 기록들은 이들의 활동 사항을 '정탐', '탐정'이라는 용어로 기록하고 있다. 김윤희, 「러일전쟁기 일본군 협력 한인 연구」, 『한국사학보』 35, 2009. 5, 295~328쪽.

의 조선인을 순사 및 순사보로 고용했고, 통계에서 누락된 밀정의 수도 상당했던 것으로 보인다.[2] 조선인 순사보와 밀정들의 주요 활동의 하나는 러일전쟁 시기와 마찬가지로 '정탐'이었다.

그러나 1920년대 중·후반에 이르면 정치, 군사, 치안 등 국가적 차원의 문제를 보도하는 데 사용되던 '탐정/정탐'이라는 어휘가 사적私的 세계의 문제를 표현하는 데에도 활용되는 경우가 나타난다. 그 수가 많은 것은 아니지만, 1920년대 중·후반부터 신문에는 사설 탐정 기관에 대한 기사[3]가 등장하고, "기괴한 사설정탐 일반 피해 다대多大"(『조선일보』, 1929. 3. 13)라는 헤드라인에서처럼 사적인 '정탐/탐정'의 문제를 다루는 기사가 실리게 된다.

주목되는 것은, 군사·치안이 아니라 사적인 사건에 '정탐/탐정'이라는 어휘를 붙여 보도하는 신문의 헤드라인들이 대부분 '탐정소설 같은'이라는 표현을 동원했다는 사실이다. "탐정소설가튼 고녀雇女 교살사건"(『동아일보』, 1931. 8. 4), "은행가 애녀의 참살시의 두족頭足! (……) 탐정소설 같은 범죄 사실"(『조선일보』, 1928. 1. 22) 등과 같이 '탐정소설 같은'이라는 말을 통해 사건의 센세이셔널한 성격을 강조하는 헤드라인은 1920년대 후반부터 등장하여 1930년대 신문에서는 상당히 보편화된다.[4] '탐정소설'이 그때까지 군사·치안의 문제와 결속되어 있던 '정탐/탐정'이라는 어휘를 개인 생활과 접속시키고 흥밋거리의 하나로 사유하는 새로운 관습을 촉발한 것이다.

2 이상열, 「일제 식민지시대 하에서의 한국경찰사에 관한 역사적 고찰」, 『한국행정사학지』 20호, 2007. 6, 77~96쪽.
3 「악수단을 농하는 탐정사, 흥신소 경찰의 대철퇴가 내릴 듯」, 『조선일보』, 1925. 11. 20; 「民형사 탐정사 영업정지처분」, 『조선일보』, 1926. 8. 23.
4 신문의 헤드라인에서 '탐정소설 같은'이라는 표현이 범람한다는 사실은 다음 논문에서도 지적된 바 있다. 이용희, 「1920~30년대 단편 탐정소설과 탐보적 주체 형성과정 연구」, 성균관대학교 석사학위 논문, 2009.

달리 말하면, '탐정소설'이라는 어휘의 일반화와 더불어 '정탐/탐정'이라는 기표는 더 이상 첩보나 치안 등의 국가적 문제나 남의 뒤를 캐는 꺼림칙한 행위가 아니라, 생활과 가까운 행위이자 대중적 흥미를 불러일으키는 취미 기호로 변화하기 시작했다고 할 수 있다.

실제로 1918년 '탐정긔담'이라는 표제로 코넌 도일의 소설

1921년 『동아일보』에 연재된 김동성 번역의 탐정소설 『엘렌의 공』.

「충복」이 번역된 이래, '정탐소설'『박쥐우산』(1920), '기괴탐정소설'『813』(1921), '탐정소설'『귀신탑』(1924~1925), '탐정소설'『최후의 승리』(1928) 등이 신문에 연재되면서 '탐정소설', '탐정극'이라는 말은 식민지 대중사회에 통용되는 일상어의 하나로 퍼져나간다. 1930년대 매체가 '탐정소설 같은', '탐정적 흥미', '탐정소설적 취미' 등의 어구를 흥미 기호로 자주 동원하게 되는 것은 이처럼 '탐정소설'이 유행한 결과였다.

도주 중인 살인범에 대한 보도 기사의 헤드라인으로 "탐정적 흥미"(『조선일보』, 1933. 1. 21)라는 제목을 걸어 관심을 유도하는 기사, "탐정적 흥미를 느낀다"(『동아일보』, 1933. 4. 10)라는 이유로 실제 살인 사건을 탐정소설과 비교하는 기사, "남자란 알지도 못하는 처녀가 자기도 모르는 아긔를 배고 자살한 이약이는 본호가 자랑하는 특별기사다. 탐정소설적 취미도 취미어니와 아모도 꿈에도 생각 못할 진기한 내용사실에 독자는 놀낼 것이다"(「편집실 낙서」,『별건곤』 22호, 1929)라는 식으로 수록 기사를 선전하는 편집자 논평 등이 등

장하게 되는 것이다.

　식민지 시기 중반, '탐정소설'이라는 어휘는 그 자체로 대중에게 새로운 재미와 자극을 제공하는 취미 기호의 하나인 동시에, 정치·군사 행위로서 부정적 뉘앙스를 지녔던 '탐정/정탐'이라는 기표를 생활에 가까운 흥미 기호로 전환하는 촉매가 되고 있었다.

'정탐/탐정'의 분화와 탐정소설 장르의 등장

'몰래 살피다, 비밀스럽게 조사하다'라는 의미를 공유했던 '정탐'과 '탐정'은 20세기 초까지 크게 분별하여 쓰이지는 않았지만, 행위와 행위자를 지칭하는 데서 미세한 차이가 있었다. 168~169쪽의 인용문 ②, ⑤, ⑥, ⑦과 같이 '정탐'이 대체로 행위를 뜻했던 데 비해, ①, ③, ④와 같이 '탐정'은 정탐 일을 하는 행위자를 가리키는 데 쓰이는 경우가 더 많았던 것이다. 그러나 이 차이는 대체로 미미했다. 무엇보다 '정탐'의 용례가 '탐정'보다 압도적으로 많았고, '정탐'이 행위자를 가리키는 데 사용된 사례 또한 발견되기 때문이다. '탐정'의 용례가 표 나게 증가한 것은 번역 및 번안소설을 통해 탐정소설 취미가 형성되고 '탐정소설'이라는 어휘가 하나의 장르명으로 나타나기 시작한 1920년경이었다.

　〈표 2-1〉은 「충복」(1918)을 기점으로 장르 표제가 '정탐소설'에서 '탐정소설'로 이동하고 있음을 뚜렷이 드러낸다. 이 변화는 '정탐'의 빈도가 월등히 우세하던 이전과 달리 '탐정'의 용례가 눈에 띄게 늘어가던 시점과 대체로 일치한다. 이러한 사실은 '탐정'이 '정탐'에서 분화·독립하는 일이 근대적인 '탐정소설' 장르의 성립과 밀접한

관련이 있음을 알려준다.

번호	작품명	저자 (역자)	발행처	최초 간행 연도	직업 탐정 등장 유무	탐정의 비중	탐정 명칭	배경 국가
1	뎡탐쇼설 쌍옥적	이해조	보급서관	1911	△ (경찰 조력자)	×	녀졍탐 (고소사)	조선
2	과학소설 비행선	김교제	동양서원	1912	○	○	탐험가	미국, 잡맹특(아시아)
3	지환당	미상	동양서원	1912	△(경찰)	×	정탐경리	프랑스
4	정탐소설 도리원	노익형	박문서관	1913	△(경찰)	×	정탐군 정탐ᄒ는 꾀	프랑스
5	신소설 누구의 죄	이해조	보급서관	1913	○(경찰/ 취미 탐정)	×	정탐 한산閑散정탐	프랑스
6	신소설 정부원	이상협	매일신보	1914~1915	○ (사설탐정)	×	사사 탐정	영국
7	탐정긔담 충복	해몽생 (코넌 도일)	태서문예 신보	1918 (3~7호)	○ (사설탐정)	○	탐정	영국
8	탐정소설 의문의 死	복면귀	녹성	1919	△(경찰)	×	순사	프랑스
9	뎡탐신소설 박쥐우산	미상	조선일보	1920	○(경찰)	○	정탐	조선
10	탐정소설 검은 그림자	고문룡	학생계	1920. 11. 1	○(경찰)	○	탐정	중국
11	소설 엘렌의 공	김동성	동아일보	1921	○(경찰)	×	탐정	미국
12	탐정소설 전율탑	쏨길	학생계	1921. 2. 1	×	×	×	덴마크
13	기괴탐정소설 813	운파	조선일보	1921	△(경찰)	×	형사	프랑스
14	남방의 처녀	염상섭 옮김	평문관	1924	○ (사설탐정)	○	탐정	영국, 프랑스, 캄보디아
15	탐정소설 혈가사	박병호	울산인쇄소	1926	○(경찰)	×	탐정	조선
16	탐정기괴 겻쇠	단정학	신민	1929~1931	○(경찰)	○	형사/탐정	조선
17	장편탐정소설 사형수	최독견	신민	1931	△(경찰)	×	서장, 순사	조선
18	탐정소설 질투하는 악마	최류범	별건곤	1933	△(청년)	○	김창호	조선
19	탐정소설 약혼녀의 악마성	최류범	별건곤	1934	△ (탐정소설가)	○	탐정소설가	조선
20	탐정소설 배암 먹는 살인범	양유신	월간 매신	1934	△(경찰)	○	형사	조선
21	정탐소설 염마	채만식	조선일보	1934	△(청년)	○	백영호	조선

2부. 개념사로 읽는 근대의 일상과 문학

| 22 | 수평선을 넘어서 | 김동인 | 매일신보 | 1934 | △ (경찰, 범죄과학자) | ○ | 형사, 범죄과학자 | 조선 |

표 2-1 1910~1930년대 탐정소설 조사 목록[5]

'탐정소설'로 장르 표제가 이동하기 전, '정탐소설'의 '정탐'은 전
문 수사자로서의 주인공을 가리키는
말이 아니었다. '정탐소설'로 표기된
『쌍옥적』, 『도리원』 등의 작품들에서
탐사 주체인 주인공은 '정탐/탐정'으로
명명되지 않는다. 이 소설들에서 '정탐'
으로 명명되는 인물은 부수적 역할의
경찰 끄나풀 내지 심부름꾼들이다. 예
컨대 『쌍옥적』의 고소사는 녀정탐으로
불리지만 직업 탐정이라 보기 어렵고,
『지환당』과 『도리원』에서 '정탐'은 수사
주체의 하나인 경찰이 탐사 행위를 위

1911년 보급서관에서 발행한
정탐소설 『쌍옥적』.

---

5 1910~1930년대 중반까지 탐정소설의 표제와 직업 탐정 등장 유무, 탐정 명칭 등을
조사했다. 개괄적 파악이 목적이므로 장르 표제가 두드러지는 것들을 중심으로 작
품을 선별했다. '직업 탐정 등장 유무'란에서는 '탐정/정탐'으로 표기되는 인물이 있
는 경우 ○표 했고, 이 인물의 비중이 주인공에 가까울 때만 '탐정의 비중'란에 다시
○표 했다. 그런데 '탐정/정탐'으로 표기된 인물이 등장하지만 그 비중이 지나치게
낮거나, 혹은 명확히 탐정 역할을 하는데도 '탐정'이란 호칭으로 표기되지 않는 경우
는 따로 구분이 필요했다. 이 경우는 '직업 탐정 등장 유무'란에 △로 표기하고 그 비
중 부분에 다시 ○, ×를 표시한 후, '탐정 명칭'란에서 표기된 명칭을 명시했다. '직
업 탐정 등장 유무'란에는 탐정의 신분도 괄호 안에 표기했는데, 순검, 순사, 형사,
순사 끄나풀 등 경찰 계통의 탐정은 '경찰'로, 돈을 받고 수사하는 개인 탐정은 '사설
탐정'으로 표기했다. '정탐'으로 표기되지만 탐정 일을 취미로 하는 일반인의 경우는
'취미 탐정'으로 표기했다.

1912년 동양서원에서 발행한 과학소설『비행선』과
1913년 박문서관에서 발행한 정탐소설『도리원』.

해 고용한 하수인들로 그 역할이 크지 않다. 이로 미루어 볼 때 '정
탐소설'의 '정탐'은 현재와 같은 전문 수사 주체를 가리키는 것이 아
니라 정탐하는 행위 그 자체를 일컫는 동사적 의미에 가까웠다고
할 수 있다.

　『지환당』과『도리원』의 예는, 전문적인 사설탐정의 활약상을 중
심으로 한『비행선』같은 작품에서 주인공인 탐사 주체가 '탐정'이
아니라 '탐험가'로 명명되고 장르 표제 또한 '과학소설'로 붙여졌다
는 점과 좋은 대조를 이룬다. 그 밖에 수사 능력에 전문성이 두드러
지지는 않지만 서양 사설탐정이 등장하는『누구의 죄』와『정부원』
등의 장르 표제가 '신소설'로 붙여졌다는 것도 주목되는 부분이다.
1910년대 중반까지 과학적인 수사 전문직으로서의 '탐정'이란 쉽게
이해되기 어려운 직업이었다. 그래서『정부원』에서는 "비밀정탐사"

2부. 개념사로 읽는 근대의 일상과 문학

라는 광고판을 건 인물 최창훈을 등장시키면서 "서양 각국에는 최창훈이와 같은 탐정을 영업으로 하는 사람이 많은 풍속이라"[6]는 소개말을 첨가하기도 했다. 요컨대 1918년까지 탐정물에 대한 인식은 아직 일반화되지 않았으며, 과학적이고 전문적인 수사 주체의 관념 또한 형성 이전의 단계에 머물러 있었던 것이다.

따라서 「충복」 이전의 소설들에서 표제로 붙여진 '정탐소설'은 근대적인 직업 탐정으로서의 수사자나 수사 방식을 등장시킨 소설을 가리키기보다는, 수상한 사건을 추적하고 탐사하는 이야기가 중심 소재의 하나로 채용된 소설을 지칭하는 말이었다고 할 수 있다. '정탐소설'의 '정탐'이란 '비밀스럽게 조사하다'라는 '정탐' 고유의 의미를 그대로 살린 명명법인 셈이다.

그러나 '탐정긔담' 「충복」이 지칭하는 '탐정'의 의미는 이전의 '정탐'과 상당히 다르다. 「충복」의 주인공 듀뢰장은 명확히 '탐정'으로 명명되는 사설 수사관이며, 살인 사건같이 공권력이 동원되는 사건이 아니라 학교의 시험지 도난이라는 사적이고 미시적인 사건을 수사한다. 사건의 성격이 사소한 만큼 이 소설은 모험적 탐사보다 주인공 탐정의 논리적이고 과학적인 조사 방식에 초점을 맞춘다. 듀뢰장 탐정은 도난 사건이 발생한 현장을 검증함으로써 범인의 특징을 파악하고, 용의자인 세 학생의 용모와 성격 및 태도를 조사한 후 양자의 연관 관계를 이론적으로 추론함으로써 범인을 찾아낸다. 행동보다는 추론을 통해 사건의 경위를 해석하는 듀뢰장의 조사 방식은 우연과 모험적 추적 행위 등에 의존하는 과거 '정탐소설'의 조사 방식과 뚜렷이 구분된다. 정탐소설의 조사 방식이 엿듣기, 뒤쫓기, 육감 등 신체적이고 감각적인 것이었다면, 「충복」의 조

6   이상협,『정부원 上』, 현실문화연구, 2007, 296쪽.

사 방식은 철저히 논리적이고 과학적이다. 듀뢰장 같은 근대적 '명탐정'의 등장은 '정탐'하는 행위, 즉 수사 방식의 전환 가운데 이루어졌다. 따라서 「충복」의 장르 표제로 제시된 '탐정'은 과학적이고 논리적인 추론을 바탕으로 한 조사 행위를 가리키는 동시에, 그와 같은 조사 행위의 주체인 근대적 '탐정'의 등장을 알리는 기표였다고 할 수 있다.

〈표 2-1〉에서 드러나는 또 한 가지 사실은 식민지 시기 탐정소설의 수사 주체 대부분이 일본의 경찰 제도에 소속되거나 그 영향권 아래 있는 인물이었다는 점이다. 1910년대의 「지환당」, 「도리원」에서부터 1920~1930년대의 「박쥐우산」, 「검은 그림자」, 「혈가사」, 「겻쇠」, 『사형수』, 「배암 먹는 살인범」, 『수평선을 넘어서』 등의 작품에 이르기까지 수사 주체는 경무국에 소속되어 있는 형사, 순사, 서장, 순사보들이다. 특히 1920년대까지의 작품들은 대체로 이들 경무국 소속 경찰 및 그 끄나풀들을 직접 '탐정/정탐'으로 표기하면서 서사를 진행한다. 『염마』의 백영호나 「질투하는 악마」의 김창호 등 개인적이고 독립적인 탐정 행위의 주체들도 경찰과 대립하기보다는 조력하는 입장에 서 있다.

본질적으로 식민지 조선에서 근대적 수사 행위의 주체인 '탐정'은 셜록 홈스나 뒤팽처럼 공권력으로부터 독립하여 개인의 사생활을 보호하는 탐사 주체가 아니었다. 비밀스런 탐색자로서 '탐정'은 신문이나 잡지 기자가 조사 행위를 수행하는 자신을 은유적으로 지칭하는 어휘로 일반화되어 쓰이는 등 보편화된 기호이기도 했지만[7], 탐정소설에서 탐정 행위의 본원적 자격은 일차적으로 '전문 수

---

7   잡지에서 기자가 탐정의 역할을 했다는 사실은 최애순, 「1930년대 탐정의 의미 규명과 탐정소설의 특성 연구」, 『동양학』 42, 단국대학교 동양학연구소, 2007, 23~42쪽

사자'로서 경찰에 주어진 경우가 많았다. 이는 '탐정소설 취미'가 대중적 유행어로 등장한 식민지 시기 중반에도 행위나 행위자로서의 '탐정'의 의미가 '첩보, 치안'의 의미장에서 완전히 벗어나지 못하고 있었음을 알려준다. 탐정과 일제 공권력의 관련성은 식민지 탐정소설이 놓여 있는 근본적 딜레마의 하나였다.

탐정소설 취미, 계몽과 흥미의 이율배반적 접속

첩보, 탐사, 밀정 등 불유쾌한 활동을 가리켰던 '정탐/탐정'이 서구 탐정소설의 유입과 더불어 갑자기 대중을 유혹하는 취미 기호가 될 수 있었던 이유는 무엇이었을까. 탐정소설의 '탐정'이 일제의 경찰 권력과 여전히 일정한 관련성을 지녔음을 상기한다면, 이 새로운 유행이 단순히 이색적 이야기가 지닌 재미의 힘 때문이었다고만 보기는 어렵다. 여기에 답하기 위해서는 갑오개혁 이후 계몽의 논리로 돌아가볼 필요가 있다.

1895년 발간된 최초의 근대적 교과서인 『국민소학독본』은 제2과 '광지식'廣知識이라는 장에서 다음과 같은 이야기를 싣는다. 한 야만인이 가축을 도난당하고 도둑을 찾는다. 도둑을 찾으러 숲으로 들어간 그는 사냥꾼 두세 명을 만나, 작은 개를 데리고 다니는 키 작은 노인을 보았느냐고 묻는다. 마침 그런 사람을 보았던 사냥꾼이 직접 보지 않고도 어떻게 그리 잘 아는지를 되묻자, 야만인은 가축을 훔치고자 돌을 딛고 발돋움한 흔적을 보았고 모래 위에 난 발자국 사이가 좁고, 앉은 자국 옆에 개가 앉은 자국이 있어서 알게 됐

에서 지적된 바 있다.

노라고 말한다. "천사만물을 정밀히 관찰훈 연후에 만물을 정밀히 관찰호는 안력眼力을 개開훈"[8]기를 당부하는 언술과 더불어 소개되고 있는 이 작은 추리 서사는 합리적이고 과학적인 이성을 근대 교육의 주춧돌로 간주했던 신교육의 이념을 뚜렷이 반영한다. 과학적 사고와 지식 확장을 촉구하는 이 이야기는 총41과의 장 가운데 조선의 국토와 구성을 설명한 제1과 '대조선국'의 바로 뒤를 이어 실림으로써 근대 국가로 거듭나려 했던 대한제국의 국가적 이념을 명확히 반영하고 있다. 과학적 지식과 합리적 사고 및 행위는 '야만'의 상태에서 벗어나 신문명인으로 거듭나기 위한 계몽의 기본 조건이었던 것이다.

근대적 조사 탐색 행위에 대한 학문적 관심 또한 이와 무관하지 않다. 1900년대 후반 발간된 학회보들은 군대정탐법[9]과 경찰정탐학[10] 등을 학문적으로 소개하면서, 근대 지식에 입각한 효율적인 조사 탐색법의 습득을 촉구했다. 특히 경찰정탐학[11]은 '비밀스럽게 조사하다'라는 '정탐'의 의미가 '근대적 학문과 과학적 지식을 바탕으로 한 조사 탐색 행위'로 이전되어야 함을 국가 제도적 차원에서 역설했다. 벌어진 사건을 수색 및 탐사하는 사후적 조사보다 범죄를 사전에 예방하고 공공질서를 유지하는 치안 행정에 역점을 둔 경찰정탐학은 경찰이 법률, 과학, 의학, 심리학 등의 신학문을 익히는 동시에 매매춘, 도둑, 잡기雜技 등 사회의 어두운 구석에 대해 통

---

8 「광지식」, 『국민소학독본』, 학부, 1896.
9 여병현, 「병사교육의 개요」, 『대한협회회보』 12호, 1909. 3. 25.
10 장계택, 「경찰정탐」, 『태극학보』 7~8호, 1907. 2. 3.
11 장계택의 글이 '정탐'이라는 용어의 의미에 미친 영향은 다음 연구에서 먼저 언급된 바 있다. 이정옥, 「송사소설계 추리소설과 정탐소설계 추리소설 비교 연구」, 『대중서사연구』 21호, 2009. 6, 256~257쪽.

달해 있어야 함을 강조했다.

식민지 시기 중반에 이르면 경찰의 과학적인 수사 방식에 대한 관심도 지대해진다. 1930년대의 신문은 과학수사의 설비나 효과에 대한 보도에 매우 적극적이었다. 지문 촬영, 지문을 대체한 귀 모양 활용 탐정술, 혈담, 혈액, 타액, 비문鼻紋, 치아를 통한 범죄 수사, 해부학, 전기를 응용한 범인 체포술 및 감식 시설, 검거용 투시경, 이화학실 신설 등등에 관한 기사들이 앞다투어 보도되는가 하면, 과학을 이용한 지능적 범죄에 대한 기사들도 헤드라인을 장식했다.

최첨단 설비를 갖춘 과학적 수사에 대한 관심과 매체의 범죄 스캔들은 이름 모를 익명의 대중이 동일한 공간을 공유하며 이질적인 삶을 살아가는 근대 대도시가 등장하고 새로운 형식의 범죄가 증가하는 사회적 변화의 결과였다. 과학적 검증과 논리적 추리 및 합리적 태도는 복잡한 근대 도시에서 살아야 하는 문명인이 갖춰야 할 기본적 소양의 하나였다.『붉은 실』을 연재하기 시작하면서『동아일보』는 원작자 코넌 도일을 다음과 같이 소개한다.

> '코난, 도일'씨는 일반 세상 사람이 심상한 일로 보는 곳에서 그의 정밀한 싱각과 날카로온 관찰로 진상을 차저 내이는 것이라 한 례를 들어 말하면 보통 사람이 눈진혀 보지도 안는 담뱃재에서 일빅 열네가지의 특싁을 발견하얏다 하는 것만 보아도 그가 얼마나 세밀하고 날카라온 눈을 가젓는지 알 수가 잇다.
>
> ― 「신소설 예고: 명일부터 연속 게재: 천리구 옮김, 붉은 실」,『동아일보』, 1921. 7. 3.

정밀한 생각과 날카로운 관찰로 일반인들이 간과하기 쉬운 미세한 사실들에서 수많은 진실들을 파악해내는 지적 능력의 획득은

식민지 시기 탐정소설 마니아들의 우상이었던 작가 코넌 도일.

근대 계몽기부터 끊임없이 강조되어온 계몽의 지표이자 조선인이 도달해야 할 이상의 하나였다. "어떠한 사건이 발생되었을 때에 이 사건을 과학적 추리와('추리로'의 오기―인용자) 논리적, 기계적으로 해부하여 결말을 얻"는 장르로서 소개된 탐정소설이 "논리적이고 과학적인 동시에 심리적"[12]인 장르로 각광 받고, "교수, 정치가, 과학자, 문인 등등 타 종류의 통속소설을 읽는 것을 큰 수치로 생각하는 사람들에게까지도 매력을 느끼게 하는"[13] 장으로 일컬어졌던 것은 이 때문이다.

탐정소설 작가를 소개하거나 작품에 대한 감상을 기고한 글들에서 탐정소설 작가의 "엔싸이클로피딕한 지식"[14]에 대한 기고자의 태도는 경탄에 가깝다. 포의 탐정소설은 작가의 남미에 대한 지식, 흑인 고어에 대한 지식, 구미 각국과 자연계에 대한 지식, 선박ㆍ가옥ㆍ건축에 대한 지식, 화학ㆍ물리학ㆍ생리학적 지식, 정치 방면에

---

12 김영석, 「포오와 탐정문학」(1931), 조성면 편, 『한국 근대대중소설 비평론』, 태학사, 1997, 120쪽.
13 안회남, 「탐정소설론」, 『조선일보』, 1937. 7. 13.
14 김영석, 앞의 글, 119쪽.

대한 지식의 종합으로 간주되었고[15], 홈스의 추리는 범죄 연구에 필수불가결한 의학 · 지리학 · 생물학 · 법학 지식의 복합적 결과로서 감탄을 자아냈다.[16] "탐정소설을 쓰려면 심리학, 법의학, 범죄학 등은 물론 철학, 과학, 사학, 천문학, 정치, 예술에 이르기까지 모든 방면에 어느 정도의 수련이 있어야"[17] 한다는 생각이야말로 계몽의 구호에 익숙한 식민지인의 지식 욕망을 자극하는 유혹적인 기제였다. "과학적 지식을 학자가 구술이나 문자를 빌려서 저술하는 것보다도 훨씬 더 인상 깊게 선전할 수가 있"는 장르가 탐정소설이며, "탐정소설이 과학적 연구를 촉진시키는 일도 많"[18]다는 식의 장르 지지론은 이 장르에 동원되는 근대적 지식이 계몽의 논리와 얼마나 손쉽게 결합하고 있었는지를 짐작하게 해준다.

그러므로 '탐정소설 취미'는 단순히 통속적 읽을거리를 선호하는 대중의 저급한 취향을 가리키는 것이 아니었다. 그것은 풍부하고 과학적인 지식의 습득과 이 지식의 합리적 실천이라는 계몽의 이념에 일정하게 접속했고, 따라서 지식 수준이 낮은 저급의 읽을거리와는 구별되는 고급한 근대적 취향을 뚜렷이 표상하고 있었다. 근대 계몽기부터 '교양'의 유의어로 쓰였던 '취미'[19]라는 개념이 탐정소설과 쉽게 결합할 수 있었던 것도 이 개념이 내포했던 지식 욕망이 탐정소설의 과학적 표상과 긴밀히 접속할 수 있었던 탓이다.

그러나 실제로 식민지 조선의 과학 지식 수준은 그리 높지 않

---

15 위의 글, 같은 곳.
16 「넌센스 작품과 특수범죄 기타 ─ 속 탐정소설 애호가의 수기」, 『중외일보』, 1928. 10. 12~18.
17 안회남, 앞의 글, 1937. 7. 14.
18 송인정, 「탐정소설론」(1933), 조성면 편, 앞의 책, 131쪽.
19 천정환 · 이용남, 「근대적 대중문화의 발전과 취미」, 앞의 책, 2006 참조.

았다. 근대 계몽기부터 자주독립과 부국강병의 척도로 숭상되었던 과학은, 실제로는 이념적으로만 강변되었을 뿐 일제의 우민화 정책으로 현실적인 역량을 축적해내지 못하고 있는 형편이었다. 보통학교와 중학교에서는 실생활에 필요한 만큼의 매우 기초적인 과학 지식만을 교육했으며, 경성제국대학이나 보성전문학교 등 대학과 전문학교에서조차 자연과학 분야의 전공 학부는 드물었다.[20] 전문적인 과학 교육이 활성화되지 않은 상태에서 신문과 잡지에 소개되는 과학적 지식들은 흔히 '과정이 생략된 결과'에 가까웠다. 식민지 시기 매체들은 과학적 지식과 정보를 제공하는 데도 열을 올렸지만, 이 가운데는 합리성을 상실한 황당한 이야기나 당시의 기술 수준에서는 난센스로 들릴 만큼 공상적인 지식들도 많았다. 화성 표면을 관찰한 결과로 화성에 서식하는 동식물과 화성인의 생활 양태를 설명한 기사라든가[21], 전설에 나오는 인어에 학명을 붙이고 그 피부의 단단함과 고기의 효용성을 설명한 기사[22], 인간 근육의 성장을 자극하는 생명 광선의 발견에 대한 이야기[23] 등은 과학의 이름으로 그릇된 정보를 설파한 대표적 사례들이다.

　　직접적 실험을 통해 과학적 원리들을 논리적·실증적으로 익힐 수 있는 교육 여건이 마련되지 못한 상태에서 과학적 지식들은

20　1926년 설립된 경성제대는 법문학부, 의학부로 시작하여 1938년에 와서야 이공학부를 증설했고, 1922년 전문학교로 정식 인가된 보성전문은 법학과, 경제학과로 구성되어 있었다. 1930년대 후반까지 의학 이외의 전문적인 과학 교육이 가능했던 교육기관은 1917년 '문과, 신과, 상과, 수물과, 응용화학과, 농과'로 인가를 받은 연희전문학교 정도였다.

21　석계, 「화성에 서식하는 칠 동물」, 『개벽』 4호, 1920. 9.

22　김창해, 「해양중에 잇는 인어는 미녀인가 동물인가?, 아름다운 전설에서 자미잇는 과학으로」, 『별건곤』 1호, 1926. 11.

23　「과학, 새 세기의 경이!, 광선과학의 극치, 밤이 낫되고 ― 죽은 이가 말을 한다」, 『별건곤』 69호, 1934. 1.

'과정'이 생략된 채 결과로만 전달되었고, 그런 만큼 과학의 이름에 값하는 논리적 구조를 통해 이해되기보다는 진기한 이야기로 소비되는 경향이 강했다. 빛, 열, 화학원소, 전기, 에너지 등 눈에 보이지 않는 것들의 존재를 전제하고 그것들의 상호작용과 역학 관계를 다루는 과학이란 그 과정이 증명되고 실험되고 이해되기 이전에는 차라리 마술에 가까웠다.

현실 과학의 수준은 현저히 낮았지만, 탐정소설들은 오히려 기발한 과학기술을 동원함으로써 주목을 끌었다. 지문 감식, 시체 검시, 화학적 약물 검사, 사진술, 사망 시간 추정 등의 과학적 수사 방법이나 사망 시간을 조절할 수 있는 약물과 화학적 계산법, 자동문이 달린 비밀 통로 따위의 첨단적 범죄 기구는 탐정소설의 재미를 증폭시키는 중요한 자료였다. 기차, 기선, 시계, 지문, 검시, 사진, 화학실 등은 조사자가 진행하는 추리 과정을 교묘히 조절하고 복잡한 사건 풀이의 합리성을 증진하는 데 요긴한 수단이었다.

그러나 형성기 한국 탐정소설들은 다채로운 과학기술을 등장시키면서도 이 기술을 추리 과정에 밀도 있게 결합하는 논리적 서사력을 그리 보여주지는 못했다. 대중잡지『별건곤』의 탐정물은 탐정소설 취미가 처음 대두했던 시기의 이 같은 사정을 여실히 드러낸다. 사건의 비밀을 풀어가는 논리적인 탐정 서사 구조에 근접하려는 시도를 집중적으로 보여줌으로써 본격적인 탐정 서사를 확립하는 데 중요한 매개 역할을 했다고 평가되는[24]『별건곤』의 창작 탐정소설들은, 살인 같은 대형 사건을 제시하고 형사, 탐정소설가, 탐정소설을 애독하는 청년 등 탐정 역할의 인물을 등장시켜 사건을

---

24   오혜진, 「1930년대 한국 추리소설 연구」, 중앙대학교 박사학위 논문, 2008. 6; 최애순, 앞의 글.

추적해가는 구조로 구성되어 있지만, 해결의 단서는 논리적 추론보다 우연에 의거하는 경우가 대부분이다. 「순아참살사건」의 M형사는 이발소에서 면도를 하다가 청년들이 중얼거리는 말을 엿듣고 범인을 짐작하게 되고, 「질투하는 악마」의 김창호는 누님이 피아니스트 박순걸의 살인 혐의를 받자 오직 누님 성격에 그럴 리가 없다는 믿음으로 정탐을 시도하다가 뚜렷한 계기나 추리의 과정 없이 어느 날 갑자기 자신이 캐낸 사건의 전말을 편지에 담아 경찰서로 보낸다. 「연애와 복수」의 안관호

『별건곤』(1932. 7)에 실린 탐정소설 「기차에서 맛난 사람」.

는 동거녀 리명숙의 신출귀몰한 출입에 영문을 모른 채 어리둥절해하다가 그녀가 가출 후 신문에 공개한 고백의 편지를 읽고서야 내막을 이해하며, 「기차에서 맛난 사람」의 주인공 '나'는 기차에서 부딪친 의수의족 제조업자 장영태가 신문에서 본 이남작 부인 행방불명 사건의 범인인 것만 같은 짐작으로 그를 쫓다가 엉뚱하게도 그가 사기범으로 체포되는 모습을 보고 "사람이란 첫인상에 큰 관계 잇다는 것을 더욱 절실히 늣기게"[25] 된다. 살인 사건이 있고 사건의 해결이 있지만, 그 과정에 주어져야 할 추리는 생략되거나 비약적이거나 본말이 전도되어 있는 것이다.

이러한 사정은 1930년대 전반까지의 다른 탐정물에서도 마찬

25   유방, 「기차에서 맛난 사람」, 『별건곤』 53호, 1932. 7, 45쪽.

최류범의 탐정소설 「누가 죽엿느냐」(『별건곤』, 1934. 5). 사건의 수수께끼 같은 성격을
기하학적으로 강조했다. 오른쪽은『별건곤』(1927. 8)에 실린 방정환의 탐정소설 「괴남녀이인조」.

가지여서, 진기한 사건의 전모와 교묘한 트릭들은 논리적 추리를
통해 형상적으로 재현되지 못하고 인물의 생각이나 길고 긴 고백을
통해 설명적으로 전달되곤 했다.[26] 그렇지만 추리 과정이 드러나지
않는다고 해서 과학에 대한 의존성이 감소하지는 않았다. 사건(혹
은 해결)의 진기성을 도드라지게 부각시키는 이야기 재료의 차원에
서 탐정소설들은 화려한 과학적 수단들을 동원했다. 주입 후 두 시
간 후에야 독성이 발효되는 독물 '크라노테'(「질투하는 악마」), 사체
의 동공에서 마지막 본 자의 인상을 찍어내는 사진술(「K박사의 명
안」), 의수의족 제조 기술(「기차에서 맛난 사람」), 지문 감식법(「누가
죽엿느냐」,『염마』), 사체 검시법(「질투하는 악마」), 기차의 운행 시간

26 김동인의『수평선을 넘어서』에서는 인물의 생각을 통해, 단정학의 「겻쇠」에서는 말
    미의 길고 긴 회고를 통해 사건의 전말과 트릭이 드러난다. 즉 추리가 아니라 '사고'
    思考와 '회고'로 설명되는 것이다.

과 커브를 틀어 화물을 떨어뜨리는 지점에 대한 사전 검증(「약혼녀의 악마성」), 이중인격(「미모와 날조」), 변장술(『염마』) 등 식민지 중기 창작 추리소설에 동원된 의학 지식과 과학기술은 자못 화려하다.

창작에 동원된 과학기술 가운데는 인간의 동공에 비친 영상을 사진으로 현상하는 사진술이나, 짚으로 만든 제웅의 실험을 통해 시신 처리 방법을 시험하는 등 합리성을 위반하는 요소들도 적지 않았으나 그런 것은 크게 문제가 되지 않았다. 중요한 것은 이 화려한 기술들이 사건의 재미를 증폭시키는 소재로서 그것이 합리적 추리의 단서가 되든 안 되든 이야기의 묘미를 살리는 요소로 쓰인다는 사실이었다. 이는 "탐정소설 독자의 대부분인 (……) 현대의 울트라 모던 보이와 울트라 모던 걸"[27]들이 지녔던 표피적 성격과도 무관하지 않다. "천하의 지식을 모두 자기 것으로 만들어 일좌초시한 경지에 앉아서 사회의 일체 범죄를 해결하고 타인의 직업, 지위, 비밀 등을 한번 보아 알아낼 정도가 된다면 그 얼마나 유쾌한 일이랴"[28]라는 것이야말로 탐정소설을 탐독하는 독자들의 내밀한 욕망이었다. 『범죄심리학』을 참조하는 형사(「겻쇠」, 1929~1931)나 구주의 저널에 논문을 발표하는 세계적인 범죄과학자(『수평선을 넘어서』, 1934)의 등장은 이러한 모던 보이들의 욕망이 투사된 결과였다. 합리적이고 객관적인 과학 그 자체보다는 과학에 대한 표피적 동경이, 논리적 추리의 과정보다는 추리를 통해 문제를 해결하는 수사자의 영웅성이 '탐정소설 취미'의 근간을 형성하고 있었던 것이다.

과정이 생략된 과학, 결과로서 제공되는 과학 정보는 과학의 객관성이나 논리성보다 흥미성과 진기함을 부각했고, 식민지 사회

27   송인정, 「탐정소설론」(1933), 조성면 편, 앞의 책, 134쪽.
28   안회남, 앞의 글, 1937. 7. 15.

의 이러한 문화적 특성은 추리의 과정이 다소 생략되거나 비약되더라도 이야기의 흥미가 유지될 수 있는 여건을 조성했다. 합리성보다는 낯설고 신기한 과학 요소에 재미를 느끼며, 추리 과정에 곁들인 욕망의 얽힘과 주관적 정서에 더욱 예민하게 촉각을 세우는 취미 문화가 형성된 것이다. 이 '취미' 앞에서 염탐의 뉘앙스를 내포했던 '정탐/탐정'의 부정적 의미는 쉽게 소거되었고, 추리의 주체인 탐정이 종종 일제에 봉사하는 형사로 설정된다는 사실은 심각한 고려 대상에서 제외될 수 있었다. 과학적 지식의 축적과 실천이라는 계몽의 이념과 모던 보이의 호사 취향은 그렇게 이율배반적으로 접속했다.

'기괴/괴기'의 의미 이동과 그로테스크 탐정물의 성립

한국 탐정소설은 그 탄생에서부터 '기괴' 또는 '괴기'라는 말과 밀접한 관련을 맺는다. 『태서문예신보』에 '탐정긔담'이라는 표제로 「충복」이 연재된 이래, '괴긔탐정소설', '탐정기괴', '탐정긔괴극'같이 '기담'이나 '기괴'라는 말은 탐정 서사의 제목이나 장르 표제로 자주 사용되었다. 장르명에서뿐만 아니라 식민지 시기 전 기간에 걸쳐 탐정소설을 설명하거나 소개하는 글들, 탐정소설의 초반부 등에서 '기괴/괴기'라는 용어는 단골로 등장한다.

　　사실 소설과 '기괴/괴기'의 친연성은 근대 탐정소설의 등장보다 훨씬 더 뿌리가 깊다. 춘원이 『청춘』의 현상 모집 당선작을 내면서 "소설이라 하면 의례히 **기괴**한 이야기나, 그렇지 아니하면 천박한 권선징악적 교훈 비유담이겠지"(『청춘』 12호, 1918, 97쪽)라고 공공연히 말할 만큼 '기괴'는 고대소설을 떠올릴 때 기본적으로 표상되는 요소였다. 그런가 하면 최근 활발하게 이루어지고 있는 탐정소설 연구들 가운데는 1930년대 탐정소설과 기담, 괴담, 괴기의 친연성을 지적하는 예도 다수 보인다.[29] 그런데 탐정소설과 '기괴/괴기'의 친연성이란 구체적으로 어떤 것일까. '탐정기괴'라는 장르명에 쓰였던 '기괴'와 탐정소설이 괴기소설과 닮았다고 할 때의 '기괴/괴기' 미학, 그리고 "소설이라 하면 의례히 기괴한 이야기"라고 할 때의 '기괴'가 모두 동일한 의미를 지닌 기표는 아니었다.

　기奇와 괴怪를 합성한 '기괴/괴기'는 고대부터 활발하게 사용되는 말이었다. '기奇'와 '괴怪'는 일반적이고 정상적인 것(常)에서 벗어나는 것을 가리켰는데, '기'가 비일상적이면서도 신성한 것까지를 포함했던 데 반해, '괴'는 상대적으로 부정적인 뉘앙스를 떠었다고 한다. 늘 듣고 보는 것과 다른 것은 이상하고, 의심스럽고, 신기하고, 놀랍다. 그렇기 때문에 '괴怪'는 '비상'非常과 '이'異 그 자체뿐만 아니라 그에 수반되는 정서들까지도 표상했다. 즉 '기괴/괴기'는 '다름', 정상에서 벗어남, 그리고 그에 따르는 정서까지를 그 의미 자장 안에 포함하면서 '드물고 특이하여 일반적이지 않다'는 형용적 의미와 '일반적이지 않은 사람이나 사물'을 가리키는 명사적 의미를 겸용했던 것이다. 이 같은 용법은 근대 계몽기에도 지속되어 1900년대의 문헌에서도 "긔괴흔 물샹", "긔괴흔 직앙", "긔괴흔 직변", "긔긔괴괴한 말", "형상이 긔괴ᄒ다", "계칙이 긔괴ᄒ다", "혹독ᄒ며 긔괴흔 큰 젼쟝" 등의 표현들이 종종 사용되곤 했다.

29　다음의 글들이 이에 해당한다. 천정환, 「계몽주의 문학과 '재미'의 근대화」, 『역사비평』 66, 역사비평사, 2004년 봄, 343~363쪽; 정혜영, 「식민지 조선과 탐정문학」, 『한국문학이론과 비평』 35, 한국문학이론과비평학회, 2007. 6, 375~396쪽; 최애순, 앞의 글.

따라서 춘원이 "소설이라 하면 의례히 기괴한 이야기"로 생각하는 통념에 문제를 제기할 때 사용된 '기괴'는 '사물의 정상적 질서에서 벗어난 신이하고 기이한 것'을 가리키는 넓은 의미의 자장 안에 놓인다. 일본에서 최초의 서구 탐정소설 번역 작품이 「楊牙兒奇談(양게루기단)」(『화월신지』花月新紙, 1877)으로, 또 홈스 이야기가 「몰몬기담」(『시사신보』時事新報, 1901)으로 소개된 것도 근대소설에 대한 장르 인식이 확립되기 전 기이한 서사들을 지칭하던 관습에서 비롯되었다고 할 수 있다.[30]

그러나 탐정소설이라는 명칭이 정착하기 전 '괴기탐정소설', '탐정기괴', '탐정괴괴극' 등의 장르 표제에서 사용되었던 '기괴'에는 조금 다른 맥락의 문제들이 간섭했던 것 같다. 번안·번역 소설의 원본인 서구의 탐정소설이 'detective story', 'mystery fiction'을 비롯하여 'whodunit', 'roman police' 등 다양한 표기의 장르명으로 불렸던 것은 잘 알려진 사실이다. 초기 번역·번안 소설에서 '탐정', '정탐' 등의 기표는 'detective'가 띠는 조사나 탐색이라는 행위적 의미를 번역한 표현이다. 그러나 조사나 탐색을 중심으로 진행되는 서사란 아직 일반의 이해 속에서 충분한 독립성을 띠기 어려웠다. 이때 '기괴'라는 기표는 탐정 행위를 필요로 하는 사건의 기이한 성격을 부가함으로써 장르의 특징을 확인해주는 보조적 역할을 수행했다. '탐정기괴'라는 장르 표제는 '수수께끼 같은 사실을 조사 또는 탐색해서 풀어내는 이야기'라는 설명적 기능을 지녔던 것이다. 여기서 '기괴'는 사건의 이해 불가한 성격을 표현하는 기표로서 영어 'mystery'의 번역이었을 가능성이 크다.

---

30 이건지, 「일본의 추리소설 — 反문학적 형식」, 대중문학연구회 편, 『추리소설이란 무엇인가』, 국학자료원, 1997, 115~137쪽.

실제로 1937년에 발표한 안회남의 「탐정소설론」에서는 '괴기소설'을 '미스터리 소설'이라는 명칭으로 환언하고 있으며, 1932년 12월 발행된 잡지 『신만몽』新滿蒙의 「모던어사전」에서는 당대에 유행하는 신조어로 "미쓰터리 헌터(mystery hunter)"를 "보통普通과 평범平凡을 써나서 기괴奇怪한 신비경神秘境을 탐험探險하는 사람"으로 설명함으로써 'mystery'와 '기괴'라는 기표를 직결하고 있다. 탐정소설이라는 용어가 막 정착하기 시작했던 식민지 중반 '탐정소설'들이 대부분 사건의 기괴성을 직설적으로 설명하면서 시작하는 점도 '기괴'와 '미스터리'의 근접성을 시사한다.

> 사건은 기괴하기 짝이업ᄂ디 범인犯人이라고 잡힌 것은 벙어리 하나쑨이라.
>
> ― 복면귀, 「탐정소설, 의문의 사死」, 『녹성』, 1919, 86쪽.

> 시써먼 탑이 바다 가운데 훨신 써올나 그 내면이 여러 사람에게 발견되기까지는 실상 그 탑 속에는 무섭고 쩔일 만한 사건이 숨겨 잇섯다. (……) 간 곳 모르는 '자백서'?! / 위험하기 짝이 업는 '작크'의 생명! / 기괴한 활극은 이로부터 열리기 시작한다.
>
> ― 쑴길, 「탐정소설, 전율탑(The house of terror)」, 『학생계』 6호, 1921. 2, 34~40쪽.

쯧 안 맛는 어붓아들, 아들의 애인인 어엽븐 처녀, 빗 갑흐러 온 변호사 이 세 사람이 눈을 쓰고서 잇는 그 자리에서 돈 만흔 로인은 찔려 죽엇다. 눈 깜작할 동안에 번개 가티 생긴 살인사건이다. 그러나 세 사람의 공범도 아니요. 세 사람이 그 자리에 잇고도 범인을 모른다. 긔? 괴? 범인은 누구 까닭은 무엇 탐뎡은 천천히 입을

『조광』(1935. 12)에 실린 신경순의 탐정소설 「제2의 밀실」의 삽화.

열엇다.

— 로바 - 드•마 - 길 지음, 북극성 옮김, 「누구의 죄罪?」, 『별건곤』 2호, 1926. 12, 115쪽.

십년이 갓가워 오는 오늘성지 사람들의 긔억에 남아 잇는 긔괴한
사건이엇다.

— 최독견, 『장편탐정소설, 사형수』, 『신민』 65호, 1931, 124쪽.

각각 1919, 1921, 1926, 1931년에 발표된 위 탐정소설들에서 이
야기의 서두는 예외 없이 사건의 난해성을 설명하는 데서 출발하
고, 이 난해성을 지시하는 표현으로 '기괴'라는 어휘가 동원된다. 상
식적으로 이해 불가능한 수수께끼 같은 사건의 성격은 탐정 서사를

시작하기 위한 필수적 요소였고, '기괴'는 이 같은 사건의 성격을 단적으로 표상하는 어휘였던 것이다. 한편 『녹성』, 『별건곤』 등 초창기 탐정소설 연재 잡지들은 연재가 끝나기 전에 범인을 가려내는 현상 공모를 실시함으로써 독자의 호응을 촉구하기도 했다.[31] 소설을 범인 찾기 문제 풀이 과정으로 환치하는 현상 응모 제도는 소설의 성격을 수수께끼로 부각함으로써 '기괴탐정'과 'detective mystery'의 연관 가능성을 더욱 높여준다.

식민지 중반 대중사회에서 '보통과 평범을 떠나서 기괴'한 것을 탐구하는 '기괴 취미'는 상식에서 벗어난 행위로 지탄받기보다는 오히려 타인의 찬탄을 얻고 자부심을 가질 만한 긍정적인 취향이었다. "기괴함을 조와함"[32]은 남다른 탐구심과 모험심이 있으며 그에 버금가는 지적 능력과 행동력을 구비했음을 의미했다. 합리적이고 논리적인 추리로 사건을 해결하는 '과학 취미'는 그 같은 취미 능력을 발휘할 수 있는 난제, 즉 보통의 상식으로는 해결 불가능한 문제에 도전하고자 하는 '기괴 취미'를 전제해야 했다. 결국 식민지 시대 '탐정소설 취미'란 '과학 취미'와 '기괴 취미'의 결합을 통해 완성되는 것이다.

주목되는 것은 이 기괴 취미(상식에서 벗어난 난제에 대한 탐구 욕망)가 탐정소설 창작이 본격화되는 1930년대 후반으로 갈수록 그로테스크, 즉 끔찍하고 공포스러우며 왠지 모를 신비감이 느껴지는 이야기에 대한 취미로 변화되어간다는 사실이다. 변화의 한 내적 원인은 과학 취미가 계몽의 기획에서와 같이 논리적이고 합리적인

---

31 현재까지 발견된 것 가운데 최초의 잡지 연재 탐정소설인 「의문의 사死」는 '백원현상'을 붙이면서 독자의 응모를 촉구했다. 또 『별건곤』 역시 1933년 『23호실의 살인』과 『붉은 집 살인사건』에 범인 찾기 현상 모집을 실시했다.

32 배상철, 「골상학상으로 본 조선역군의 얼굴」, 『별건곤』 32호, 1930. 9, 104쪽.

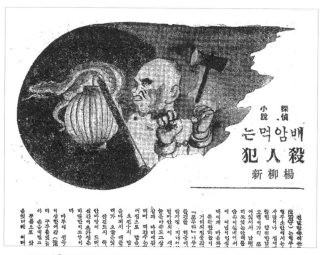

1934년『월간 매신』에 연재된 양유신의「배암 먹는 살인범」의 한 장면.

'과정'으로서의 과학 탐구로 진전되지 못했다는 데서 찾을 수 있다. 형성기 한국 창작 탐정소설은 추리가 생략되거나 비약되고 사건의 결과적 전말이 설명적으로 주어지는 경우가 많았다. 추리란 사건을 조사하는 과학적이고 논리적인 '과정'을 의미하는바, 이 과정을 충실히 표현할 수 있는 과학 탐구의 경험이 식민지 조선에서는 충분히 무르익지 못했던 것이다.

추리가 축소될 수밖에 없는 조건에서 부각되었던 것이 사건에 연루되는 연애 관계, 성욕이나 물욕 같은 위반적 욕망들, 그리고 여기에 기인한 사건의 잔혹하고 끔찍한 성격이다.「질투하는 악마」(최류범, 1933),「약혼녀의 악마성」(최류범, 1934),「배암 먹는 살인범」(양유신, 1934),『염마』(채만식, 1934),「악마의 루」(세창서관, 1936),『마인』(김내성, 1939) 등의 제목에서 드러나는 것과 같이 한국 탐정소설은 그 초창기부터 범인의 잔인하고 악마적인 성격을 표제로 앞세웠다. 살인자의 파괴적이고 마성적인 성격은 냉혹하고 방약무인한 태도(『염마』, 『마인』), 태연자약한 살인 행위(「K박사의 명안」, 『염마』), 이 중인격 등의 광기 어린 사고방식(「미모와 날조」, 『염마』, 「광상시인」, 「백사도」), 놀라울 만큼 교묘한 범행 계획(「연애와 복수」, 「질투하는 악마」, 「약혼녀의 악마성」) 등등으로 재현된다. 특히 이들에 의해 살해된 희생자의 시체에 대한 묘사는 잔혹할 만큼 세밀하고 구체적이었다.

> 들개들에게 뜯기고 찍기여 하로 밤사이에 내장이 드러나고 연붉은 근육 사히로는 흰 뼈까지도 앙상하게 보이게 될 만치 참혹한 죽엄.
>
> ─ 최류범, 「탐정소설, 약혼녀의 악마성」, 『별건곤』 69호, 1934, 49쪽.

> 아즉것 밋근밋근한 희고 보드라운 탄력이 잇는 육체는 이곳 저곳 뚜러진 의복 사이로 보엿다. 약간 살찐 발목에서 점점 위로 시선을 옴겨 가면 그 시선이 끗치는 곳에서 누구든지 무의식중에 고개를 돌니킬 만치 참혹한 광경이 전개되여 잇섯다. 그곳에는 죽경 일곱푼 쯤 되는 지우산때 가튼 대까지가 찌저진 치마사이로 낫타낫다, 주재소 순사는 더 자세히 보기를 주저하엿다. / 그리고 요부腰部에 이르기까지 파뭇친 시체의 상체를 조곰식 집흘 헤치면서 보앗다. 난잡하게 허트러진 머리카락 그 머리카락 빗은 검은 빗이 생전의 그것과 변하지 안엇지만 해초와 가티 착 달나부튼 녀자의 양쪽 볼은 자지빗으로 변하고 굴가리 감은 두 눈은 움푹 두러가서 구데기가 나지 안엇나 하는 생각을 가지게 하엿다.
>
> ─ 최류범, 「탐정소설, 순아참살사건」, 『별건곤』 60호, 1933, 47쪽.

과학적이고 논리적인 경험의 미숙성이 추리를 축소하고 선정성을 부각하는 다른 한편에서는, '그로'라는 새로운 유행이 탐정소설과 그로테스크가 접속하게 되는 또 하나의 문화적 저변을 형성했다. '그로'는 그로테스크의 축약어로서 1930년대 전반 대중매체의 통속적 경향과 결합하여 조선 사회에 급격히 유행한 새로운 기호였다. 1930년대 초반, '에로-그로'는 통속 대중잡지가 즐겨 실어 나르는 새로운 첨단 감성의 하나였다.

'그로'가 유행하면서 '괴기'는 그로테스크의 번역어로 새롭게 부각하기 시작했다. 1931년 『동아일보』는 '신어해설'이라는 제목으로 당대의 유행어를 채록, 해설하면서 다음과 같이 그로테스크를 설명했다.

> 그로: 그로테스크(영어의 grotesque)의 약略으로 괴기怪奇란 말이다. 본래는 황당환기한 작품을 평하는 말로 많이 쓰였다. 최근에 와서 일상생활에 권태를 느낀 현대 사람들이 무의미한 위안으로 괴이한 것, 이상야릇한 것을 자주 찾게 됨을 따라 엽기하는 경향이 날로 늘어가서 이방異邦 수토殊土나 고대 민족의 진풍珍風기속을 찾거나 혹은 세인의 이목을 놀랄만한 기형이태奇形異態를 안출하는 일이 많다. 이 때문에 괴기, 진기를 의미하는 '그로'라는 말이 성행한다.
>
> ─「신어해설」, 『동아일보』, 1931. 2. 9.

그로테스크를 '괴기'로 번역하고 있는 이 해설은 이질적 요소의 혼합과 변형 및 과장에 의한 왜곡이라는 그로테스크의 구성 원리나, 쾌와 불쾌의 결합, 혐오와 공포, 메스꺼움, 끔찍함 등 그로테스크가 조장하는 심리적 효과에 대해서는 직접적으로 언급하지 않는다. 대신에 초점화되는 것은 현대인들의 권태와 이상야릇한 것에 대한 말초적 기호였다. 그로테스크는 이 기호의 대상으로서 식인종의 땅과 같은 이방의 지역, 고대의 진기한 풍속, 극단적인 에로티시즘 등 일상의 통념을 무너뜨리고 생활의 무감각에 충격을 가하는 진기한 소재의 차원에서 설명되고 있었다. '괴기'와 '그로테스크'는 기형이태라는 진기하고 극단적인 소재와 그로부터 빚어지는 충격 및 일탈에 대한 욕망이라는 차원에서 서로를 번역하고 있었던 것이다.

그로테스크와 접속하면서 그 용례가 증가하게 된 '괴기'는, '기괴'와 흡사한 의미의 자장 안에서도 잔혹성이나 섬뜩하고 신비한 마술적 분위기 등의 뉘앙스를 짙게 드리우기 시작한다.[33] 비정상적 사물이나 상태를 형용했던 '기괴/괴기'의 의미장이 피, 살인, 시체 같은 잔혹하고 끔찍한 대상이나 광적이고 악마적인 심리, 섬뜩하고 신비한 분위기 등으로 제한되고 구체화된 것이다. 이에 따라 비정상적이라 하더라도 선악과 미추의 차원에서 단순히 부정적이지만은 않았던 '기괴/괴기'는 중립적 의미에서 벗어나 추와 악을 표상하는 음산하고 부정적인 의미를 띠게 된다.

탐정소설과 연관하여 사건의 수수께기 같은 성격을 가리켰던 '기괴/괴기'의 의미가 논리적 추리보다 어둡고 음산하며 섬뜩하고 마술적인 색채를 강조하는 의미로 전이된 것은 이러한 문화적 지반의 변화와 맞물린다. 그리고 이 현상은 에도가와 란포의 탐정소설과 그의 영향을 받은 김내성의 등장으로 '변격 탐정소설'이라는 새로운 용어가 유입되면서 더욱 확고해진다.

변격 탐정소설은 사건에 숨겨진 트릭을 논리적으로 풀어내는

---

33 '기괴'와 '괴기'의 전반적 의미장과 시대적 변화의 구체적 내역에 대해서는 2부 4장 참조.

식민지 시기 추리와 괴기를 결합한 변격 탐정소설의 1인자로 알려진 김내성의 대표작
『마인』(해왕사, 1948)과 『비밀의 문』(해왕사, 1949). 해방 후 단행본으로 재출간된 것이다.

본격 탐정소설과 구분하기 위해 만들어진 어휘로, 일본에서 "히라바야시 하쓰노스케平林初之輔가 에도가와 란포江戶川亂步의 「인간의자」人間椅子 이후의 괴기적 작품과 코사카이 후보쿠小酒井不木의 병적인 제 작품을 칭호한 데서 비로소 생긴 명칭"[34]이다. 란포의 변격 추리물은 연쇄 자살, 시체를 먹어 들어가는 미생물, 수돗물을 틀어놓고 시체를 굳힌 시랍屍蠟 등 무시무시하고 참혹한 소재들을 즐겨 이용했다. 이를 통해 인간의 잔혹한 야수성과 공포, 극단적인 고통과 쾌락과 참극, 그로부터 빚어지는 섬뜩한 비애의 정서 등을 다루었던 란포의 소설들은 독자에게서 "소설을 읽으면서 목구멍이 죄어드는 괴로움과 공포를 느꼈다 (……) 읽는 것만으로도 소름이 끼쳤다"[35] 라든가 "작품을 쓸 때 머리털이 빠질 정도로 이상한 것을 생각해내

---

34 김내성, 「추리문학소론」(1939년 방송 강의 원고), 『비밀의 문』, 명지사, 1994, 344쪽.
35 1926년 작 『오세이의 등장』에 대한 평이다. 에도가와 란포, 김은희 옮김, 「저자 후기」, 『에도가와 란포 전단편집 3』, 두드림, 2008, 581쪽.

는 작가"³⁶라는 평을 이끌어내곤 했다.

1930년대 후반의 조선인 탐정소설론자들이 변격 탐정소설을 괴기소설로 지칭하면서 본격과 변격의 차이에 대해 논하게 된 것은 이 같은 일본 탐정물의 영향에 기인한다. "기이한 것에 기인하는 충동", "비범함에 대한 탐구"라는 점에서는 동일하지만³⁷, 괴기적이고 병적인 작품은 본격 추리와 구분되는 방계적(변격) 추리소설에 해당한다³⁸고 설명했던 김내성의 논의나, "독자에게 단지 괴기감만을 갖게 하여 끌어나가는" 괴기소설과 "세세하게 이론 위에 성립하고 진전되는"³⁹ 본격 탐정소설을 구분했던 안회남의 논의 등은 대체로 일본의 담론을 수용한 결과이다. 변격 탐정소설의 독립은 인간 내부의 어두운 욕망과 호기심을 긍정하고, 그로테스크한 서사에 대한 욕망을 하나의 미학으로 이해하려는 태도의 성립을 의미했다. "괴담이라든가, 살인사건이라든가, 비극 같은 것은 확실히 불쾌한 것에 틀림없습니다만 우리들은 흔히 무서운 이야기를 즐겨하고 잔인한 이야기를 듣고 싶어하고 슬픈 이야기에 귀를 곧잘 기울입니다"⁴⁰라는 사실의 솔직한 수용이 탐정 서사 내부에 새로운 취향과 경향을 창출하게 된 것이다. 탐정 서사라기보다는 무시무시하고 섬뜩한 인간 심리나 초자연적이고 비의적인 세계에 대한 묘사에 가까운 김내성의 「백사도」, 「광상시인」 등의 작품이 '괴기'라는 어휘를 통해 새롭게 자리매김되는 것은 이러한 맥락에서였다.

---

36 1925년 작『1인 2역』에 대한 평이다. 위의 책.
37 김내성, 「탐정소설의 본질적 요건」(日:『월간탐정』, 1936), 조성면 편, 앞의 책, 148~154쪽.
38 김내성, 「추리문학소론」, 앞의 책, 343~346쪽.
39 안회남, 앞의 글, 1937. 7. 16.
40 김내성, 「추리문학소론」, 앞의 책, 345쪽.

따라서 식민지 후반 탐정소설의 '괴기'적 성격은 1910~1920년 대 '탐정기괴'라는 장르명에서 쓰였던 '기괴'와 구분되어 이해되어야 한다. 1920년대까지의 '기괴/괴기'가 탐정 행위를 필요로 하는 난해한 사건의 성격을 형용했다면, 1930년대 중·후반의 '괴기/기괴'는 인간 내면의 어두운 욕망, 합리적이고 논리적으로 해결하기 어려운 비의적 세계, 끔찍하고 공포스러운 대상에 대한 이유 없는 끌림 등의 이질적인 미학을 표상했다. 비의, 공포를 포함한 의미로의 변화는 원인과 결과 사이의 숨은 인과관계를 파헤치는 '과정'으로서의 과학을 경험적으로 체득할 수 없었던 식민지 현실의 결과인 동시에, 이 현실 위에서 자라난 상업자본 및 모방적 소비문화의 산물이었다.

그런 점에서 식민지 후반 탐정소설의 '괴기'는 전근대적 공포의 귀환이라기보다는 식민지 첨단의 소비문화와 피상적인 근대 취향이 창출한 새로운 형태의 기호이다. 표피적 만족밖에는 찾을 수 없는 과학·지식 욕망과 일상적 무력감의 망각을 유도하는 말초적 취향이 교차하는 자리에서 괴기적 탐정 서사는 새로운 문화적 취향의 하나로 부상했다. 과학과 논리를 표방하는 추리 장르가 이성 이전의 어둡고 음산하며 미개하고 불합리한 괴기의 세계와 결합하는 모순적 서사 취향을 발생시킨 근원적 동력은, 과거적 취향의 회귀가 아니라 값싼 지식과 피상적 소비문화 가운데 형성된 '울트라모던'이었다.

울트라모던 괴기 탐정의 시대

기이하고 비밀스런 사건에 대한 호기심은 이야기의 역사 어디에서

나 쉽게 찾을 수 있는 서사 전개의 중요한 전략이다.『오이디푸스왕』의 스토리나『아라비안 나이트』의 많은 이야기들도 범상한 삶에서 벗어난 기이한 사건과 사실들의 비밀을 밝혀내는 과정을 풀어나감으로써, 읽는 이의 관심을 촉발하고 널리 사랑을 받아왔다. 근대 탐정소설의 문을 열었다고 일컬어지는 에드거 앨런 포의 작품들은 기실 그 같은 호기심의 서사를 근대적인 상황과 논리 구조 속에 좀더 조밀하게 엮은 결과일 뿐인지도 모른다.

식민지 시대 본격화된 조선의 탐정소설은 코넌 도일이나 에도가와 란포 등의 해외 탐정소설의 영향 속에서 형성되었지만, 다른 어떤 문화권의 탐정물과도 구별되는 독자적인 성장의 과정을 겪는다. 식민지 조선의 탐정소설은 사생활을 보호하고 가족과 개인의 치부를 은폐하면서 비밀리에 탐사를 진행하는 서구 사설탐정의 탐정물들과 달리, 식민 체제에 개인을 예속시키는 감시와 통제 시스템에 탐정 행위가 궁극적으로 조력하는 결과로 귀결될 수밖에 없는 딜레마적 상황 속에서 탄생했다. 그러나 근대적 지식과 과학적 탐구에 입각한 사건 해결방식이 근대 계몽기부터 강조되었던 계몽의 이데올로기와 편리하게 접속할 수 있었던 탓에 '탐정소설 취미'의 열기는 탐정과 식민지간 관계의 딜레마에 대해 그리 예민한 태도를 드러내지는 않았다. "엔싸이클로피딕한 지식"과 과학적 탐구력을 바탕으로 한 탐정의 문제 해결방식은 오히려 첨단의 유행을 이끌어가는 "울트라 모던 보이와 울트라 모던 걸"들의 호사 취향과 결합하여 열렬한 환영을 받았던 것이다.

과학적 탐사 행위에 대한 동경에 의해, 남의 뒤를 캐고 몰래 엿듣는 일을 가리켰던 어휘 '정탐/탐정'은 과거의 부정적 뉘앙스를 벗고 '비밀스럽게 조사하다'라는 의미에서 나아가 '근대적 지식과 과학적 추론을 바탕으로 한 조사 탐색 행위' 및 그 행위를 수행하는 '행위자'를 가리키는 말로 변하기 시작한다. 그러나 식민지 탐정소설의 '탐정/정탐' 행위는 논리적 추리 과정을 생략한 채 표피적 방식으로만 화려한 과학들을 동원했고, 이 과학이 추상적이었던 만큼 현실로부터 유리된 비약적 논리 속에서 모던한 세계에 대한 상상적 흥미를 충족시킬 수밖에 없었다.

식민지 탐정소설이 이성과 논리를 초월하는 괴기의 형식과 갈등 없이 공존하는 특수한 상황을 마련한 것은 고양된 추리, 탐구 욕망이 과학적 지식을 올바르게 축적할 수 없는 왜곡된 교육 구조 속에서 발달했기 때문이다. 식민지 중반 활발히 창작되기 시작한 탐정소설들은 추리 과정이 소략하고 대신에 선정적인 소재가 강조되는 특수한 이야기 구조를 마련했다. 탐정의 추리는 '과정'이 생략된 '결과'의 형식으로 종종 등장했고, 추리 과정의 간소화 대신 부각된 것은 처참하고 끔찍한 살인의 결과, 희생자의 무구한 육체, 범인의 잔인무도하고 악마적인 성격 등 선정적인 소재들이었다. 사건의 수수께끼적 성격을 표상했던 '기괴/괴기'가 그로테스크를 의미하는 '괴기'로 바뀌게 된 것은 이 파괴적, 선정적인 소재들이 주목을 끌면서 새로운 기호를 형성했기 때문이었다. 일본의 '에로, 그로, 넌센스' 문화를 흡입하면서 유입된 변격 탐정소설은 추, 악, 마술적 신비의 세계를 하나의 장르적 범주로 규정함으로써 '괴기'의 의미장 이전을 가속화시켰다. 식민지 탐정소설은 잔혹하고 끔찍한 대상이나 광적이고 악마적인 심리, 섬뜩하고 신비한 분위기와 쉽게 손잡으며 과학적 수사와 충돌하는 비논리적이고 비이성적 세계와 갈등 없이 공존했다.

식민지 시기, 근대 지식과 과학에 대한 욕망 위에서 유행했던 탐정소설이 '괴기'의 형식으로 진전된 것은 한국 탐정소설 형성 과정에서 발견되는 독특한 점이다. '괴기'로의 접근은 세속 대중의 통속적인 취향이나 전근대적인 이야기 관습의 부활 때문이 아니었다. 그것은 제국 일본의 감시 통제 체제, 기능 중심의 과학 교육, 상업적 소비문화를 통한 식민 주체화 등 식민지 조선의 특수한 사회적 여건들이 종합된 '울트라모던'의 결과였다.

4

'괴기', 공포 취미와 환멸의 모더니티

괴기 혹은 근대 내부의 타자들

'괴기'라고 하면 요괴, 귀신, 유령, 괴물 등이 떠오른다. 어둡고 야수적인 본성과 마술적인 공포가 지배하는 세계, 논리적으로 파악하거나 이성적으로 제어할 수 없는 잔혹하고 초자연적이며 음울하고 신비한 세계가 오늘날 '괴기'가 표상하는 세계이다. '괴기'는 또한 아직 과학 문명의 세례를 받지 못한 전근대와 야만의 세계를 표상하는 어휘이기도 하다. 합리적 이성과 윤리의 여과를 거치지 못한 잔인하고 충동적인 본성, 자아와 타자, 주체와 세계 간의 차이를 인지하지 못하는 미분화되고 애니미즘적인 사고, 점액이나 타액 또는 오물같이 미끈거리고 혐오스런 액체들을 뒤집어쓴 미성숙한 존재, 사무치는 원한이나 욕망에 사로잡혀 초자연적 힘으로 산 자들에게 위해를 가하는 요괴와 귀신들이 지배하는 전설의 세계 등등, '괴기'가 연상시키는 것은 근대의 과학과 합리적 이성으로 사물의 질서를 파악하지 못하는 미분화, 미발달, 미성숙한 존재와 사고, 그리고 그들의 세계를 지배하는 마술적 힘들이다. 합리와 비합리, 의식과 무의식, 자아와 타자, 인간과 자연, 삶과 죽음 등 다양한 이분법의 경계를 표상하고 교차시키는 관념으로서, '괴기'는 신화·전설의 영역과 같은 근대의 타자들을 지칭하는 동시에 이 타자들을 쾌와 연결 짓는 흥미로운 개념이다.

그러나 한국에서 괴기라는 말이 지금과 같은 의미를 지니게 된 것은 그리 오래된 일이 아니다. '괴기'가 전근대와 야만의 시대를 연상시키고, 근대적 합리성의 저편에서 마술적이면서도 잔혹하고 비윤리적인 세계를 가리키게 된 것은 적어도 식민지 중반이 지나서부터였다. 어둡고 음울한 욕망과 충동적 쾌락 욕구를 긍정하고, 야만적·초자연적·비윤리적·전근대적 세계를 재현하고 엿보는 데서 감각적 만족을 느끼는 문화적 기호의 발생은 근대 도시와 소비문화의 발달에 긴밀히 연관된다. 신문이나 잡지 등 대중매체의 등장으로 대중적 정보 소통이 가능해지고, 백화점, 카페, 극장, 공원 등에서 문화적 상품을 소비할 수 있는 대중 계층이 성립하면서 발생한 새로운 문화적 취미의 하나로서, '괴기'의 취미는 '모던'이라는 신문명의 감각 위에서 탄생했다.

이 장에서는 한국에서 '괴기' 취미가 형성된 과정에 관심을 가지며, 이 과정을 추적하는 첫 단계로서 1900년대부터 식민지 시기까지 '기괴/괴기' 개념을 개념사적으로 살펴보고자 한다. 개념사적 접근 방식이 유효한 이유는 무엇보다도 현대의 '괴기' 취미가 그 대상의 하나로 삼는 전설의 현장, 즉 전근대 사회에서 '기괴/괴기'라는 어휘가 현재의 그것과는 다른 방식으로 사용되었음을 알 수 있다는 것이다. '기괴/괴기'의 의미 변화는 어둡고 불합리한 세계를 재미의 대상으로 삼는 새로운 문화 계층의 등장과 긴밀히 연동된다. 근대

도시의 발달과 새로운 물질문화, 화이트칼라 노동자를 비롯한 새로운 소비 계층의 등장, 대중매체를 통해 흡수되고 소통되는 새로운 형태의 공통 감각 등이 개념의 이전과 새로운 취미 형성의 근간을 이루기 때문이다. 언어와 사회·문화적 지반의 변화를 연동시키고 양자를 능동적인 상호 교섭 관계에서 고찰하는 개념사적 접근 방식이 유효한 이유가 바로 여기에 있다.

'기괴/괴기'의 기원과 변천

한자 '奇'(기)와 '怪'(괴)의 결합으로 구성된 '기괴'奇怪, '괴기'怪奇는 전근대 시대부터 활발하게 사용되었다. '다르다, 괴이하다, 뛰어나다, 돌연하다'[1] 등의 의미를 지닌 '기'奇와 '특이한 것(이異), 행동이나 마음·모양 등이 비상함, 상常에 반대되는 것, 일반적이지 않은 사물'[2] 등을 가리키는 '괴'怪가 어울려 쓰인 것은 두 글자 모두 '상'常, 즉 일반적이고 정상적인 것에서 벗어남을 공통적으로 지칭했기 때문이다. 비정상적인 것을 지시하면서도 '기'奇와 '괴'怪 사이에 미묘한 차이는 있었다. 기奇가 상常을 이탈한 가운데 뛰어난 것을 가리키기도 했던 것과 달리, 괴怪는 '미혹됨', '의심스러운 것' 등을 포함함으로써 상대적으로 부정적인 뉘앙스를 띠었기 때문이다. 『대한화사전』大漢和辭典에서 '괴기'怪奇는 '괴이怪異하고 기특奇特한 것'으로, '기괴'奇怪는 '1) 보기 드물게 신기하고 특이하여 일반적이지 않음, 2)일반적이지 않은 사람이나 사물, 3)특이함을 알다, 경기驚氣하다'로 풀이된다. 양자

---

1   『漢和大辭典』, 臺北: 名山出版社, 1983.
2   『大漢和辭典』, 東京: 大修館書店, 1968.

모두 '다름', '정상에서 벗어남'이란 의미를 중심으로 그에 따르는 정서(기특奇特하다, 경기驚氣하다)까지를 그 의미장 내에 포함하고 있다.

중세의 문헌에서도 '기괴'와 '괴기'는 '드물고 특이하여 일반적이지 않다'는 형용적 의미와 '일반적이지 않은 사람이나 사물'을 가리키는 명사적 의미로 겸용되었는데, '기괴'의 용례가 '괴기'보다 월등히 많았다. 주목되는 것은 '기괴'와 '괴기' 모두 부정적인 의미 이상으로 긍정적인 것을 가리키는 데 자주 사용되었다는 사실이다.

① 그 자체字體가 기괴奇怪하여 신인神人이 쓴 것 같고 사람의 필력으로는 도저히 그렇게 할 수 없는 것이었다.[3]

② "동파東坡의 주행시舟行詩에 괴기怪奇한 시구가 있는데, 지금 내가 잊어 한두 글자도 욀 수 없으니 한스럽다."고 하자, 공이 말하기를, "자네가 말하고자 하는 것이 바로, 암조생저 낙월괘류暗潮生渚 落月挂柳라는 시가 아닌가?" 하니, 그 사람은 무릎을 치며 감탄하였다.[4]

③ 기기괴괴한 천태만상 원래 저절로 구별되고(怪怪奇奇元自別) 뾰족하고 쇄세한 것들 서로 고르지 않구나(尖尖碎碎不相侔) 흐르는 물 빼어난 산 여기가 어드메뇨(爭流競秀斯何地).[5]

④ 뜰 가운데 있는 대臺 위에 배열한 동기銅器·석물石物 또한 기괴奇怪하여 이루 다 형용할 수가 없다.[6]

---

3 허목, 「발허상사순가장금생진적」跋許上舍珣家藏金生眞蹟, 『미수기언 기언별집』眉叟記言 記言別集 제10권.
4 정약용, 「정헌묘지명」貞軒墓誌銘, 『다산시문집』 제15권.
5 이유원, 「정양사 헐성루」正陽寺 歇惺樓, 『임하필기』林下筆記 제37권.

18세기 화가 정선이 그린 〈금강산 정양사도〉(국립중앙박물관 소장).
조선시대에는 이처럼 아름다운 자연의 형상을 '기기괴괴한 천태만상'으로 표현하곤 했다.

⑤ 처음에는 문은 도道를 싣는 그릇이라 일렀다가 이윽고는 그 그릇
만을 취하고 그 싣는 것은 잊었으며, 종말에는 그 그릇만을 쓰고
그 싣는 것을 변경하여, 박잡駁雜 · 음예淫穢 · 황탄荒誕 · 괴기怪奇한
물건을 잘못 문이라 하였고, (……) 세상을 현란하게 하였으니, 이
에 이르러 천하의 어지러움이 극에 달했었다.[7]

⑥ 대체로 경신년 이후로 국가에 일이 많고 세도世道가 매우 험난하여
천기백괴千奇百怪한 무리들이 하지 못하는 짓이 없었다.[8]

①, ②, ③, ④의 예와 같이, 중세의 문헌에서 '기괴'와 '괴기'가
가장 많이 사용된 것은 서화의 빼어남이나 산천의 아름다움을 찬탄
하는 사례였다. 기奇와 괴怪가 지칭하는 비정상성이 묘사하기 어려

---

6   이갑,「정유년(정조 1년) 12월 27일」,『연행기사』燕行記事 상권.
7   이익,「유교무류」有教無類,『성호사설』星湖僿說 제25권.
8   「부교리금교희소」副校理金教喜疏,『조선왕조실록』朝鮮王朝實錄, 순조 19년 기묘년 윤4월
     6일.

울 만큼 빼어난 서화나 문장, 기암괴석과 수목산천의 특이하고 아름다운 양태를 형용하는 데 쓰임으로써 월등함, 탁월함, 훌륭함이라는 긍정적 의미와 결합하고 있는 것이다. 이 경우 기괴怪든 괴기怪奇든 글자의 배열 순서는 별다른 문제가 되지 않았으며, 두 글자의 결합은 탁월한 형상에 대한 경탄의 감성을 동반했다. 이와 달리 ⑤와 ⑥에서는 기奇와 괴怪가 지칭하는 비정상성이 부정적 의미를 내포한다. ⑤에서 '괴기'는 박잡, 음예, 황탄과 동급에 놓이며, ⑥에서 '기괴'는 사회질서를 혼란시키는 사특한 무리의 성격을 가리키는 데 사용된다. 이로 미루어볼 때, 전근대 사회에서 '기괴'와 '괴기'가 표상하는 비정상성은 그 자체로는 중립적인 것이었으며[9], 대상의 비정상성이 띠는 긍정적 또는 부정적 성격은 그것이 사용되는 문맥에 따라 결정되었던 것으로 보인다. 다만 순수한 모양 형용이 아니라 ⑥과 같이 사회적·윤리적 질서와 관련되어 사용되는 경우는 비정상성이 지닌 속성상 긍정적 의미를 띠는 예가 발견되기는 어려웠다.

전근대 사회의 용법은 근대 계몽기에도 지속되었다. 1897년 발간된 『한영자전』[10]은 '긔괴ᄒ다'라는 항목에서 한자어 '기괴'奇怪를 부기하고 그 뜻을 'to be marvelous, to be odd, to be strange'로 풀이했다. '기괴'가 '다름'을 표상하면서도 일차적으로는 긍정적인 의미로 쓰였던 전통이 계승되고 있음을 확인해주는 부분이다. 이 사전은 '괴기(하다)'는 싣고 있지 않아, 문헌의 경우와 달리 구어 사회에서

---

9 사물의 복잡다단한 양태는 신묘한 조물 자체의 본성이고, 그것의 바른 쓰임은 사물의 이치를 파악하여 올바르게 인도하는 인간의 수양과 도덕에 달려 있었다. 다음의 예에서 '기괴'는 조물의 성격 자체로 설명하기도 한다: "조물의 뜻이 워낙 **기괴**하니(造物足奇怪) 부생의 미래를 알 수나 있나(浮生無定期)." 이곡, 「부순암후손」賦順菴猴孫, 『가정집』稼亭集 제17권.

10 제임스 게일, 『한영ᄌ던』, Yokohama Bunsha, 1897, 230쪽.

는 '괴기'가 그다지 쓰이지 않았음을 추측할 수 있게 해준다. 실제로 구어에 가까운 한글 표기를 지향했던 근대 계몽기의 기록들에서는 '괴기'의 용례가 매우 드문 편이다.

근대 계몽기 문헌에서 '기괴'는 중세의 경우와 마찬가지로 "석벽이 긔괴ᄒ다"[11], "형상이 긔괴ᄒ다"[12], "긔긔괴괴ᄒ 물건"[13], "혹독ᄒ며 긔괴ᄒ 큰 젼쟝"[14] 등 범상치 않은 모양을 형용하는 데 동원되었고, "긔괴하고 흉악ᄒ 것"[15], "음담패셜 긔괴ᄉ"[16]처럼 윤리적으로 옳지 못한 일을 가리키는 데도 사용되었다.

1920년대부터 1930년대 전반까지 '기괴'의 용법은 실로 다양한 스펙트럼을 보인다.

① "기괴한 기형아, 두 귀가 업고 6손 6발 쌍언청이까지 겸한 병신"

　　　—『조선일보』, 1923. 9. 23.

② "노락노락하게까지 지진머리를 새 집 갓치 틀어 언고 희고 푸른 분 새벽을 한 얼골을 애교나 잇는 듯이 기괴이 하게 휘저으며 웃는 꼴들을 볼 때에 참으로 한심치 안을 수 업다."

　　　— 조재호, 「모더 - ㄴ 남녀와 생활개선」, 『별건곤』16·17호, 1928. 12.

③ "모든 자연의 기괴奇怪를 볼 때 날 듯도 하고 뛸 듯도 십흔 호기가

11　성류굴의 내부를 설명하는 표현이다. 「대한고적」, 『대한매일신보』, 1908. 5. 12.
12　소금 기둥으로 변한 여성에 관한 성서의 이야기를 소개하는 가운데 이 기둥의 모양을 설명하는 데 쓰인 말이다. 존 번연, 제임스 게일 옮김, 『텬로력뎡』, 1895, 130장 앞면.
13　크리스마스트리의 장식을 설명하는 수사이다. 『신학월보』, 1902. 12.
14　「상공업의 큰 젼쟝」, 『대한매일신보』, 1909. 4. 25.
15　존 번연, 앞의 책, 141장 앞면.
16　「시스평론」, 『대한매일신보』, 1910. 1. 23.

만장이나 나지 안트냐."

— 박달성, 「중학생과 하기방학」, 『개벽』, 72호 1926. 8, 49쪽.

④ "공公의 유물遺物이 우리 민족民族에 남긴 바 공훈功勳이 크고 기괴기
　　괴 추억追憶 새롭다 할진대."

— 박윤석, 「이충무공묘 참배기」, 『삼천리』 16호, 1931. 6.

⑤ "기괴한 사기배, 부고를 위조하여 금전을 편취한 자"

— 『조선일보』, 1926. 2. 20.

⑥ "기괴한 살인사건, 노부부를 곤봉으로 타살, 강도의 소위인지 사
　　혐인지 도무지 알 수가 없다는 사실"

— 『조선일보』, 1926. 1. 18.

⑦ "신흥학교의 기괴사, 총독을 출영出迎치 아니하얏다고, 이백명 학
　　생을 휴학시키고 교원들까지 사직을 하라고"

— 『조선일보』, 1924. 5. 26.

⑧ "국내에서 별별 기괴한 일이 만히 일어난다. 산 도적놈이 나오며.
　　바다 도적놈이 나오며. 사람을 죽이는 청부업자가 나와 온 국내를
　　횡보활보한다."

— 쇰길, 「탐정소설, 전율탑」, 『학생계』 6호, 1921. 1, 35쪽.

⑨ "12살 먹은 아이를 돌로 쳐 죽여 또다시 못 가운데 넣은 기괴한 일,
　　의운 중첩한 괴사건"

—『조선일보』, 1927. 3. 23.

⑩ "호남의 기괴한 신종교, 교를 미들 때에는 재산 전부를 바치는 법,
교를 미드면 총알이 몸에 맛지 안는다고"

—『동아일보』, 1921. 3. 11.

⑪ "기괴한 미米신문의 악선전 (……) 중국인의 악선전을 하기 위하
야 근거 업는 허위의 기사를 만히 냇섯다."

—「상투에 갓 쓰고 미국에 공사 갓든 이약이」,『별건곤』2호, 1926. 12. 10쪽.

⑫ "재앙 따라 변색 기괴한 영천靈泉, 토색화한 장성 '방울뱀' 부근 주
민은 당산제에 분망"

—『조선일보』, 1928. 2. 24.

1920년대부터 1930년경까지 문헌에서 '기괴'는 괴상한 기형이
태의 형용(①), 괴상한 행위/행동의 형용(②), 묘사 불가능할 만큼
멋진 모양의 형용(③), 훌륭하다(④), 교묘하다(⑤), 수수께끼 같아
서 도무지 알 수 없다(⑥), 부당하다·불합리하다(⑦), 상서롭지 못
하다(⑧), 끔찍하고 충격적이다(⑨), 사악하고 요사스럽다(⑩), 근
거 없이 허황되다 (⑪), 주술적이다(⑫) 등등 다양한 용법을 보인다.
①, ②, ③, ④가 모양 형용에 해당한다면, ⑤, ⑥은 비정상적인 것에
서 연상되는 이해 불능의 상태를, ⑦, ⑧, ⑨, ⑩, ⑪은 그로부터 기
인하는 정서적 효과와 윤리적 판단을 가리킨다. 1920년대 후반까지
'무섭다', '추하다'라는 의미는 그리 도드라지지 않는다.
특징적인 것은 중세처럼 비정상적 형상을 탁월하고 훌륭한 것

'진기인종의 진풍속'이라는 제목으로 실린 『별건곤』(1932. 2)의 한 삽화.
왼쪽에는 아이들을 바구니에 넣어 이고 다니는 포르투갈 여인의 모습을, 오른쪽에는 남아프리카
지역 케이프타운에 사는 토인 여인들이 춤추는 모습을 실었다.
이색적인 풍속은 종종 '기괴', '괴기' 등의 어휘와 함께 소개되었다.

으로 묘사하는 ③, ④ 같은 용례가 현저하게 줄어든다는 사실이다. 대신에 증가하는 것은 ⑦, ⑧, ⑨, ⑩, ⑪ 같은 부정적 정서와 판단들이다. 이는 기奇와 괴怪가 가리키는 '차이'와 '다름'이 불합리성과 자주 연계되어 이해되었기 때문이다. ⑫에서 보는 것처럼 전근대적 미신을 다루는 기사의 헤드라인은 종종 '기괴'라는 어휘로 시작했다.

- "기괴한 악마, 허황한 미신으로 사람을 죽게 한 자"

  —『조선일보』, 1924. 11. 29.

- "아프리카 토인의 기괴한 비 비는 제祭 — 소를 잡고 쇠몽치를 내두르며 구름을 불러 비오기를 빈다고"

  —『조선일보』, 1925. 4. 22.

- "정신병자를 발바닥으로 치료? — 성신 받았다는 여인이 기괴망측

한 미신행위"

—『조선일보』, 1926. 5. 18.

- "기기괴괴한 여 샤만의 병치료 — 병자의 피를 빨아 열병 치료"

  —『조선일보』, 1927. 10. 8.

- "기괴한 풍설 — 배암을 낫다는 소문이 굉장하여 가서 보니 풍증환
  자風症患者"

  —『동아일보』, 1921. 3. 22.

이처럼 주술에 의존하는 미신적 행위는 '기괴'하다는 언표를 통
해 비판적으로 언술되었다. 이때 '근거 없이 허황되다(⑪)'라는 의미
로 사용된 '기괴'는 곧바로 대상의 '주술성(⑫)'과 직결되었고, 따라
서 그 자체가 척결되어야 할 미신을 표상했다.

척결되어야 할 비합리적 미신이나 풍속이 '기괴'의 기표와 직결
된 것이 이질적 대상을 형용하는 '기'奇, '괴'怪의 속성에 부합하는 일
이었다면, '부당하다·불합리하다(⑦)'라는 의미의 활성화는 당시
의 시대상과 긴밀히 연동되는 현상이었다. 1920년대 중반까지 신문
에서 '기괴'의 다양한 의미 스펙트럼 가운데 가장 빈번하게 등장했
던 것은 '부당하다·불합리하다(⑦)'는 뜻이었다.[17] "일부다처의 주
의 — 토이기土耳期 국민의회에서 지정된 기괴한 서양 법률", "농감農
監의 기괴한 수단— (……) 돈 밧고 소작권 줌", "조선인의 승선을
거절 — 불량 선인은 위험하다고, 기괴한 선장의 거절 이유", "울산
군청의 기괴한 명령" 등의 예에서 보듯, 신문은 식민지 기관과 관리

---

17 예컨대 1923년『동아일보』의 기사 가운데 '기괴'를 헤드라인에 붙인 사례는 총 17건
에 해당하며 이 중에 7건이 부당하다는 의미로 사용되었다. 그 밖에 ⑩이 4건, ⑥이
3건, ⑫가 2건, ④가 1건이었다. 같은 해『조선일보』의 경우는 총 14건 가운데 6건에
서 '기괴'가 부당하다는 의미로 사용되었다.

의 불합리한 법률, 처우, 행위를 비판하고 개선을 요구하는 일에 이상성異常性을 표상하는 '기괴'의 수사를 적극 활용했다.

한편 1920년대 중반까지 『개벽』, 『별건곤』 등의 잡지에서는 조선인의 습성을 비판하고 개선의 필요성을 역설하는 데 '기괴/괴기'가 동원되었다.

원래 의뢰依賴와 고립孤立이라 함은 전연全然히 성질이 상이한 모순적 양 측면인데 우리 조선인朝鮮人은 그 모순된 양 측면을 둘 다 아울러 가지고 잇게 되엇슴은 한 기괴한 현상이라 하겟다.[18]

이조李朝 500여餘 년年 동안 청빈주의淸貧主義의 폭위暴威 하下에 허다許多한 우숨거리와 기괴奇怪한 일도 만히 발생發生되얏나니 다른 예例를 들 것 업시 그 전前에 서울 남산南山골에서 굴머 가며 한문漢文 읽던 서방書房님들의 이약이만 연상聯想해 보아도 알 것이다.[19]

과도기에 잇는 우리 사회에서 농촌문제를 등한에 붓치는 듯한 기괴한 경향이 보히는 것은 나는 대단히 유감으로 생각한다. (……) 또 하나 기괴한 것은 농촌문제 해결의 책임을 두 억개에 메고 있는 농학생 그네들의 태도이다.[20]

우리나라에는 과학적 지식이 아즉 보급이 되지 못하야 별별 기괴한 오해, 억측, 전설 등이 파다頗多함니다.[21]

18   이돈화, 「혼돈으로부터 통일에」, 『개벽』 13호, 1921. 7, 7~8쪽.
19   이민창, 「조선의 경제적 파멸의 원인과 현상을 술하야 그의 대책을 논함(상)」, 『개벽』 59호, 1925. 4, 27쪽.
20   김영욱, 「내가 만일 농부가 된다면」, 『별건곤』 6호, 1927. 4, 44쪽.

위 사례들에서 '기괴'는 의존적인 생활 습성, 체면을 앞세우는 허위의식, 청년 학생들의 나태한 태도, 과학적 지식 부족에 따른 터무니없는 오해와 억측 등등 조선인의 불합리한 생활과 의식들을 지적하고 합리적 태도의 확립을 촉구하는 비판적 언표로 기능한다. '기괴'가 함축하는 비정상성이 합리성에 어긋나는 일체의 인습과 태도 및 현상들을 형용하면서 합리성을 증진하기 위한 반어적 기능을 수행하는 것이다.

비판의 시선이 미치는 영역은 대단히 넓었다. 조혼[22], 노예근성[23], 허례허식[24]같이 허위적인 전통 인습이 '기괴망측'한 것으로 공격을 받은 것은 물론, 왜복과 게다의 유행[25], サン, 주사, 나一리 같은 호칭[26] 등 왜색 짙은 문화가 날카롭게 꼬집혔고, 양복 위에 복건을 쓰는 상가의 풍습[27], 음탕한 이야기를 주고받는 풍속[28], 음풍농월하는 태도[29] 등 생활상의 꼴불견들도 일일이 지적되었다.

요컨대 식민지 시대 전반 조선 사회에서 '기괴'는 중세에 이 단어가 포함했던 긍정적 함의를 현격히 탈각해가면서, 생활의 개선과 의식의 전환을 촉구하는 계몽의 수사로 활용되었다고 할 수 있다.

21 나원정, 「현대식 가정에 신 유행하는 금붕어 지식」, 『별건곤』 8호, 1927. 8, 117쪽.
22 "한가지 기괴망측한 꼴은 웃방에 안저 콧물을 졸졸 흘리는 콩알 만한 년 12, 3세의 새악씨님이외다." 박춘파, 「오호嗚呼 지방농촌의 쇠퇴衰頹」, 『개벽』 22호, 1922. 4, 79쪽.
23 "'제발 덕분에 노예가 되어지이다' 하는 기괴한 축원을 하는 일도 잇다." 김기전, 「청천백일하에서 이 적은 말을 감히 여러 형제에게 들임」, 『개벽』 14호, 1921. 8, 17쪽.
24 세검정인, 「도선암道詵庵 중中의 만필 16제」, 『개벽』 27호, 1922. 9, 2~24쪽.
25 청오, 「잡관잡감」, 『개벽』 51호, 1924. 9, 127~132쪽.
26 기전, 「퇴보호退步乎? 진보호進步乎? 평안도 지방의 일부인심」, 『개벽』 66호, 1926. 3, 81~86쪽.
27 장도천 · 김자안, 「지방색」, 『별건곤』 4호, 1927. 2, 102~103쪽.
28 김은석, 「지방색, 한천의 조개잡이」, 『별건곤』 7호, 1927. 7.
29 「이상한 사실, 기괴한 소식」, 『개벽』 62호, 1925. 8, 83~85쪽.

부당하고 부적절한 인습과 태도를 꼬집어내는 효과적인 수사적 장치로서, '기괴'는 식민지 기관과 관료의 부당한 처사나 행위를 비판하고 조선인들의 합리적 생활과 질서의 확립을 촉구함으로써 소망스러운 근대를 기획하는 반어의 수사였던 것이다.

과학적 탐구 대상으로서의 '기괴/괴기'

합리적 질서의 확립을 촉구하는 반어의 수사로서 '기괴'는 기ㅎ와 괴怪의 차이와 다름을 이해와 설명이 가능한 것으로 바꾸고자 하는 근대의 기획을 반영한다. 대상의 이해 가능성을 보다 적극적으로 문제시하는 '교묘하다', '수수께끼 같아서 도무지 알 수 없다'는 의미 영역이 발생하는 것은 이 때문이다. 이러한 의미는 주술적 사고나 불합리한 제도 및 풍속을 형용하는 데에도 일정하게 작용하지만, 논리적으로 파악하거나 설명하기 어려운 현상을 이해와 설명이 가능한 것으로 환치하고자 하는 욕망과 결합하면서 독립적인 의미장을 이룬다. 이는 기ㅎ와 괴怪가 지칭하는 기형이태가 근대 과학에 대한 신뢰를 바탕으로 한 지식 욕망과 적극적으로 결합한 결과이다.

　이 의미장은 쉽게 해결하기 어려운 교묘한 범죄 사건, 이유를 알 수 없는 질병의 발생을 보도하는 데서 가장 두드러지게 나타났다. 다음의 예들을 보자.

• "안주의 기괴한 폭발 — 사람이 중상하고 우차파괴, 폭발탄인가 화약인가 의문의 폭발사고"

　ㅡ『동아일보』, 1923. 4. 16.

- "경관임장중警官臨場中 강도를 범행 — 범인탈주로 진상은 몰라, 기 괴한 사실정체"

  —『동아일보』, 1929. 9. 3.

- "작석昨夕 북행열차 중에서 현금 이만원 분실 — (……) 현송도중 의 기괴사"

  —『동아일보』, 1930. 10. 9.

- "국경 산림지대에 기괴한 '골질'骨疾 유행 — 이 병에 한 번 걸리기 만 하면 수족이 이리저리 구부러져"

  —『조선일보』, 1929. 6. 24.

- "기괴한 수병섭생 — 소와 닭에 병원 알 수 없는 병, 전문연구기관 이 필요"

  —『조선일보』, 1929. 6. 17.

앞의 세 기사에서 '기괴'가 과학적 수사와 해결을 필요로 하는 사건을 지시하는 데 동원되었다면, 뒤의 두 기사에서 '기괴'는 수수 께끼의 병을 형용함으로써 의학의 발전을 촉구하고 해결의 필요성 을 제시하는 계몽 장치로 기능한다.

1929년 최남선이 간행한 잡지『괴기』는 계몽 담론에 기반을 둔 근대 지식욕이 '기괴/괴기'라는 기형이태의 형용과 결합함으로써 과학적 탐구를 촉구하는 '기괴/괴기'의 계몽적 기능을 근대 학문의 차원으로까지 고양해낸 경우에 해당한다. "조선생활 급及 기其 문화 의 학술화"[30]와 "학리의 취미화"[31]를 목표로 발간된 이 잡지가 '괴기' 라는 유별난 이름을 표제로 앞세운 이유의 일단은 서문을 통해 발

30 「독자계」,『괴기』1호, 동명사, 1929, 59쪽.
31 「인급조선인人及朝鮮人에게 소리친다」(서문), 위의 책, 3쪽.

견할 수 있다.

> 사실이 소설보담 기이奇異하다는 말이 잇다. 그런데 이 말의 적실함
> 을 가장 잘 증명하는 것이 인문에 관한 근대의 과학들이다. 인성의
> 비오秘奧와 인생의 단층斷層이 어쩌케 괴기怪奇와 경이驚異에 충만되
> 엿는지는 인류문화의 심림深林을 치고 드러가는 우리 학도들의 새
> 록새록 발견하고 감입感入하는 바로 씃하지 아니한 신시비극神詩秘劇
> 과, 소박素樸한 현실 그대로의 위대한 예술이 이르는 곳마다 우리의
> 안광眼眶으로 튀여드러오며 이맠耳朵를 시처간다.[32]

『괴기』1호 서문의 첫머리에서 최남선이 강조하는 것은 "소박
한 현실 그대로"를 탐구하고 기록하는 태도의 필요성이다. 여기서
최남선이 지칭하는 소박한 현실이란 "괴기와 경이에 충만"한 "인성
의 비오"와 "씃하지 아니한 신시비극"으로 가득한 현실이다. 즉 인
성의 어둡고 가려진 측면, 인간 삶 가운데 숨어 있는 비밀스럽고 설
명하기 어려운 부분들이야말로 "사실이 소설보담 기이하다"라는 경
탄을 자아낼 수 있는 인간 삶의 진실이라고 본 것이다. 이 숨겨진
진실들은 「남녀생식기의 상형자象形字」, 「성적性的 기술記述에 담솔坦率
한 지나 고대의 문헌」, 「고금동서 생식기 숭배의 속俗」 등과 같이 언
급이 회피되지만 인간 삶의 필수적인 부분을 구성하는 성 담론이나
「하느님의 신원身原조사」, 「심령현상의 불가사의」, 「종교문화의 본원
인 마나신앙」 등과 같이 경험적으로 확인할 수 없는 정신적 · 초월
적 영역에 대한 사고로 구체화된다.[33]

---

32 위의 글, 2쪽.
33 『괴기』1호에서는 「남녀생식기의 상형자」, 「성적 기술에 담솔한 지나 고대의 문헌」,

이처럼 은폐된 인간 삶의 이면, 불가해한 정신 현상, 신·종교 등과 같이 경이적인 기원의 문제 따위를 압축적으로 표상해주는 어휘가 '괴기'였다. 나아가 '괴기'는 "조선을 중심으로 하는 (……) 문화과학의 통속취미 잡지"를 표방하는 이 잡지의 대중 지향적 성격을 반영하는 어휘이기도 했다. '괴기'가 시사하는 기형이태의 표상이 흥미와 호기심을 불러일으키는 기호로서 학술의 취미화와 대중화를 유도하려는 의도에 부응했던 것이다.

1929년 최남선이 간행한 잡지 『괴기』 1호(고려대학교 소장).

통속화와 취미화를 표방했지만, 『괴기』에 실린 기사들은 대단히 학술적이었다. 성적·원시적·신이적 소재들을 다루고 있지만 이 소재들을 기술하는 방식은 어디까지나 비교문화학적·비교언어학적 토대에 입각했으며, 논의의 사실성과 객관성을 높이는 데도 상당한 주의를 기울였다. '기괴한 기호嗜好: 식욕도착증'이라는 제목으로 여성의 월경혈, 똥, 개미, 부스럼, 진흙, 백묵, 시체나 아동의 고기, 처녀의 혈액 등을 먹는 충격적인 행위를 소개하는 난에서도 이것이 히스테리라는 정신병리학적 증상 또는 종교적 신앙 행위의 일종이라고 설명함으로써 논리적으로 납득할 수 있는 이해의 틀을 제시하는 것을 잊지 않는다.

요컨대 『괴기』는 다양한 민족의 풍속과 관습을 두루 살피는 비교문화학적 관점에서 인간 삶의 토대와 조선인의 정체성을 과학적

「심령현상의 불가사의」를 묶어 따로 '괴기문헌'이라는 별칭으로 분류하기도 했다.

다양한 민족의 진기한 풍속을 소개했던 잡지 『괴기』 1호에
'세계괴기화보'世界怪奇畵譜라는 제목으로 실린 마야 문명의 그림.

으로 의미화하기 위한 규칙을 찾아내려 했던 최남선의 인류학적 탐
구의 집적물이었다고 할 수 있다. 각 민족의 생식기 숭배나 생식기
상형 언어의 공통점과 차이점을 밝힌다든가, 고대의 통상 관계를
고찰하고 신화나 전설을 비교하는 학술적 노력은 동물적 생식의 차
원에서부터 신이적 믿음에 이르기까지 불가사의한 것처럼 보이는
인간 삶의 원리를 합리적·과학적으로 의미화함으로써 "자기네의
문화를 자력으로 학술화"[34]할 수 있는 근대적 지식의 설립을 도모
하는 방법이었던 셈이다.

최남선의 『괴기』가 근대 지식의 차원에서 불가해한 삶의 영역
들을 학문적·객관적으로 풀어냄으로써 과학적 탐구를 촉구하는
수사로서 '기괴/괴기'의 계몽적 기능을 강화했다면, 1920년대 후반

---

34 「인급조선인人及朝鮮人에게 소리친다」(서문), 앞의 책, 2쪽.

급격히 증가했던 탐정소설들은 과학적 수사와 논리적 추리를 필요로 하는 이해 불가능한 사건을 가리키는 기표로 '기괴/괴기'를 이용함으로써 유사한 의미장을 강화했다.

3장에서 살폈듯, 1918년『태서문예신보』에 '탐정기담'이라는 표제로「충복」이 연재된 이래 '기괴탐정소설'『813』(『조선일보』, 1921), '탐정기괴'「겻쇠」(『신민』, 1929~1931)의 예와 같이 초창기 탐정소설은 '기담'이나 '기괴'라는 어휘를 장르명에 자주 동원하곤 했다. 또 탐정소설이라는 장르가 성립하기 시작했던 식민지 중반의 창작 '탐정소설'들은 대부분 첫머리에서 사건의 성격을 '기괴'한 것으로 언표하면서 추리의 서사를 시작했다. 상식적으로 풀리지 않는 사건의 난해한 성격은 탐정 서사를 시작하기 위한 필수적 요소였고, '기괴'는 사건의 기이한 성격을 집약하는 어휘였다. '탐정기괴'라는 장르명은 '수수께끼 같은 사실'(기괴)을 '조사 및 탐색'(탐정)해서 풀어내는 이야기라는 설명적 의미를 지녔다.

주목되는 것은 '기괴'가 이처럼 해결을 기다리는 탐구의 대상을 지칭하게 되면서 '호기심을 유발하며 흥미진진하다'라는 부가적 의미를 새롭게 포함하기 시작했다는 점이다. 식민지 중반 대중사회에서 '기괴'한 것을 탐구하는 일은 "보통普通과 평범平凡을 떠나서 기괴奇怪한 신비경神秘境을 탐험探險하는 사람"을 지칭하는 말로 "미쓰터리 헌터"가 신유행어로 등록될 만큼 새로운 유행 현상의 하나로 변화한다.[35] 기괴한 것에 대한 관심이 상식에서 벗어난 행위로 지탄받기

35 「모던어사전」,『신만몽』新滿蒙, 1932. 12, 41쪽. 이 설명에서 '기괴'는 'mystery'를 번역하고 있는 셈인데, 여기서 기괴한 신비경을 탐색한다는 것은 남다른 탐구심과 모험심을 바탕으로 과학적 기지와 행동력을 구비하고 새로운 것을 탐사하는 능동적 태도를 가리킨다.『별건곤』32호(1930. 9)에 실린「골상학상으로 본 조선역군의 얼굴」에서는 "기괴함을 조와"(104쪽)하는 인물의 성격을 유쾌한 탐구심의 표현으로서 긍

보다는 오히려 타인의 찬탄을 얻고 자부심을 가질 만한 취미의 하나로 전환된 것이다. 이는 1920년대 중반 비과학적이며 불합리한 것들을 가리킴으로써 바로잡아야 할 계몽의 대상을 반어적으로 수식했던 '기괴'의 기능과는 상당히 다른 것이었다.

흥미 기호로서의 '기괴/괴기'는, 과학적 탐구와 합리화를 촉구하는 계몽의 언설보다 1920년대 후반부터 가속화된 통속적 대중문화와 긴밀히 결합하고 있었다. 과학적 탐구심을 야기함으로써 식자층의 관심을 끌었던 탐정소설의 기괴 취미는 논리적인 추리보다 사건의 충격적이고 선정적인 묘사나 악마적인 범인의 성격을 탐닉하는 데로 편향됨으로써 대중적이고 통속적인 기호로 기울어갔고, 반대로 조선인의 신화적 기원이나 은폐된 삶의 영역을 학술화하고자 했던 최남선의『괴기』는 대중의 호응을 거의 얻지 못했다.[36] '괴기'를 학술화하고자 했던 최남선의 시도가 당대인들의 공감을 얻을 수 없었던 것은 그가 상정했던 '괴기'가 다음 절에서 다룰 새롭게 부상하는 '괴기'의 의미와 일정한 괴리를 이루었다는 사실과도 무관하지 않다. 기괴/괴기라는 언표를 통해 모호하고 불분명한 삶의 영역이나 수수께끼 같은 현상들을 과학적 탐구의 대상으로 환치하고 이해 가능한 것으로 재구성하려 했던 시도는 1920년대 후반 급격해진 통속적 대중문화의 확산으로 일정한 한계에 부딪힌다.

정적으로 묘사하기도 했다.
36 『별건곤』에는 "육당 최남선 대대 선생님에서는 아마 중취원 잠 안이 깨신 모양이지? 기괴가 망측하게 나오고"(「엽서통신」, 『별건곤』 26호, 1930. 2, 89쪽)라고 하며 잡지 『괴기』를 비꼬거나, "육당六堂 최남선崔南善 선생님이 괴기怪奇라는 개인잡지個人雜誌를 발간하는 것. 이거야말로 참 알 수 업는 일이다. 지금의 조선 사람이 그러한 야릇한 자극刺戟을 요구하는 바도 아니겟고 또 설마하니 선생님이 그런 야릇한 취미를 가질 변태심리는 아니겟는데"(「알 수 업은 일」, 『별건곤』 27호, 1930. 3, 81쪽)라는 식으로 의혹을 나타내는 글들이 실린다.

그로테스크 개념의 유입과 공포의 취미화

1929년에서 1930년을 기점으로 하여 가장 두드러지는 변화는 '기괴' 외에 '괴기'라는 어휘의 용례가 눈에 띄게 증가한다는 사실이다. 1920년대 중반부터 1940년대까지 잡지『별건곤』과『삼천리』에서 '기괴'(奇怪)가 사용된 기사 수는 총 201건이다. 이에 비해 '괴기'(怪奇)가 사용된 기사 수는 37건으로 빈도수가 현저히 낮은데, 두 잡지 모두에서 '괴기'의 용례는 1930년을 기점으로 증가하여 1930년부터 1933년까지가 가장 많다. 1920년대『개벽』의 경우, '기괴'(奇怪) 사용 기사가 94건인 데 비해 '괴기' 사용 기사는 단 1건이다. 1920년대까지 '괴기'는 그리 활발히 사용되는

잡지『여성』(1937. 9)에 실린 「해외법창기담」의 삽화. 식민지 시대의 신문, 잡지에는 조선의 풍속과 다른 해외의 진기한 이야기를 '기담', '괴담' 등의 표제로 소개하는 기사가 종종 실리곤 했다.

말이 아니었던 것이다. 신문의 경우도 이와 다르지 않아서,『동아일보』의 헤드라인에서 '괴기'라는 말이 처음 등장한 것은 1929년 12월 12일 「괴기한 '에드가 아란 포'의 사인死떠」이라는 기사였다.[37]

기담과 구별되어 '괴담'이라는 용례가 증가한 것도 동일한 시기였다. 1920년부터 1945년까지『동아일보』에서 기담 기사는 48건

---

37 『조선일보』의 경우는 이보다 조금 빨라서, 1927년 9월 29일 「아마듀스 호프만씨의 괴기소설」이라는 기사가 실린다. 그러나 1930년경까지 '괴기'의 용례가 희박한 것은 마찬가지였다.

등록된 데 비해 괴담 기사는 1920년에 1건, 1931년에 3건으로 모두 4건뿐이다. 『조선일보』의 경우는 기담이 74건, 괴담이 19건 기록되는데, 그중에서도 괴담이 집중되어 있는 시기는 1931년부터 1933년까지이다. 이상의 통계는 1930년을 기점으로 '괴怪'를 앞세우는 어휘의 용례가 증가하기 시작하여 1930년에서 1933년 사이 상당히 유행했다는 사실을 알려준다.

'괴기'와 '괴담'의 새로운 유행은 '그로'(그로테스크)라는 외래어의 유입과 관련이 깊다.

① 그로테스크: 원어는 로마시대의 인공적 동굴(Grotto)에 있는 장식으로부터 나왔다가, 전환되어 부자연, 불합리, 황당, 괴기 등의 형상이라든가, 또 예술작품에 나타나는 황당무계의 공상적 형상에도 쓰인다.

— 神田豊穂,『大思想エンサイクロパヂア 29: 文藝辭典』, 東京: 春秋社, 1928.

② 그로테스크: 원래元來 광망狂妄한 인물과 공상적 동물을 삽입한 이상한 제재를 취급하고, 또 아라비아풍의 모양을 표현하는 회화 묘화 등과 조각의 장식 방식을 말한다. 중세기의 조각의 이상한 수완으로써 이를 그로테스크한 소재를 취급한다고 했다. 이 장식법의 취미는 문예부흥기 중에 나타나 레오나르도 다빈치나 라파엘의 그로테스크한 작품이 현재에도 상존한다. (……) 보통은 괴기적 의미인데, 약자로 그로라고도 한다. 그로와 에로는 1930년의 총아가 되고 있다.

— 麴町幸二 編,『モダン 用語辭典』, 東京: 實業之日本社, 1930.

③ 그로테스크: 괴기한 기괴한 이상한 모습의. 소설, 희곡, 회화, 조각
    그 밖의 것이 괴기하거나 부자연스러워서 그것을 읽거나 보는 자
    에게 기괴한 느낌을 품게 하는 것을 말한다. 성적 방면에 사용하면
    자주 변태성욕적 취미를 의미한다.

    — 桃井鶴夫, 『スアル新語辞典』, 東京: スアル, 1930.

④ 그로테스크: 영어. 괴기. 기분이 나쁜, 보통과 달리 이상하다는 의
    미이다. 눈이 하나뿐이라거나 도깨비 같은 것이라든가 하는 것이
    적당한 예다. 그러나 에로가 왕성해짐에 따라 갑자기 여기에 변태
    성욕이라는 의미가 첨가되어 에로 그로라는 말까지 생겨났다. 무
    서운 세상이다.

    — 鵜沼直, 『モダン語辞典』, 東京: 誠文堂, 1932.

　　①, ②, ③, ④는 근대 일본의 사전류에 실린 그로테스크의 해
설을 시대순으로 펼친 것이다. ①에서 보는 것과 같이 그로테스크
는 먼저 문예 용어의 하나로서 소개되었다. ②, ③, ④는 이 용어가
세속 사회에서 도깨비 같은 흉측한 대상이나 변태성욕을 가리키는
말로 속화되는 과정을 압축적으로 보여준다. '문예사전'과 '근대용
어사전'의 서로 다른 관점을 고려하더라도, 4년이라는 짧은 기간 동
안 그로테스크가 문예의 한 양식에서 변태성욕과 공포의 표상으로
전이되는 ②, ③, ④의 점진적 과정은 시사하는 바가 크다. 문예 용
어의 하나였던 그로테스크가 이처럼 신속하게 세속화될 수 있었던
것은 '에로-그로-넌센스' 문화의 유행 때문이었다. 1930년대 초 일
본의 매체는 '에로-그로-넌센스'라는 문구를 캐치프레이즈로 내세
웠다.[38] 이 통속적 표어는 세계 대공황과 군부 체제라는 가시적인

경제적·정치적 힘의 교차 가운데 당시 지식인들을 비정치화하려는 제국의 전략에서 발생했고, 실제로 지식인들의 좌절감을 기반으로 더욱 확산되고 있었다.[39]

1930년대 조선의 취미 잡지에서 '에로-그로'라는 용어가 등장하게 된 것은 동시대 일본 대중문화의 영향이라 할 수 있다. '에로-그로'라는 말은 자극을 통해 흥미를 유도하려는 대중잡지의 통속적 경향과 결합하여 재빠르게 확산된다. 1930년대 초반 『별건곤』에서는 '에로-그로' 또는 '에로-그로-넌센스'가 숙어처럼 붙어다니며, 통속적 모던 취향의 첨단을 선도하고 있었다. 이때 '괴기'라는 용어는 '그로/그로테스크'의 번역어로 새롭게 부각되기 시작했다.

⑤ 그로: 그로테스크(영어의 grotesque)의 약략略으로 괴기怪奇란 말이다. 본래는 황당환기한 작품을 평하는 말로 많이 쓰였다. 최근에 와서 일상생활에 권태를 느낀 현대 사람들이 무의미한 위안으로 괴이한 것, 이상야릇한 것을 자주 찾게 됨을 따라 엽기하는 경향이 날로 늘어가서 이방異邦 수토殊土나 고대 민족의 진풍珍風기속을 찾거나 혹은 세인의 이목을 놀랄만한 기형이태奇形異態를 안출하는 일이 많다. 이 때문에 괴기, 진기를 의미하는 '그로'라는 말이 성행한다.
— 「신어해설」, 『동아일보』, 1931. 2. 9.

⑥ 그로테스크: 영어. 괴기하다는 뜻인데 넘우 에로틱하기 그 정도를 넘친 것도 그로테스크하다고들 쓴다. 예를 들면 식인종의 땐스 가

---

38 미리암 실버버그, 「エロ·グロ·ナンセンスの時代」, 『總力戰下の知と制度』, 東京: 岩波書店, 2002, 61~109쪽.

39 채석진, 「제국의 감각: '에로 그로 넌센스'」, 『페미니즘 연구』 5, 한국여성연구소, 2005 참조.

튼 것을 그로테스크한 장면이라고 할 것이다. 약略하여 '그로'가 늘 병행되는 것이 20세기 울트라모던인스의 조하하는 바이다.

— 「모던어점고語點考」, 『신동아』 15호, 1933. 1, 111쪽.

⑦ 그로테스크: 1. 기괴奇怪한, 흉악凶惡한, 끔직스런, 추한, 무서운. 2. 그로테스크식式(고대의 회화 조각 등에서 보는 인수상人獸像과 같은 기괴한 의장意匠).

　　앞서 본 일본의 사전들과 마찬가지로 조선의 대중매체는 그로 테스크를 '괴기'로 즐겨 번역했다. 새로운 용어의 감각을 살리기 위해 일반적으로 쓰이던 '기괴'라는 어휘보다 괴怪의 부정적 뉘앙스를 살린 '괴기'를 선호했던 것이다. 조선의 매체들은 문예 양식으로서 그로테스크라는 말의 기원이나 그 구성 원리 및 정서적 효과에 대해서는 그다지 관심을 보이지 않았다. 대신에 해설들이 초점화한 것은 그로테스크한 형상이나 이야기를 탐닉하는 현대인의 기호와 그들이 즐기는 그로테스크의 사례들이었다. 식인종들이 살아가는 이방의 수토, 고대 민족의 진풍 기속, 정도를 넘치는 에로스 등 실질적인 소재의 차원에서 그로테스크가 소개되고 있는 것이다. 이같은 소재들이 환영을 받는 이유는 "일상생활에 권태를 느"끼고 "무의미한 위안"을 찾는 "현대 사람들"의 "엽기하는 경향"으로 진단되었다. 이 극단적 소재를 엽기하는 주체는 "20세기 울트라모던인"이었다.

　　그로테스크의 번역어가 되면서부터 취미 기호의 하나로 부상한 '괴기'는, 과거 '기괴'의 의미장을 계승하면서도 잔혹성, 섬뜩하고 마술적인 분위기 등 공포를 환기하는 정서들을 중점적으로 표상하

기 시작한다. 근대 계몽기까지 기형이태의 진기한 사물이나 상태의
형상을 형용했던 '괴기'는 이제 피, 살인, 시체 같은 잔혹하고 끔찍
한 대상을 지시하거나 귀신, 유령, 괴물 등의 섬뜩하고 소름 끼치는
대상, 퇴폐적 도시 문명 같은 이해 불능의 현상을 가리키는 어휘로
그 의미 영역을 제한하기 시작한 것이다.

　1930년경부터 신문은 살인 등의 잔인한 범죄 사건들을 보도하
면서, 사건의 잔혹성을 지칭하는 어휘로 '괴기'라는 언표를 동원했
다. 밀감 상자에서 아동의 시체가 발견된 사건[40], 표류하는 선박에
동강 난 시체가 발견된 사건[41], 친족을 살상하고 산신으로 가장하여
타인에게 살인 자백서를 강요한 인물의 사건[42], 아들을 살해한 혐
의로 취조받던 아버지가 급사한 사건[43], 유기된 상자 안에서 사람의
다리가 발견된 사건[44] 등등 '괴기'는 신체의 훼손, 절단이나 친족 살
인 등의 잔혹한 살인을 묘사하는 데 동원되었고, 원숭이와 혼인하는
종족[45], 유령이 나오는 건물[46], 야경꾼들을 식겁하게 만든 소복 처녀[47]
등과 같이 야만적이거나 이색적이며 공포스러운 현상들을 보도하

40　「밀감상密柑箱에 아시兒屍 — (……) 1일 3건의 괴기사」,『조선일보』, 1934. 5. 26.

41　「표류선 중에 괴기 — 동강동강난 선부시체」,『조선일보』, 1936. 2. 25.

42　「미신迷信과 황금黃金에 얽힌 엽기백獵奇百% (四) — 가장산신假裝山神이 야반등장夜半登場,
　　살인자백서강요殺人自白書强要. 무등산중無等山中의 괴기극怪奇劇」,『동아일보』, 1932. 1. 23.

43　「본실소생本室所生 소년참사少年慘死 취조取調 받든 친부親父도 급사急死, 본처의 아들
　　죽자 아버지도 죽어 청양靑陽에 발생發生한 괴기사건怪奇事件」,『동아일보』, 1936. 1. 7.

44　「개성 교외의 괴기 — 유기된 상자 속에 인각人脚」,『동아일보』, 1937. 10. 26.

45　「현대 인류계의 괴기 — 원류猿類 결혼하는 종족의 존재, 기운이 세지 못한 남자는 결
　　혼할 권리가 없어서 암원숭이를 길러 아내를 대신 삼는다고, 중국 사천성 벽지에 점
　　거한 만족진담蠻族珍談」,『조선일보』, 1929. 8. 8.

46　「5백 군중이 위집, 유령양관을 투석파괴 (……), 평양 번화가에 괴기」,『조선일보』,
　　1933. 8. 27.

47　「거리의 괴담 (1) — '호조다리' 소복처녀, 대회 일야 다리 위에 나타난 괴기, '떳다바
　　라'쟁이의 식겁」,『조선일보』, 1933. 8. 7.

는 데에도 이용되었다.

잔혹하고 선정적인 '이
야기'에 대한 기호는 잡지에
서 더욱 뚜렷하게 나타났다.
『별건곤』은 1931년 42호에서
「대경성, 에로, 그로, 테로,
추로, 총출」특집이 실린 이
래 「에로섹숀」, 「특별독물」
편 등을 기획하고 에로 기
사와 괴담, 괴기 실화, 범죄

『별건곤』(1933. 4)에 실린 괴기 실화 「피무든
수첩」.

실화, 탐정소설을 게재하는
데 열을 올린다. 유아를 끓
여 먹고 붙잡힌 여인[48], 맬서스의 『인구론』을 읽고 30여 명의 여성을
살해한 늙은 제대 군인[49], 토막 시체를 가방에 넣고 돌아다닌 재미
在美 중국인 청년[50], 배신한 아내와 친구를 동료와 함께 난자한 탈옥
수[51], 양성으로 태어나 28년 동안 여성으로 살다가 남성으로 성전환
을 한 일본인[52] 등등 『별건곤』에는 무시무시하고 충격적인 사건들
이 특별 독물讀物, 괴기 실화, 범죄 실화, 특호 실화 등의 이름을 달고
보도되었고, 이를 통해 '괴기/그로의 취미'를 생산·재생산했다.

섬뜩하고 충격적인 이야기가 범람하고 '괴기'가 그 같은 이야

---

48 「식인사건의 심판」, 『별건곤』29호, 1930. 6, 43~48쪽.

49 최병화, 「살인괴담, 늙은 살인마(일명 말사스귀鬼)」, 『별건곤』64호, 1933. 6, 38~41쪽.

50 소천호, 「범죄실화, 가방속의 사死미인」, 『별건곤』44호, 1931. 10, 28~30쪽.

51 「죄와 벌의 인생, 무엇이 그들을 그러케 식혓나? ― 탈옥수 심종성과 공범 김봉주의
    범죄리면비화」, 『별건곤』62호, 1933. 4, 50~51쪽.

52 「28년만에 여자가 남자된 이야기」, 『별건곤』53호, 1932. 7, 28쪽.

기를 표상하는 어휘로 자리 잡으면서, '기괴'라는 기표의 의미 중심 또한 이동하게 된다. '불합리하다·부당하다'라는 뜻으로 많이 쓰였던 1920년대 중반까지와 달리, 1930년대 '기괴'는 '끔찍하고 충격적이다'라는 의미로 사용되는 사례가 월등하게 늘어난 것이다.[53] '괴기'와 더불어 '기괴' 또한 잔혹하고 선정적인 사건들을 보도하는 데 동원되면서, 비정상적 형상을 가리킨다 하더라도 선악과 미추의 차원에서 단순히 부정적 의미로만 쓰이지는 않았던 '기괴/괴기'는 이제

『별건곤』(1932. 9)에 실린
「태서괴담: 공중을 나는 유령선」.

중립적 의미에서 벗어나 추와 악을 표상하는 음산하고 부정적인 뉘앙스를 강하게 드리우게 된다.[54] 기괴와 괴기가 지시하는 '다름'이 공포의 정서를 지배적으로 표상하기 시작한 것은 이전과는 뚜렷이 구분되는 새로운 현상이었다.

살인, 귀신, 마술 등의 소재를 이용하여 공포 정서를 환기하는

53 예컨대 『동아일보』에서 1933년 헤드라인에 '기괴'라는 어휘를 포함한 기사는 총 8건에 해당하는데, 이 가운데 5건이 살인같이 잔혹한 사건을 보도하고 있으며, 미신 기사가 1건, 수수께끼처럼 난해한 사건을 보도한 기사가 1건, 기형적 형상을 보도한 기사가 1건이다. 이는 총 17건의 사례 가운데 '부당하다'는 의미로 쓰인 기사가 7건이었던 1923년 예와 뚜렷이 차이 나는 부분이다.

54 식민지 시기 『조선일보』에서 헤드라인에 '괴기'라는 어휘를 포함한 기사는 총 30건이다. 이 중 8건은 살인 같은 잔인하고 끔찍한 범죄 사건을 보도했고, 유령, 도깨비, 괴물 등의 섬뜩한 초자연 현상과 관련된 기사도 6건에 이른다. 그 밖에는 최남선의 『괴기』를 소개한 기사, 모던 풍속을 비꼬는 기사, 미신이나 야만적 행위를 전하는 기사 등이 있다.

'괴기소설'이 일종의 장르 표제처럼 나타나기 시작한 것은 이 무렵이다. 1927년 9월 29일자『조선일보』에서 영화〈모래사나이〉(砂男)의 원작이 "'아마듀스 호프만' 씨의 괴기소설 '콥펠유스'"로 소개된 이래,「지킬박사와 하이드씨」(『조선일보』, 1932)가 '괴기극'이라는 이름으로 보도되었고[55],『별건곤』은「토중土中의 악마惡魔: 고 – 고리의 〈우이 – 〉」[56]와「공중을 나는 유령선」[57]을 각각 '러시아 괴기소설'과 '태서괴담'이라는 표제로 싣는다.

『신세기』(1939. 3)에 실린 김내성의 괴기소설「무마」.

이 표제들은 조선에서 '괴기소설'이라는 장르가 아직 명확히 인식되기 전에 신체의 변이와 죽음, 살인, 마법 등의 소재[58]를 통해 이야기의 성격을 변별적으로 전달하고 있었다. 좀 더 본격적으로 괴기소설이라는 장르를 인식시킨 것은 탐정소설의 한 부류인 변격 탐정소설이었다. 연쇄 자살, 시체를 먹어 들어가는 미생물, 수돗물을 틀어놓고 시체를 굳힌 시랍屍蠟 등 무시무시하고 참혹한 소재들을 이용하여 인간의 잔혹한 야수성과 공포, 극단적인 고통 · 쾌락 · 참극 및

---

55 「영화소개 ― 괴기극, 지킬박사와 하이드씨」,『조선일보』, 1932. 7. 9.

56 「세계각국유령담」,『별건곤』34호, 1930. 11, 138~146쪽.

57 「태서괴담: 공중을 나는 유령선」, 류방 옮김,『별건곤』55호, 1932. 9, 44~46쪽.

58 「콥펠유스」는 영혼을 빼앗는 마법사, 인형과의 사랑 등을 소재로 삼고 있으며,「지킬박사와 하이드씨」는 약물에 의한 흉악한 변신을,「우이 –」는 사모하는 청년을 쫓는 여귀를,「공중을 나는 유령선」은 마법에 의한 살인과 피신을 소재로 한 이야기들이다.

그로부터 빚어지는 섬뜩한 비애의 정서를 강조하는 탐정물로서 변격 탐정물은 '괴기'로도 자주 환언되곤 했다.

1930년대 말, 탐정 서사라기보다는 섬뜩하고 비의적인 세계에 대한 묘사에 가까운 「백사도」(김내성, 『농업조선』, 1938)라든가 "차마 눈 뜨고 볼 수 없는 잔인한 묘사와 변태성욕자의 음침한 성생활 (……) 성격 파탄자의 허무적 따따이즘"[59]을 그리는 '괴기파' 탐정 작가를 주인공으로 삼은 「무마」霧魔(김내성, 『신세기』, 1939) 등의 작품이 출현하게 된 것은 공포의 취미가 본격적으로 탐구되기 시작했음을 알리는 일이었다. 공포의 환기를 목적으로 하는 이러한 작품의 출현은 '괴기/그로'의 기표에 의해 촉발된 공포의 취미가 보다 확산되고 보편화된 결과였다.

'에로-그로'의 세계상과 환멸의 모더니티

공포의 정서를 환기하고 탐닉하는 장르가 생성되기까지 징그럽고 섬뜩하고 마술적인 것을 표상하는 '괴기'의 취미가 대중의 감각에 보편화될 수 있었던 요인은 무엇이었을까? 중세의 '기괴/괴기' 개념이 중립적이었다는 점, '괴기'와 동의어로 쓰였던 '기괴'가 1920년대 중반까지 주로 합리성을 증진하기 위한 계몽의 수사로 사용되었다는 점을 상기할 때, 비의와 공포의 기호로서 '괴기'가 짧은 기간 대중의 정서에 일반화된 데에는 적지 않은 사회적 감각의 변화가 개입했던 것으로 보인다. 여기에 답하려면 새로운 '괴기' 개념의 탄생을 촉발했던 '에로-그로'의 문화와 그 배후를 형성했던 모더니티에

59 김내성, 「무마」, 『신세기』, 1939. 3, 133쪽.

『월간 매신』(1934. 5)에 실린 「기담: 심야의 괴녀」 삽화.

대한 당대적 이해를 살펴볼 필요가 있다.

　228~229쪽에서 본 『동아일보』와 『신동아』의 해설에 따르면, 1930년경 그로테스크는 세 가지 방향에서 인식되고 있었다. 시간적으로는 원시적인 과거, 공간적으로는 야만적인 미개지, 인간의 차원에서는 과도하게 탐닉되는 동물적 에로티시즘이 그것이다. 실제로 신문과 잡지는 야만의 풍속과 징그럽고 이색적인 동물들을 '괴기'나 '기괴'의 언표와 더불어 보도했고[60], 1920년대 말부터 활발히 게재되기 시작

60　「세계진기인종 박람회」(『별건곤』 7호, 1927. 7), 「현대 인류계의 괴기」(『조선일보』, 1929. 8. 8), 「몽고인의 생활」(『별건곤』 32호, 1930. 9), 「아푸리카 토인의 살인제」(『동광』 33호, 1932. 5), 「인도왕궁비사 첨단결혼진담」(『별건곤』 61호, 1933. 3) 등은 동아시아, 인도, 아프리카 등 미개지로 인식된 지역의 '괴기', '기괴'한 풍속들을 소개하고 있으며, 「사막의 괴기: 먼스터라는 식물」(『동아일보』, 1931. 8. 15), 「심해의 괴기: 어류」(『동아일보』, 1931. 8. 20), 「사람이 만들어낸 괴기 동물」(『조선일보』, 1937. 11. 5), 「인간의 손으로 창조된 괴기동물과 기형」(『동아일보』, 1937. 11. 27~12. 1) 등은 비정상적이고 진기한 동식물을 소개하고 있다.

4. '괴기', 공포 취미와 환멸의 모더니티

한 '괴담' 기사에서는 귀신과 유령 등 초자연적인 심령 현상에 관한 이야기가 상대적으로 늘어난다.[61] 그중에서도 '그로'(괴기) 이야기의 가장 많은 부분을 차지한 것은 '에로-그로' 기사였다.

잡지에는 '에로-그로' 기사가 넘쳐났다.「에로 그로 백% 시체결혼식」(『별건곤』, 1931. 8),「세계인육시장 광무곡, 중국의 에로그로」(『별건곤』, 1931. 12),「에로그로 백-퍼센트 미인국의 파사, 진기무류의 재혼풍속」(『별건곤, 1932. 1),「여름의 환락경, 해수욕장의 에로그로」(『별건곤』, 1932. 7) 등 '에로-그로'를 표제로 내세운 기사들은 물론, 간음죄에 대한 형벌로 재판관이 죄인의 아내를 간음하는 형벌을 가하는 오스트리아의 형벌 제도(「태서 성적 기문집」,『별건곤』, 1932. 3)를 비롯하여 세계 각국의 희귀하고 잔인한 성적 형벌을 소개하는 기사(「에로섹슌, 성적형벌기문性的刑罰奇聞」,『별건곤』, 1933. 9) 등은 반복해서 실리는 흥미 기사의 하나였다. 일본 여성의 고시마키 280여 벌을 훔쳐다 옷과 터번을 만들어 간직한 인도인(「모던 복덕방, 깜둥이 변태색정광」,『별건곤』, 1930. 11), 아내와 간통한 바람둥이 왕에게 성병을 옮겨 복수한 남편(「에로섹슌」,『별건곤』, 1933. 9), 싱가포르의 나체 흑인 매춘부에게 휘감겨 넘겨졌던 감상(「세계 인육시장 광무곡, 내가 혼난 남양미인」,『별건곤』, 1931. 12), 감옥에서의 성생

---

61 「그짓말 가튼 사실기록 — 천하 괴담 상사뱀」(『별건곤』 18호, 1929. 1),「신출귀몰 기담편 — 세계기담, 의학적 괴담」(『별건곤』 22호, 1929. 8),「세계각국유령담」(『별건곤』 34호, 1930. 11),「태서괴담: 공중을 나는 유령선(하)」(『별건곤』 55호, 1932. 9),「기괴실화 마작살인」(『별건곤』 66호, 1933. 9),「녀름밤의 괴담」(『삼천리』 6권 7호, 1934. 6) 등은 귀신, 유령, 심령 현상 등을 다룬 기사들이다. '괴담'으로 명명되는 기사는 상대적으로 이전의 '기담'들보다 귀신담이나 초자연적 현상 등을 다루는 예가 많다. 그러나 '괴담'이 반드시 공포스런 이야기들을 다룬 것은 아니었다. 특히 사담, 야담 등 고전에 기원을 둔 괴담은 초월적 현상을 포함한 곡절 있고 재미있는 이야깃거리로 소비되었다.

활(「재옥중 성욕문제」, 『별건곤』, 1931. 3), 수도하는 여승들의 성 욕망
(「동정녀 80명 대녀승당大女僧堂의 수도니생활修道尼生活」, 『삼천리』, 1931.
4), 나체 시위를 벌이며 여성의 권리를 부르짖고 남성들을 희롱하
는 중국 여학생의 생활상(「성의 해방을 부르짖는 중국 녀학생」, 『만국
부인』1호, 1932. 10) 등등 1930년대 초반 잡지들은 에로틱한 성 욕망
이 빚어내는 갖가지 기형적 행태들을 보도하는 데 열을 올림으로써
그로테스크라는 새로운 취미 감각을 촉발하고 있었다.

성 욕망을 소재로 삼은 『별건곤』의 기사들은 살인, 변태성욕,
신체 절단 등을 동반하는 충격적인 범죄와도 종종 접속했다. 양성
체로 태어나 강간을 일삼은 일본인 여장 간호사(「특집독물 대괴기
실화÷처녀귀! 처녀귀」, 『별건곤』, 1931. 4), 48인의 여성을 강간·참살
하고 그 고기를 내다 판 독일의 푸줏간 주인(「특호실화, 인간적 잔
인성의 극치, 여자 사십팔인 학살사건, 근대 범죄사상 경이!」, 『별건곤』,
1931. 4), 죽은 애인을 기억하기 위해 시체의 피부로 책을 제본한 청
년(「애인의 피부로 제본된 책표지」, 『별건곤』, 1930. 8), 활불로 추대되
어 매일 아침 처녀의 피 한 잔씩 마시기를 강요당한 정체불명의 사
나이(「이마에 보석 백힌 남자」, 『별건곤』, 1932. 7), 구혼 광고로 여성들
을 유인하여 도끼로 절단한 후 집 뜰에 매장한 백인 남성(「근대 악한
독녀 퍼레이드, 여자 잡아먹는 남자」, 『별건곤』, 1933. 11), 부정한 관계를
남편에게 일렀다 하여 심부름하는 소년을 간부와 함께 타살한 조선
여성(「조선초유의 대의옥大疑獄, 박석산 상의 살인사건」, 『별건곤』, 1931.
1) 등등의 기사들은 에로의 욕망을 변태성욕, 엽기적 살인에 연계
함으로써 인간의 야수성과 이상심리에 대한 인식을 확산하고 괴기
의 감각을 형성하는 데 일조했다.

'에로-그로'의 통속 문화를 생산하고 향유했던 중심 계층은 근

대 물질문명의 혜택을 입고 새로운 도시적 생활 감각을 체화하기 시작한 일군이었다.『별건곤』,『동광』등 취미 잡지의 기본 독자층은 식민지 교육을 통해 기초 지식과 문식력을 획득한 식자층이었고, 이들 중 다수는 식민 본국에서 조달되는 일본어 잡지와 서적의 독자이기도 했다.

1920년대 중·후반 화이트칼라 노동자를 비롯한 새로운 소비 계층이 등장하면서 카페, 다방, 바, 백화점, 극장, 공원 등 근대적 문화시설이 들어서고, 영화, 라디오, 유성기, 레뷰 등의 문화 상품들이 보급되면서 경성은 바야흐로 근대적 소비문화의 시대를 맞는다. 신문과 잡지는 보도 기사 이외에도 화장품, 구두, 모자, 양산, 조미료 등 사치품의 광고를 실어 날랐고, 진고개의 다채로운 상품들로 신체를 장식한 모던 걸과 모던 보이들은 빈축을 사면서도 그 이채로운 차림과 양태들이 끊임없이 매체 지면의 전경에 배치됨으로써 시선을 끌었다. '에로-그로'의 취미는 이 도시를 중심으로 한 새로운 물질생활과 소비문화적 기호嗜好의 산물이었다.

일본에서 '에로-그로-넌센스'가 대중매체의 선전 문구가 되었던 해가 1930년이었음을 상기할 때, 1931년『별건곤』의 '에로-그로' 열풍은 식민 본국과 거의 동시적으로 진행되었다고 할 수 있다. 일본의 경우와 마찬가지로 이 통속 문화는 지식인의 관심을 비정치적 방향으로 유도하려 했던 식민 당국의 전략에서 지지되었고, 탈정치화의 의도는 조선 매체의 급속한 자본주의적 상업화 경향과 효과적으로 접속했다.

식민 당국의 정치적 전략을 배후로 한 '에로-그로'의 통속적이고 관음증적인 시선이 식자층을 포함한 대중의 취미 문화로 재빨리 퍼져나갈 수 있었던 것은 '모던'이라는 세계적 시간 감각 및 앎에 대한 욕망과도 무관하지 않았다. 위에서 열거한 변태성욕과 엽기 살인에 관한 기사는 대부분 일본, 미국, 독일, 중국, 인도 등 해외 대도시에서 일어난 사건들이었다. 이는 '그로'(괴기)의 새로운 유행이 조선인 내부의 경험과 감각에서 비롯되기보다는 외부적으로 유입되고 증식한 박래품이었음을 암시한다.

세계 각국의 진풍기속과 충격적 사건들을 보도하는 기사의 화자들은 자신들이 전하는 이야기에 대해 대체로 중립적이었다. '에로-그로' 기사는 해외 토픽에 가까운 간접화된 이야기뿐 아니라 여행이나 유학 중에 구경한 해외 성매매 시장의 경험담을 보도하는 형태로도 실렸지만, 이 경우에도 사실 기록에만 충실할 뿐 그에 대한 판단이나 의견을 제시하는 일은 많지 않은 편이었다.[62] 무비판적이고 무간섭적인 시선으로 사실만을 보도했던 것은 '에로-그로'의 만화경에 대한 탐구 또한 세계지世界知의 일환으로 접근되었기 때문이다. "우리는 무엇이고 고루고루 보아 둘 필요가 잇슬 줄 압니다. 엇재서 그러한 존재가 잇스며 수만은 여성들이 (……) 썩어가고 잇는가를 조사해 볼 필요가 잇스니가"[63]라는 식의 앎에 대한 욕망이야말로 선정적 호기심과 말초적 기호를 은폐하고 인간의 추악한 이면에 대한 화제를 취미화할 수 있었던 동력의 하나였던 것이다.

'에로-그로'의 기표와 더불어 전해지는 근대 대도시의 풍경과 사건들은 또한 신문명적 코드로서의 '모던'과 긴밀히 접속하고 있었다. 조선에서 '모던'이라는 말이 등장한 것은 1927년경으로 '모던걸'이라는 명칭이 보편화되면서부터였다.[64] 매체에서 모던이라는

---

62   "이것이 누구의 죄냐"(「세계인육시장 광무곡, 파리의 에로 만화경」, 『별건곤』 46호, 1931. 12, 33쪽)라는 한탄이 없는 것은 아니지만, 이는 오히려 예외적인 경우에 속한다.

63   「세계인육시장 광무곡, 미국인육시장견문담」, 『별건곤』 46호, 1931. 12, 31~32쪽.

『별건곤』(1927. 1)에 '현대 학생의 눈'이라는 제목으로 실린 삽화.
"시험공부도 활동사진관에 가서 연애사진 보랴 여학생 보랴 기생 보랴 책 보랴
눈알이 몇 개 있어도 부족"이라는 논평과 함께 실렸다.

기표를 통해 피력되었던 것은 모던 걸과 모던 보이의 허영과 사치
를 꼬집고 비판하는 언설들과 「모던 행진곡」(『동광』, 1931~1932), 「모
던 복덕방」(『별건곤』, 1930~1931;『혜성』, 1931), 「모던 과학 페지」(『동
광』, 1932), 「모던 칼리지」(『별건곤』, 1930) 등의 문화 면이다. 「모던」
페이지들은 변화된 물질생활과 세태, 해외 토픽들을 게재함으로써
동시대의 시간 감각을 키워나갔다. 1932년 6월호와 7월호에서『동
광』은 「모던대학 입학시험」이라는 칸을 신설하고, "제네바는 어느
나라에 잇는가", "셀룰로이드가 불에 타는가 아니 타는가", "파시스
트의 양대 거두 이름?" 등의 문제들을 모던인의 자격을 얻을 수 있
는 기초 상식으로 질문한다. 당시 대중문화의 '모던' 감각이 잡다하

---

64 박영희는 1927년 12월 『별건곤』에서 실시한 특집 「모-던껄·모-던뽀-이 대논평」
에서, 반년 전부터 서울에서 '모던 걸'이라는 말을 듣게 되었다고 기록한다. 박영희,
「모-던껄·모-던뽀-이 대논평: 유산자 사회의 소위 '근대녀', '근대남'」,『별건곤』 10
호, 1927. 12, 114쪽.

고 파편적인 세계지의 모자이크식 조합으로 구성되고 있었음을 단적으로 드러내는 부분이다. 이처럼 파편적 지知와 경험의 조합들로 구성된 '모던'의 감각은 그러나 새로운 물질문화와 도시 생활을 바탕으로 하여, '국경과 시간을 초월하여 전통에서 벗어난 세계의 시간성을 지시하는 카테고리'[65]로 부상하고 있었다.

새로운 소비 계층과 문화 감각에 기반한 '모던'의 기표는 이국의 진경을 실어 나르는 기사들과 더불어 세계적 근대상에 대한 첨단의 감각을 만들어나갔다. '에로-그로' 기사는 「모던 행진곡」,「모던 복덕방」처럼 '모던'을 표제로 하여 동시대의 문물을 소개하는 옴니버스 칼럼에 자주 등장하면서[66], '모던'에 대한 당대적 감각의 중요한 일부를 구성했다. 이러한 풍토에서 '그로/괴기'는 '자극'과 '퇴폐'로 요약되는 '모던'이 내장한 본원적 성격의 하나로 이해되기도 했다.

> 모던-, 슐모던-, 씨-크, 잇트, 첨단, 첨단, 첨단. 세기말적 퇴폐 문화의 오색등은 각각으로 변색되어 간다. 하루하루 마비되어가는 모더니스트들의 오관은 강렬한 자극을 갈구하며 기괴한 독창을 찾아 집중된다. 그리하여 이러한 모던의 색등에 시각을 빼앗긴 그들은 드디어 맹목이 되고 과민한 백치가 되었다.[67]

현대인의 신경은 나날이 둔鈍해 간다. 현대과학의 끈임 업는 자극刺戟에 극도로 첨예화한 그들의 신경이 밟은 반동적 경향이리라. 이

---

65 미리암 실버버그, 앞의 글 참조.
66 소재의 다수는 해외 토픽에 가까운 에피소드들이었다. '에로-그로'의 새로운 기호 자체가 자발적 경험과 감각의 산물이 아니었던 만큼 기사의 소재가 외부에서 구해지는 것은 어쩌면 당연한 일이었다.
67 「모던 복덕방」,『별건곤』 34호, 1930. 11, 150~151쪽.

리하야 그들의 마음 가운데는 어느새 부질 업시 괴기를 찾는 일종
의 엽기벽獵奇癖이 생겻다. 구로테스크! 구로테스크! 나체화적裸體畵
的 에로, 신화적神話的 구로테스크, 이것이 현대인의 시들어 가는 명
맥命脈을 끄을고 나가는 위대한 매혹이요 생명수生命水다.[68]

인용문에서 모던의 성격은 '끊임없는 자극'을 추구하는 '현대인
의 신경'과 '첨단적이고 세기말적인 퇴폐 문화'로 압축된다.[69] 강렬
한 자극에 대한 갈망, 극도로 첨예화한 신경이 결집하는 곳이 "기괴
한 독창"과 "괴기를 찾는 일종의 엽기벽"이었고, 그런 만큼 '그로/괴
기'는 그 자체로 '모던'의 절정을 표상하는 감각이었다.
　말초적 자극과 퇴폐로 특징지어졌던 만큼 '모던'이 충동질하
는 기괴·괴기성에 대한 매체의 표면적 태도는 기본적으로 부정적
이었다. 『별건곤』과 『동광』은 경성의 미인좌, 카페걸, 레뷰, 형형색
색의 모던 걸과 모던 보이들을 첨단의 자극을 쫓는 기괴한 존재들
로 거침없이 매도했다. 조선의 '모던' 문화뿐만 아니라 세계의 대도
시 또한 '괴기'하기는 마찬가지였다. 국제도시를 탐사하는 여행자
의 시선에서 상하이, 리우, 샌프란시스코, 파리, 스톡홀름 등은 매음
부, 무뢰한, 극빈층, 매독과 창병, 파리로 들끓는 변소, 광인, 나체화,
나체쇼가 난무하는 '괴기'한 도시로 기술된다. "현대의 세계가 나
흔 일체의 미추선악을 강렬한 네온싸인과 복잡한 음향 속에 교착하
고 잇는 동양의 기괴한 대상大商 부지埠地!"[70]가 상하이였으며, "표면
을 일별하면 미항이나 이면의 일보를 드러서면 살인병자 무뢰한 매

68　일기자, 「거인 김부귀를 료리했소」, 『별건곤』 32호, 1930. 9, 125쪽.
69　소래섭은 『에로, 그로, 넌센스』(살림, 2005)에서 일기자一記者의 기사가 '에로, 그로,
　　넌센스'를 문명의 필연적 반작용으로 파악하고 있음을 먼저 지적한 바 있다.
70　홍양명, 「상해풍경, 누一란 사건」, 『삼천리』 3권 12호, 1931. 12, 37쪽.

『월간 매신』(1934. 9) 「폭소실」에 실린 삽화.
남자들을 유혹하는 기생과 여급의 노하우가 가슴을 노출하고 남성 같은 두발을 한 여성을 통해
그로테스크하고 코믹하게 묘사되어 있다.

음부가 가득찬 마굴"[71]이 리우였다. '모던'과 '괴기' 또는 '모던'과 '에로-그로'는 물질문명의 어두운 이면과 끊임없이 자극을 추구하는 통속적 기호嗜好가 결합하는 지점에서 교차하고 중첩되면서, 합리적으로 파악되지 않는 신문명 사회의 이질적 면모들을 표상하는 공동의 영역을 마련해가고 있었다.

그러나 모던이라는 동시대의 문화를 퇴폐와 '기괴/그로테스크'로 파악하는 매체의 시선에는 모순적이고 이중적인 태도가 숨어 있었다. 해외의 '에로-그로' 세태들을 기술하는 기사들은 대체로 전달에 치중할 뿐 판단은 보류하는 경우가 많았다. 불합리한 성 풍속과 성 형벌, 항구도시의 상상을 초월하는 매매춘 현장은 물론, 잔혹하고 소름 끼치는 변태성욕자의 연쇄살인을 보도하는 데에도 사실만

71   홍운봉, 「각국 항구의 렵기행, 남미 '리오항'」, 『삼천리』 7권 1호, 1935. 1, 147쪽.

을 전달할 뿐 비판적 성찰이나 선악을 판단하는 논평은 희박한 편이었다. 뿐만 아니라 어떤 그로테스크상은 그 실천력과 행동성의 차원에서 학습해야 할 대상으로 표상되기도 했다. 중국 여학생의 자유분방한 생활을 "구로테스크 하면서도 근대적이다"라고 평가한 한 필자는 "그러나 그곳에는 행동이 잇다. 무엇을 하든지 상해의 여학생에는 무엇이든지 실제적 행동이 잇다"[72]고 소개하며 중국 여학생의 그로테스크한 생활 양태를 진취적 실천성의 효과로 평가한다. 국제도시의 퇴폐상과 그로테스크한 모던성도 앎에 대한 욕망 앞에서는 일차적으로 학습의 대상이었고, 자유로운 행동력과 진취적인 실천력의 차원에서는 그로테스크한 생활상 또한 선망을 자아낼 수 있었던 것이다.

조선의 '그로'와 모던 세태에 대한 태도는 어떠했던가. 1931년 『별건곤』에서 기획한 「대경성 에로·그로·테로·추로 총출」 특집에서 그로를 담당한 기자는 "조선에 그로가 잇나? 손바닥 가티 발ㅅ닥 되집힌 조선에 '그로'다운 그로가 잇슬 택이 업다. 더구나 우리의 생활이 그러한 취미를 요구하기에는 넘우도 먹고 입기에 절박하여 잇지 아니한가!"[73]라는 불평으로 기사를 시작한다. 조선의 '그로'는 흉가 이야기 정도를 들 수 있으나 그나마 조선인들은 그것을 공포로 여길 뿐 즐길 정도는 아니라는 점을 불평하는 좌담회[74] 기록도 보인다. 그로테스크를 퇴폐 문화로 간주하고는 있으나, 조선에 제대로 된 그로테스크가 없는 것도 불만인 것이다. 평양이라 하면 기생부터 연상할 것이 아니라 "도시로서의 그로테스크한 모던성"[75]을 재

72 「성의 해방을 부르짓는 중국녀학생」, 『만국부인』 1호, 1932. 10, 85~89쪽.
73 「대경성 에로·그로·테로·추로 총출」, 『별건곤』 42호, 1931. 8, 11쪽.
74 「넌센스 본위, 무제목 좌담회, 본사사원끼리의」, 『별건곤』 36호, 1931. 1, 136~146쪽.
75 주요한, 「평양, 평양잡기, 평양과 나」, 『별건곤』 32호, 1930. 9, 55쪽.

'기괴천만 중성남녀'奇怪千萬 中性男女라는 제목으로 실린 잡지 『별건곤』(1928. 1)의 삽화.
성 정체성의 혼란은 '기괴/괴기'와 긴밀히 관련되어 있었다.

인식해달라는 한 평양 태생 지식인의 호소는 역설적 의미에서 같은 맥락에 놓인다. 기생의 고장이라는 과거의 이미지와 비교할 때 도시로서의 평양이 지닌 그로테스크한 모던성은 오히려 자랑스러운 일면일 수 있었다. '그로테스크'는 근대 도시의 기형적 문화와 기호嗜好를 표상했지만, 식민지 물질문명의 시대를 살 수밖에 없었던 조선의 도시 대중에게는 그 역시 발전된 문화의 산물로서 앞으로 더 핍진하게 경험해야 할 미래적 지향태이기도 했던 것이다.

표면적으로는 그로테스크한 모던의 퇴폐성을 비판하면서도 그 이면에서 델리키트한 문화 기호에 대한 선망 또한 감추지 못하는 양면적 태도 가운데 '조선의 모던'은 종종 날카로운 비판과 냉소의 도마 위에 올랐다. 모던 걸, 모던 보이가 허영에 들뜬 "괴물"[76]로 매도된 데에서 드러나듯, 조선의 피상적인 모던 세태는 신랄한 공

76   최독견, 「동서무비 조선인정 미담집」, 『별건곤』12·13호, 1928. 5, 243쪽.

4. '괴기', 공포 취미와 환멸의 모더니티

격을 받는다. '모던이쯤'이라는 제목의 한 기사에서 임인생은 '모던이쯤'이 '아메리카니쯤'을 모체로 하는 일부 소비 계급의 문화적 생활양식으로서 야만성을 내포하고 있으며 '모던이쯤'의 향락자는 신경병자, 변태성욕적인 문명병자들이라고 매도했다. 생산과 소비의 분열이 없어지고 지배와 피압박이 없어진 건전한 사회가 건설되면 '모던이쯤'은 일소되리라는 것이 그의 진단이다.[77] 모던 생활에 입문하기 위한 방법을 강의한 한 칼럼에서는 무지 은폐술, 부모 속이는 법, 돈 없이 첨단적 멋 내는 법, 책임 회피법 등을 모던 대학 입문의 방도로 역설한다. "근勤 하면 부자된다는 요술쟁이가튼 수작"이 더 이상 통하지 않는 조선의 현실에서는 "경쾌한 파양破壞"[78]만이 유일한 방법이라는 것이다. 이 같은 자학적 냉소주의는 근면과 성실로 합리적 근대를 창출하고자 했던 계몽 이념의 뿌리 깊은 절망에 닿아 있었다.

> 다른 한 가지의 '스마트'가 잇나니 이것은 실로 민족을 해害하는 대적大敵이라고 경종警鍾을 울리고 싶다. 그것은 다름 아니라 이름하야 도피적 '씨니씨즘'이라 한다. 우리는 청년시대에 다 열렬한 리상을 가진다. 성실과 용감과 의를 위해 목숨을 바치겟다는 헌신적 정신을 갖고 잇다. (……) 그러나 항해가 메츨 가지 못해서 환멸이 우리를 침노한다. 정직한 사람, 성실한 사람, 민중을 위해 진심으로 애쓰는 사람은 결국 고생하고 손해보고 버림을 받는다. 그 대신 거짓말 잘 하는 사람, 남을 해하려고 밤낫 궁리하는 사람, 비굴한 사람, 겆으로 젠체하고 속으로는 비렬한 행동을 하는 사람, 민중을

77 임인생, 「모던이쯤」, 『별건곤』 25호, 1930. 1, 136~140쪽.
78 「MODERN COLLEGE 개강」, 『별건곤』 28호, 1930. 5, 49~60쪽.

파는 사람이 출세를 하고 환영을 받고 상좌에 앉고 무엇보다도 괴상한 것은 상당한 사업을 성취하는 것이다. 그래서 새로운 철학이 생겨난다. 모든 리상을 파괴하고 오직 '빈정거림'이 유일한 가치의 비판이 되고 만다.[79]

1930년대 초반의 냉소주의 풍조를 고발하는 이 글의 필자는 정직하고 성실한 생활이 보답받지 못하는 현실, 개인적 역량의 축적을 통해 민족·민중의 발전을 도모하라는 계몽의 이념이 더 이상 설득력을 지니지 못하는 식민지의 상황을 도피적 시니시즘의 기원으로 진단한다.[80] "환멸이 우리를 침노한다"는 그의 발언은 '비열과 비굴이 괴상하게 성공하는' 현실 앞에서 근면, 성실, 헌신으로 스스로를 책려하던 계몽 이념이 겪어야 했던 나르시시즘적 상처의 깊이를 실감하게 한다. 이 뿌리 깊은 상처는 '경쾌한 파양'만이 갈 길이라는 냉소주의와 쉽게 결합했고, 표피적인 모던의 풍조를 비판하면서도 국경과 시간을 초월하는 세계적 시간성으로서의 모던에 대한 환상을 떨치지 못하게 함으로써 스스로 이 모던의 일부가 될 수밖에 없었던 당대 청년들에게 이중의 굴레를 씌웠다.

'에로-그로'의 통속 문화와 '괴기'라는 새로운 취미 감각은 표피적인 모던을 꼬집고 비판하면서도 한편으로는 지속되었던 세계적 모던에 대한 환상과 이 모던의 수준에 현격히 못 미치는 조선에 대한 이중적 자의식 위에서 발생했다. 잔혹성과 공포, 불가해한 신비경에 대한 호기심을 충동질하는 '괴기'의 취미 감각은 탈정치화와

---

79 「조명탄」, 『동광』 22호, 1931. 6, 60~61쪽.
80 '에로-그로' 문화에 대한 탐닉을 도피적 시니시즘으로 진단하는 이 기사는, 소래섭의 『에로, 그로, 넌센스』(살림, 2005)에서 다른 제목으로 먼저 소개된 바 있다.

우민화를 유도하는 자본주의적이고 말초적인 취미 문화와 계몽의 좌절에서 비롯된 자학적 냉소주의의 결합에서 발생한 환멸의 모더니티의 일부였다.

'괴기'의 근대성

오늘날 우리가 '괴기'를 통해 표상하는 것 속에는 야만성, 미개성, 전근대성, 미성숙성, 불합리성, 미분화성 등 근대적 이성 너머에 있는 온갖 부정적인 것들이 복합적으로 결합해 있다. 그러나 정작 전근대 한국에서 '괴기'와 '기괴'는 반드시 부정적 의미로 쓰이는 어휘가 아니었다. 중세의 '기괴/괴기'는 종종 빼어난 문장과 산수를 경탄하는 수사로 활용되었고, '괴기'와 동일한 한자로 구성된 '기괴'는 1920년대 중반까지 매체에서 오히려 합리성을 증식하기 위한 반어적 수사로서 계몽의 언설에 동원되곤 했다. '괴기'가 공포와 잔혹성, 신비를 표상하는 취미 기호가 된 것은 1930년대에 들어서였다.

　식민지 시기 '괴기'의 취미는 주술적 관습의 잔재에 의거하거나, 혹은 억압되어 있던 자기 안의 타자성을 인식하고 내부의 잔인성과 야만성의 귀환을 직시하게 되는 자발적이고 경험적인 과정을 통해 형성된 것이 아니었다. '괴기' 취미는 소비적 대중문화의 발전, 지식인의 관심을 정치에서 이탈시키려는 식민 제국의 의도, 계몽의 좌절에 따른 지식인들의 나르시시즘적 상처, 국경 너머의 타자에 대한 관음증적 시선과 앎에 대한 욕망의 복합으로 탄생했다. '에로-그로' 문화, 그로테스크 개념의 유입 및 울트라모던의 유흥적 기호라는 외부적 요소와 계몽의 실패에 대한 뿌리 깊은 절망, 그로부터 발생하는 모던에 대한 환멸과 자학적 냉소주의가 잔혹성과 공포, 마술적 신비를 표상하는 '괴기'의 새로운 취미 기호가 성장하는 저변을 형성한 것이다. 공포의 표상으로 변화하면서 '기괴/괴기'의 의미장에서 과거와 같이 '묘사 불가능할 만큼 멋진 모양의 형용'이라거나 '훌륭하다' 같은 긍정적 함의의 흔적은 사라진다.

흥미로운 것은 모던 문화의 유흥적 기호를 번역하는 과정에서 성립했음에도 오늘날 '괴기'는 종종 '괴담'이라는 기표와 결합하여 오히려 전근대적 전설과 미개의 시대를 표상한다는 사실이다. 근대의 산물인 취미 기호가 그 태생을 은폐하고 자신의 부정적 성격을 전근대의 그것으로 전도시키는 현상은, 내부의 모순과 불합리성을 타자에게 전가함으로써 자신의 정체성을 유지하는 근대의 자기운동 방식을 확인해준다. '괴담=전근대=공포=괴기'의 결합은 근대가 새롭게 성립한 괴기의 기표를 통해 전근대를 호명하면서 나타난 새로운 감각이다. 그러나 1930년대 중반까지의 취미 기호 '괴기'는 정신분석에서 말하는 두려운 낯섦uncanny, 혹은 억압된 타자들의 귀환으로 전율을 일으키는 공포와는 거리가 있었다. 1930년경부터 증가하기 시작한 괴담들이 실어 나르는 공포의 수준이란 아직 귀신, 유령이라는 소재의 등장 차원에 머물렀으며, '괴기' 또한 타자에 대한 피상적 호기심을 바탕으로 잔인하고 불합리한 행위, 비참하고 추악하며 모순적인 삶의 현상에 대한 관음증적 탐닉의 기호嗜好를 이제막 대중의 의식에 공식화해내고 있는 상황이었다. 이 '괴기'가 어떠한 경로를 통해 전율적 공포와 악마성 자체에 대한 탐닉으로 나아가며, 어떠한 사회·문화적 조건들이 이러한 취미를 정착시켜갔는지는 앞으로 더 탐구해야 할 과제로 남는다.

5

'명랑', 규율과 통속이 만나는 지대

'명랑'의 서로 다른 얼굴들

한국에는 '명랑'이라고 하는 독특한 서사 장르가 존재한다. 오늘날 '소설'에서는 거의 사용되지 않고 만화류에만 그 흔적이 남아 있는 이 장르명은 1970년대부터 1990년대까지 청소년을 대상으로 하는 유쾌하고 코믹한 내용의 '소설'을 가리키는 데 주로 사용되었다. 그러나 실제로 '명랑소설'이라는 말이 가장 활발히 사용되고 또 대중 사회에서 크게 유행했던 1950년대에는 어른들을 대상으로 한 유머 소설을 가리키는 말로 더 많이 쓰였다. 이 용어가 처음 등장한 일제 강점기로 가면 사정은 더욱 달라진다. 일제강점기 '명랑'은 장르 코드이기보다는 총동원 체제가 마련한 정신 개조 운동의 차원에서 자주 등장했고, 유사한 맥락에서 1960년대 군사정권 아래 대대적으로 전개되었던 시민 운동 또한 '명랑'을 주요한 표어로 사용했다.

다채로운 '명랑'의 쓰임새와 시대 간에 빚어지는 의미의 차이는 '명랑'이란 용어의 함의와 '명랑'을 표방하는 장르의 코드가 시대

2부. 개념사로 읽는 근대의 일상과 문학

1941년 '명랑소설' 타이틀을 달고 잡지 『신시대』 5월호에 발표된 「연애금령」.
사건의 반전을 통해 '명랑'을 추구하지만, 자못 엄숙한 분위기가 연출되고 있다.

1950년대의 성인오락잡지 『명랑』에
실렸던 명랑소설의 삽화. 청소년을 위한
명랑소설과는 사뭇 다르게 에로티시즘이
유머와 접속하고 있다.

1960년대 소년명랑소설의 대표작 중
하나인 『억만이의 미소』. 어린이와
청소년들을 유쾌한 이미지로 그려냈다.

5. '명랑', 규율과 통속이 만나는 지대

마다 서로 다른 사회적 · 문화적 · 정치적 힘들 속에서 한국 사회와 관계맺어왔음을 알려준다. 1950년대의 '명랑소설'과 1980년대의 '명랑소설'이 다른 것처럼, 1980년대 대유행한 MBC 텔레비전 프로그램 〈명랑운동회〉의 '명랑'과 일제 식민지 체제의 '조선 명랑화 프로젝트'의 '명랑' 사이에는 일정한 간극이 존재하는 동시에, 연속적인 정치적 권력의 구도가 또한 숨어 있는 것이다. 그러므로 한 시대를 살아간 대중의 소망과 취향을 담아냈던 장르 코드로서 '명랑'이 지니는 구조와 의미를 사회 · 문화적 공통 감각의 맥락에서 파악하려면 반드시 '명랑'이라는 기표의 역사적 변화 과정을 먼저 이해할 필요가 있다.

이 장에서는 '명랑'이라는 어휘가 지녔던 사회 · 문화적 의미망의 시대적 변화와 연속성을 역사적으로 파악함으로써 한국에서 '명랑' 장르 코드가 지니는 특수한 위상을 탐구해보고자 한다.[1] 한국 사회에서 '명랑'이라는 어휘가 지닌 함의와 문화적 기능이 변화해온 내력을 조명하기 위해 본문은 연대순으로 진행하며, 각 연대에서 시대상의 전체적 측면을 알 수 있도록 『조선일보』, 『동아일보』, 『경향신문』, 『매일경제』 등에 실린 신문 기사와 헤드라인을 적극적으로 활용할 것이다. 신문은 '명랑'과 관련된 사회 담론의 움직임을 가장 적극적으로 드러내는 매체일 뿐 아니라, 장기간 발간을 통해 이 어휘의 용법과 의미의 변화를 알려주는 대표적인 출처가 되기 때문이다. 더불어 신문 기사의 단편성이 지니는 한계를 고려하여 관련

---

1 '명랑'의 감성을 부각한 사회 · 문화적 배경을 조명한 선행 연구로는 소래섭의 『불온한 경성은 명랑하라』(웅진지식하우스, 2011)와, 박숙자의 「'통쾌'에서 '명랑'까지 — 식민지 문화와 감성의 정치학」(『한민족문화연구』 30, 한민족문화학회, 2009)이 있다. 두 연구는 식민지 시기 명랑 개념의 역사적 흐름을 파악하는 작업을 진행하는 데 많은 도움을 주었다.

잡지 기사와 소설, 영화 등 가능한 한 많은 자료들을 활용하고자 했다. 또 시대 범위는 중세부터 1960년대까지로 했다. 일제강점기가 '명랑'에 대한 특수한 식민지적 의미망을 마련한 시기라고 한다면, 1950년대는 대중 서사 장르로서 명랑 장르 코드가 본격적으로 성립된 시기이고, 1960년대는 이 장르 코드에 주요한 변화가 일어난 시기로서 각각 의미를 지니므로 이러한 시대 제한은 일정한 의의가 있다고 판단된다. 이 같은 고찰은 '명랑'이라는 장르 코드가 한국문학/문화사에서 어떻게 변천해왔는지를 규명할 수 있는 하나의 근거를 제공함으로써 앞으로 명랑 서사의 역사적 운동 과정을 탐구하는 데 기여할 수 있는 기반 작업의 하나가 될 것이다.

중세의 '명랑' 개념

밝음을 가리키는 두 글자 '명'明과 '랑'朗의 조합으로 만들어진 '명랑'은 중세 문헌에도 자주 등장하는 어휘로 오랜 역사를 지닌 개념이다. 중세 문헌에서 '명랑'의 의미는 다채로운 스펙트럼을 보인다. '명랑'은 일차적으로 해와 달을 비롯한 천기의 상태를 일컫는 말이었지만, 인간의 삶을 우주적 진리의 실현 과정으로 간주하고 자연물을 인간 삶에 비유해 표현하기를 즐겼던 동양적 글쓰기의 관습은, '밝음'(明: 해와 달의 밝음)과 '밝음'(朗: 빛이 충족함)의 결합을 산천이나 사물의 상태 또는 인물의 성격을 가리키는 비유적 의미로 쉽게 전이시켰다. 〈표 2-2〉에서 보듯 '명랑'은 소리의 청아함, 색채의 맑음, 성격의 쾌활함, 용모의 아름다움 등을 가리키는 표현으로 다채롭게 활용되었다.

표 2-2 중세 시대 '명랑'의 의미와 용례[2]

의미	용례
날씨가 맑음/밝음	• 동풍이 불어 습하고 하늘이 맑은데(東風習習 天氣明朗)[3] • 구름이 걷히니 벼랑과 계곡이 밝아지고(雲翳消散 崖谷明朗)[4]
소리, 색채가 맑음/깨끗함	• 용모가 단아하고 진중했으며 말하는 소리가 맑았다 (儀容端重 語音明朗)[5] • 배산임수하고 물이 맑다(背山臨流 川澤明朗)[6]
성격, 기질이 밝음/쾌활함	• 자질이 쾌활하여 평범한 부류가 아니었고(資質明朗 不類塵凡)[7] • 오히려 군은 순수하고 아름다우며 쾌활한 자질이다(惟君粹美明朗之資)[8]
용모가 훌륭함	• 위풍이 크고 대쪽 같으며 인물이 빼어나고(衛儀太簡 人物明朗)[9] • 이 씨는 흰 수염에 상서로운 얼굴이었고 눈과 눈썹이 잘생겼다 (李也白鬚端宵 眼眉明朗)[10]
환경(자연물)이 밝음/ 시원함/아름다움	• 개울과 바위들이 아름답고 아름드리 나무가 녹음을 이루며 (川石明朗 嘉木連陰)[11] • 논밭이 기름지고 사방의 산이 넓게 트였으며 시장이 멀지 않다 (田畓膏沃 四山明朗 場市不遠)[12] • 산수가 시원한 데 이르니 폭포가 기이하고 절경이다 (而至其水石之明朗 瀑布之奇絶)[13]
추상적 긍정성의 의미	• 내가 이르기를 "문루는 명랑하던가" 하니 채제공이 아뢰기를 "명랑하였습니다" 하였다(予曰 門樓明朗乎 濟恭曰 明朗矣)[14]

2 중세의 '명랑' 용례는 고전번역원이 제공하는 고전 번역 데이터베이스의 한문 원문을 통해 확인했으며, 그 가운데서 의미 변별력이 두드러진 것들을 예시로 들었다.

3 노인, 「3월 17일」, 『금계일기』錦溪日記, 1599.

4 노진, 「유장수사기」遊長水寺記, 『옥계집』玉溪集 권5, 1632.

5 민인백, 「유상 안음영승동」遊賞 安陰迎勝洞, 『태천집』苔泉集 권5, 1874.

6 이건, 「양주성인홍군숙부서」楊州省仁興郡叔父序, 『규창유고』葵窓遺稿 권11, 1712.

7 이달충, 「고려왕사대조계종사일공정령뢰음변해홍진광제도대선사각엄존자증시각진국사비명」高麗王師大曹溪宗師一邱正令雷音辯海弘眞廣濟都大禪師覺儼尊者贈諡覺眞國師碑銘, 『제정집』霽亭集 권3, 1836.

8 박광일, 「제소은박공」祭素隱朴公, 『손재집』遜齋集 권8, 1782.

9 최덕중, 「계사정월 이십육일」癸巳正月 二十六日, 『연행록일기』, 1712.

10 최덕중, 「계사이월 초육일」癸巳二月 初六日, 위의 책.

11 임운, 「유천마록」遊天磨錄, 『첨모당선생문집』瞻慕堂先生文集 권2, 1669.

12 이규경, 「천지편/지리류 동부」天地篇/地理類 洞府, 『오주연문장전산고』五洲衍文長箋散稿, 연대 미상.

13 이희조, 「유수락산기」遊水落山記, 『지촌집』芝村集 권19, 1754.

14 『일성록』, 정조 18년 10월 19일.

다양한 의미장 가운데서도 압도적으로 주를 이룬 것은 어휘 본래의 의미에 가장 가까운 '날씨나 자연의 밝음'을 가리키는 용법이었지만, 인간의 성격/기질이나 소리/색채(명도)의 차원에서 활용된 사례 또한 결코 예외적인 것은 아니었다.[15] 이는 '명랑'이 가리키는 '밝음'의 속성이 천기와 산수 등 자연물뿐만 아니라 인간의 신체와 성격, 소리의 느낌에까지 적용될 수 있는 유연성과 탄력성을 지녔기 때문인 것으로 보인다. 이 시기 '명랑'이 의미했던 사람의 성격/기질이 다분히 시각적인 차원에서의 준수함을 가리키는 듯 보이는 것 또한 어휘의 의미 확장이 '밝음'의 본원적 성격인 시각성에 기반을 둔 비유의 확장에 의거했기 때문인 것으로 추측된다. 요컨대 이 시기 '명랑' 개념은 화창한 날씨와 자연물 및 외적·시각적으로 인지되는 사람의 밝은 성격/기질까지를 포함하는 포괄적 의미 영역을 지니고 있었으며, 이는 밝음의 자연적 비유가 사물과 사람의 특징에까지 다양하게 미칠 수 있었기 때문이라고 할 수 있다.

다양한 용례를 하나의 중심으로 끌어당기는 공통점은 '긍정성'이었다. '밝음'이 지니는 기분 좋은 '긍정성'이 해와 달의 상태를 가리키는 일차적 의미에서 소리, 색채, 인격, 용모, 산천, 환경 등 다양한 사물의 긍정적 표상으로 전유되었던 것이다. 그런 점에서 볼 때 원 의미에서 파생되는 어휘의 또렷한 긍정성과 비유 파생력은, '명랑'을 그 안에 의미를 부여하는 주체의 의지에 따라 얼마든지 다양한 방식으로 전유될 수 있는 고도의 유연성을 지닌 어휘로 성립시켰다고 할 수 있다.

---

15   예컨대 고전번역원이 제공하는 한국문집총간 데이터베이스에서 '명랑'이 인물의 성품이나 기질을 나타내는 용례는 모두 4건으로, 총 79건에 이르는 '명랑' 용례의 5퍼센트에 해당한다.

〈표 2-2〉의 마지막에 나오는 '추상적 긍정성의 의미'와 같은 불투명한 의미의 용례가 발생하는 것은 이 때문이다. 인용문에서 진주성의 문루 상태를 묻는 "문루는 명랑하던가"라는 질문은 '문루가 잘 지어졌는가'라는 의미이다. 문루의 건축 상태가 건실하고 아름다운가를 '명랑'이라는 어휘로 묻고 있는 것이다. 이 같은 추상적 긍정성과 유연한 활용 가능성은 일제강점기 이후 이 어휘가 식민 당국과 언론 및 다양한 문화 주체들 사이에서 다채롭게 굴절되며 의미장을 확장해가는 주요한 원인이 된다.

식민지적 규율과 자본의 포획

근대 계몽기 발간되었던 어휘 사전류에서 '명랑'이 최초로 발견되는 사례는 1890년 언더우드가 집필한 『한영ㅈ던』이다. "명랑ㅎ오"를 "明朗 To be clear, bright, brilliant"[16]로 풀이하고 있는 이 사전은 인물 성격의 차원까지를 포함했던 '명랑'의 중세적 의미를 비교적 충실히 번역했다고 할 수 있다. 이어서 1897년 발간된 제임스 게일의 『한영ㅈ던』 역시 "명랑ㅎ다"를 "明朗(붉을) to be bright; to be brilliant; to be luminous"[17]로 풀이했다.[18] 그러나 1900년대 이후 이중어사전들에서는 'brilliant(밝은/똑똑한)'의 의미가 사라지고 오직 밝음만이 강조되었다. 김동성의 『최신선영사전』(성농원, 1928)에서는 '명랑'을 "Serene"(고요한, 평화로운, 조용한)으로 풀이했고, 반대

---

16   언더우드, 『韓英字典한영ㅈ던』, 1890, 114쪽.
17   제임스 게일, 『한영ㅈ던』, 1897, 323쪽.
18   이 같은 풀이는 1931년에 발간된 동 저자의 개정판인 『한영대ㅈ던』에도 그대로 이어진다.

로 존스의 『영혼ᄌ뎐』(Tokyo: Japan: Kyo Bun Kwan, 1914)은 "Serene"을 "명ᄅᆼᄒᆫ, 쳥명ᄒᆫ, 평온ᄒᆫ, 평화ᄒᆫ, 평안ᄒᆫ"으로, 언더우드의 『영선ᄌᆞ뎐』(조선야소교교서회, 1925)에서는 "bright"를 "붉다, 명랑하다, 환ᄒᆞ다"로 풀이하고 있다. 이러한 풀이는 조선총독부 『조선어사전』(1939)과 문세영의 『조선어사전』(1944)에서도 반복되어, 총독부 사전에서는 '명랑'을 "명백하게 청랑한 것"으로만, 문세영 사전에서는 "환하게 밝은 것"으로만 각각 풀이한다. 오늘날 '명랑'이라는 어휘가 일차적으로 표상하는 '밝고 쾌활함'이라는 인간 성격의 차원이 사전적으로 명확하게 기록된 것은 적어도 해방 이후인 것으로 보인다.[19]

이처럼 근대 초기의 사전에서 사람의 성격을 가리키는 '명랑'의 의미가 사라진 것은 이 시기 이루어졌던 한문 숭상 풍조에 대한 비판과 공격으로 한자의 활용이 축소되었기 때문이 아닌가 싶다. 실제로 1900년대의 학회지와 1920년대 중반까지의 근대 언론 매체에서 '명랑'은 소래섭, 박숙자 등 선행 연구자들이 기왕에 지적했듯 대체로 날씨를 가리키는 말로 사용되었다. 그러나 1930년대에 이르면 용례가 확연히 늘어날뿐더러 그 의미의 영역이 다양하게 확장된다. 1930년대 '명랑'의 의미장을 압축하면 〈표 2-3〉과 같다.

---

19 필자가 조사한 범위에서 '명랑'을 쾌활함이라는 성격의 차원에서 풀이한 첫 예는 1961년 민중서림에서 발간한 이희승의 『국어대사전』이었다. 해방 전의 사전에서 쾌활함의 의미로 '명랑'을 풀이한 경우는 발견하기 어려웠다. 1961년판 이희승의 『국어대사전』은 '명랑' 항목을 1과 2로 나누어 설명하는데, 1에서는 "명사: 밝고 쾌활함"만을, 2에서는 "사람: 신라 때의 중"만을 기술하고 있어 전대의 사전 설명과 큰 차이를 보인다.

표 2-3 1930년대 '명랑'의 의미와 용례[20]

의미	용례
날씨	• 강남 갔던 제비도 축복할 3월, 춘광 명랑한 길거리(『조선일보』, 1932. 3. 5) • 천년이 지난 후엔, 천기가 명랑해진다. 폭풍은 아주 사라져 버려(『조선일보』, 1933. 2. 24) • 원조의 천기는 수정가티 명랑, 기후는 조금 칩다(『동아일보』, 1933. 1. 1) • 명랑한 달빛 아래 완연 아동의 왕국, 사四개 유치원 스마일링 대회(『동아일보』, 1934. 3. 5)
색채/소리 등	• 명랑한 빛깔 좋아하는 품이 파리는 여학생 같다(『동아일보』, 1933. 5. 30) • 따뜻한 봄볕 받으며 명랑하게 우는 새의 세계(『동아일보』, 1934. 4. 15)
성격/감정/용모 (개체적 지표)	• "명랑쾌활한 기풍과 인고지구忍苦持久의 체력을 양성 (……) 황국신민의 덕조德操를 함양시키기 힘씀을 요함"(「소학, 중학, 고녀, 사범의 개정교육령에 의한 규정 (2)」, 『동아일보』, 1938. 3. 18) • "아동성격의 명랑성은 무엇보다도 긴요한 일"(「입학과 아동의 지도 (5)」, 『동아일보』, 1939. 1. 19) • 옹진甕津에도 '뽀너스' 봉급층 명랑 일색(『동아일보』, 1938. 12. 19) • 비올 때와 화장, 선을 살리는 명랑한 화장법, 의복 빛과도 조화시켜라(『조선일보』, 1935. 6. 9) • 울화를 일소一掃, 명랑해지는 폭소대대행진의 밤(『조선일보』, 1938. 8. 19) • 명랑과 친절을 방패로 한 생활 전선의 낭자군, 여사무원(『조선일보』, 1939. 4. 13) • 레코드에 비친 시대색, 명랑한 음악으로 전환(『조선일보』, 1939. 11. 12)
환경/분위기 (사회집단적 지표)	• 불량자들을 일제 구축, 공원을 명랑화!(『조선일보』, 1936. 11. 17) • 매연방지, 공장위생 등 공장지의 명랑화(『동아일보』, 1936. 4. 1) • 어두침침한 촌 정차장 전등불로 명랑화 계획(『동아일보』, 1938. 10. 15) • 간도 치안 명랑화, 성내에 조선인 집단 부락 건설 육천일백 육십호(『조선일보』, 1937. 9. 20) • 호평의 문자보급교재 발송 개시, 불과 10일만에 50만 부수 장진! 농촌 명랑화에 뜻(「소학, 중학, 고녀, 사범의 개정교육령에 의한 규정 (2)」, 『동아일보』, 1938. 3. 18) • 밀수취체 제2선, 세관검색진 강화. 국경선의 명랑화 기도(『조선일보』, 1938. 2. 28) • 소작 쟁의 절멸에 조선에서도 호응. 총후농촌의 명랑화를 기도(『조선일보』, 1938. 8. 7) • 호곡동의 명랑화, 나환자 전부를 이송, 11월 상순경 전남 소록도에(『조선일보』, 1939. 10. 11)
기타 긍정의 기표	• 봄다운 명랑한 뉴스. 남의 결혼 성취시키려 30 청년이 동정 호소(『조선일보』, 1936. 3. 20) • 춘궁에 명랑보. 토목계의 활황 따라 노동 조절을 기도(『조선일보』, 1936. 12. 6) • 제조와 판매의 대립 양방 양보로 수涂해결 (……) 명랑화한 개성 삼蔘업계(『조선일보』, 1937. 8. 21) • 공정, 명랑한 선거 상의전 취체 방침 협의(『조선일보』, 1938. 10. 8)

1930년대의 의미장 또한 날씨, 색채/소리, 성격/감정/용모, 환경/분위기 등으로 구분될 수 있다. 그러나 기본적으로 유사한 범주에서도 구체적인 의미 내부에는 확연한 변화가 발생하는데, 이는 무엇보다 동일한 범주에서도 사회성과 내면성이라는 새로운 자장

20 용례는 모두 『조선일보』와 『동아일보』에서 추출했다. 대부분은 신문의 헤드라인에서 추출했으며, 기사 본문에서 사용된 용례는 따옴표(" ")를 붙였다.

이 깊이 관여하게 되었기 때문이다.

가장 두드러진 변화는 '환경'의 범주가 '자연'의 차원에서 '사회'의 차원으로 이동했다는 점이다. 사회적 차원으로의 이동은 자연 중심에서 인간 중심으로 이동한 근대적 사고 패러다임의 변화와도 관련되지만, 그보다 더욱 긴밀했던 원인은 일제 식민 당국의 정책에 있었다. 1930년대 신문에서 '명랑'이 가장 많이 사용된 사례는 일제의 정책을 설명하고 보도하는 기사들이었다. 1930년대 총독부는 대대적인 도시환경 개혁 정책을 펼쳐나갔는데, 이 정책을 표방하고 보도하는 관습적 슬로건의 하나가 '명랑'이었던 것이다.[21]

'명랑'을 표방하는 총독부의 정책은 배제와 증진이라는 양방향으로 진행되었다. 부랑자, 오물, 질병, 미신, 범죄처럼 근대적 생활과 도시환경을 저해하는 요소들이 '명랑성'을 감소시키는 배제의 대상이었다면, 위생 설비, 전등, 치안, 범죄 예방 및 범법자 검거, 건전 오락 등 생활환경을 근대화하고 체제 안전에 기여하는 요소들은 '명랑성'을 증진시키는 대상으로 '명랑'의 의미장을 확장했다. 즉 밝은 하늘과 맑은 물 대신 전등이 설치된 거리, 범죄가 없는 도시, 위생 설비를 갖춘 공장, 부랑자가 없는 공원이 '명랑'을 상징하는 시각적 표상으로 자리 잡게 된 것이다. 이처럼 식민 당국의 환경 정화 정책에 동원되면서 '명랑'은 체제에 부합하는 모든 정책과 변화에 '긍정'의 의미를 부여하는 체제 선전의 표어이자 정책 동원 표지로 작동하기 시작했다.

주목되는 것은 이 같은 정책 기호로서의 '명랑'이 인간의 성격/감정의 표상에도 그대로 적용되었다는 점이다. "반도청년지도에 관

---

21 '명랑'이 총동원 체제를 위한 도시 개조와 인간 개조를 함께 의도했던 총독부의 정책 기호였음은 소래섭과 박숙자의 선행 연구에서도 논의된 바 있다.

해서 일언일행치일一言一行致一의 명랑한 인격을 양성할 것"[22]이라는 미나미 총독의 방침에서 명시되었듯, 총독부가 표방하는 '명랑화' 정책은 조선 민족의 성격 개조를 주요한 일부로 포함했다. 미나미 총독이 말한 '언행일치'란 일본어 사용을 지칭하는 것으로[23], 여기서 '명랑한 인격'이란 곧 체제를 긍정하고 그에 순응할 뿐만 아니라 체제의 요구를 실현하는 데 적극적으로 앞장서는 능동성을 신체와 정신에 각인한 인간형을 말한다. 즉 국가가 제시하는 체제의 이상 가운데 미래의 희망을 견지하고 그에 협력함으로써 기쁨을 발견하는 인간형에 대한 요구가 '명랑한 인격'이라는 관념을 구축하고 개념의 의미장을 조정하게 된 것이다.

'명랑'의 상대어가 '퇴폐, 음울, 애조' 같은 비정치적 또는 반정치적 정서[24]로 조정된 것도 이 때문이다. "명랑쾌활한 기풍과 인고 지구의 체력" 양성이 "황국신민의 덕조를 함양"(258쪽 〈표 2-3〉)하기 위한 관건이 될 때, 어둡고 센티멘털한 감성은 국민 정서를 오염시키는 공공의 적이었다. 그리하여 "아동성격의 명랑성은 무엇보다도 긴요한 일"(〈표 2-3〉)이라는 총독부의 정책 기조에서 '명랑'은 체제 순응에 대한 제국의 요구를 인간의 정신과 내면적 감정의 차원에까지 각인하고자 했던 국가주의적 규율 담론의 일부이자 감정 정치의 수단으로서 식민지 중·후반 조선의 담론 지형에 주요한 일부로 부상하게 된다.

그러나 감정과 성격의 차원에서 '명랑'의 의미장을 확장해간 주체가 오직 총독부에만 제한된 것은 아니었다. 이 시기 '명랑'의 의

---

22 「남총독南總督이 윤치호 옹에게 송한 서」, 『삼천리』 10권 12호, 1938. 12, 14~15쪽.

23 소래섭, 앞의 책, 80쪽.

24 박숙자, 앞의 글, 227쪽.

미를 주도해간 또 하나의 주체는 인간의 감정도 문화 상품의 하나로 환치해버리는 자본주의 시장이었다.[25] "명랑과 친절을 방패로 한 생활 전선의 낭자군, 여사무원"(〈표 2–3〉), "현대 가두에 나선 직업여성이 제일 먼저 가져야 하는 재산이 바로 명랑 그것"(「여성 직장의 초년병 5: 여사무원」,『조선일보』, 1939. 4. 13) 등의 용례에서 보듯, '명랑'은 대면 경제활동의 종사자들이 갖추어야 할 필수적 자질로도 제기되었다. 도시 문화 시장의 성장과 서비스업의 활성화가 인간의 감정을 노동의 일부이자 상품 그 자체로 환치한 것이다.

상품화된 감정 노동의 표상으로 '명랑'이 강조되는 한편에서는, 문학, 연극, 음악, 영화 등 문화 예술 영역이 대중화되면서 쾌락과 즐거움이 문화 상품의 일부로 급성장하고, '명랑'이 그러한 상품을 포장하는 선전술로 등장하기도 했다. "울화를 일소一掃, 명랑해지는 폭소대대행진의 밤", "레코드에 비친 시대색, 명랑한 음악으로 전환", "비올 때와 화장, 선을 살리는 명랑한 화장법"(〈표 2–3〉) 등등 1930년대 신문 기사에서 '명랑'으로 포장한 문화 상품의 선전 문구를 발견하는 일은 그리 어렵지 않다. 바야흐로 '명랑'은 대면 판매의 필수품인 감정 노동의 일부이자 상품의 하나로서 대중적 자본주의 시장경제가 창출해낸 인위적 감정의 일환으로 재의미화된다.

1930년대 본격화된 '유모어 소설' 장르가 식민지 말기에 '명랑소설'로 개명되기 시작한 것은 자본주의 시장의 상품 판매 전략이 총독부의 국가주의적 규율 담론과 접속한 것과 무관하지 않다. 1930년대 등장한 '유모어 소설'이라는 명칭은 1939년부터 '명랑소설'과 혼용되기 시작하는데, '명랑소설' 타이틀을 단 소설들은 이전의

25 '명랑'이 표상했던 자본주의적 감정 노동의 성격은 소래섭의 앞의 책에서 먼저 지적되었다.

'쾌적', '명랑'을 강조하는 초콜릿 광고(『동아일보』, 1931. 9. 9).

'명랑 화장'을 표방한 화장품 광고(『여성』, 1937. 5).

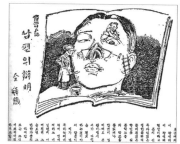

『별건곤』(1934. 4)에 발표된 '유모어 소설' 「키쓰내기 화투」와
『여성』(1937. 7)에 발표된 '유모어 소설' 「남편의 변명」의 삽화.
유모어 소설은 명랑소설의 전신에 해당한다.

'유모어 소설'들에 비해 체제 순응적 성향이 더욱 강해진다.[26] 그러
나 식민지 말기에 등장한 '명랑소설'은 실제 작품 창작이 활발하지
못했던 만큼 그 장르 응집력이 아직 불투명한 상태에 머물러 있었
으며, 그 의미 구조 역시 곧 이은 해방과 더불어 더 이상 동일한 방
향으로 작동하지 않게 된다.[27] '명랑'이 좀 더 명확히 장르 코드로 대
중사회에 뿌리내리기 시작한 것은 자본과 파시즘이라는 두 주체가
접속했던 식민지 말기가 아니라, 해방 후 급격히 몰려든 서구식 자
유주의의 문화적 풍토에서였다.

해방 후의 '명랑'과 신사회 건설의 활력

일제강점기에 활성화되었던 '명랑'의 용법은 해방 후 한국 사회에

26 1941년『신시대』에 발표된 명랑소설「갓스물」과「연애금령」은 체제가 요구하는 밝고
   건전하며 순응적인 인물상을 주인공으로 제시하고 있다.
27 '유모어 소설'과 '명랑소설'의 명칭 혼용과 장르 코드 이동에 관해서는 졸고,「일제강
   점기 유모어 소설의 현실인식과 시대적 의미」,『우리문학연구』, 2014. 10 참조.

5. '명랑', 규율과 통속이 만나는 지대

상당 부분 계승된다. 1945년부터 1950년까지 해방기 신문과 잡지에서 '명랑'은 근대 문화 건설을 촉진하는 개혁과 개선의 표상으로 신문의 헤드라인을 장식하는 주요한 기표였다. 그러나 파시즘적 전시 동원 체제에서 벗어나 해방을 맞은 자유주의의 물결 위에서 '명랑'은 더 이상 국가주의적 규율 담론에 기반을 둔 체제 선전 담론에 예속되지만은 않았다. '명랑'이 그 안에 함유한 '긍정성'에 의미를 부여하는 언술 주체에 의해 끊임없이 새롭게 내포를 구성할 수 있는 유연한 개념이라고 할 때, 해방기 한국 사회에서 '명랑' 담론에 주도적 의미를 부여한 주체는 총독부 같은 강력한 권력 장치가 아니라 상대적으로 자유롭게 산포된 (비)제도 권력과 지식 대중이었다. 새로운 사회 건설의 의욕 속에서 '명랑'은 새 사회 건설의 기대와 소망이 수렴된 기표로 작동했다.

"민족반역자의 엄정한 처단 업시는 명랑한 건전한 건설이 잇슬 수 업다"[28], "지리멸렬한 생활을 안정케 하며 심신의 명랑을 엇고저 하는 문제의 근본해결은 (……) 민족적 통일에 잇고 또 자주적 정부의 수립으로 전면적 정책의 확립이 필요하다"[29] 등의 구호에서처럼 친일파 처단과 자주 정부 수립 등의 역사적 과제가 '명랑'한 미래의 첩경으로 논의되었고, 법제 개혁, 경찰 개혁, 교통질서 개혁, 형벌 개혁, 위생성 강화, 미신 타파 등 각종의 사회문제들이 '명랑성'을 강화하는 당면 과제로 주창되었다.

이러한 경향은 1950년대에도 지속되었다. 1950년대 신문에서 '명랑'을 언급하는 기사들은 신사회 건설에 대한 의욕으로 충만했다. 선거 참여, 수도 재건, 개헌, 관리 제도 개혁, 민주사회 건설 등

28 「민족적강기숙청」, 『동아일보』, 1945. 12. 9.
29 「생산에 힘쓰자」, 『동아일보』, 1946. 2. 11.

각종 개혁과 건설의 요망들이 '명랑 사회', '명랑 정치'의 이름으로 주창되었으며, "우리에게 신의를 다고, 안정감과 명랑을 다고, 어떻게 하면 먹을 수 있고 살 수 있고 생을 즐길 수 있는가를 가리켜 다고"[30]라는 국민의 요청이 '명랑'의 함의를 주도하는 구심점을 형성했다.

규율을 강조하는 국가뿐 아니라 국민이 '명랑성'의 함의를 주도하는 주체가 된 것은 경찰이나 관료 같은 제도 권력의 개혁이 '명랑' 사회의 필요조건으로 강조되었던 데서도 알 수 있다. 해방 후 신문에서 '명랑'이 경찰 및 관료 개혁과 결합한 예를 찾는 것은 그리 어렵지 않다. 「공무원 생활을 명랑케 하라」(『조선일보』, 1953. 12. 20), 「국민은 명랑한 정치를 고대」(『조선일보』, 1956. 8. 22), 「국민의 심중을 명랑케 하라」(『조선일보』, 1957. 1. 25) 등 정치 개혁에 대한 국민의 요구를 '명랑'의 이름으로 표방한 기사들을 비롯하여, 「경찰 민중화 요망」(『동아일보』, 1946. 11. 3), 「악질 경관을 감시」(『동아일보』, 1947. 1. 1), 「악형은 비민주주의다」(『동아일보』, 1946. 3. 13), 「(……) 명랑해질 검찰청」(『경향신문』, 1948. 12. 7) 등 권위적 경찰과 검찰 행정에 대한 비판이 '명랑성 회복'과 '인권 옹호'의 이름으로 주창되는 기사가 빈번히 등장했다.

"의혹과 암운暗雲이 일소되어 진실로 명랑하고 투명한 정치가"[31] 필요하다는 요구, "국민의 명랑한 생활을 유지하는데, 사회정의의('에'의 오기 ― 인용자) 입각한 경제질서의 실현"[32]이 이루어져야 한다는 주장에서 '명랑'은 바야흐로 근대적이고 자주적인 민주사회에

30 「불안과 절망을 일소하라」, 『동아일보』, 1950. 3. 22.
31 「암운을 일소하라」, 『동아일보』, 1952. 11. 11.
32 「신민주주의 제창함(十)」, 『동아일보』, 1954. 12. 27.

대한 소망을 표상하는 어휘로 변모했다. "명랑정치란 국민의 절대적 요청"[33]이라는 사고야말로 사회집단적 지표의 차원에서 이 시기 '명랑'의 의미장을 주도하는 중심축이었다.

이 같은 담론의 활기는 해방과 6·25를 즈음하여 급속히 밀려든 미국식 민주주의 의식과도 관련이 있었다. '민주 시민'이라는 기치 아래 국가의 대표를 자신들이 직접 선출한다는 자신감과 개성 및 자율성을 강조하는 신新문화가 새로운 공동체 건설과 근대화의 의욕에 활기를 주었던 것이다. 사실 전후戰後 한국 사회는 강력한 반공 이데올로기에 의해 정치적 이념 논의가 경색되어 있었지만, 반공을 제외한 자장 내에서는 오히려 다양한 담론이 활발히 제기되는 담론의 과잉 현상이 나타난 시기이기도 했다. '명랑 선거', '명랑 정치'에 대한 요구가 활발해질 수 있었던 것은 이처럼 변화한 문화적 여건에 부응한 기대감의 결과였다.

청결, 위생, 질서, 참여 같은 명랑 사회에 대한 다양한 요구들은 생활과 문화의 개선을 희구하는 대중의 열망이 정권의 정책과 맞아떨어지는 근대국가 건설의 공통 과제이기도 했다. 실제로 1957년 서울 시장 허정은 '명랑한 도시 만들기'를 시정 목표로 제시하여 청소 철저, 인분 즉시 제거, 보도 수리, 수도 급수 사정 개선, 전등 시설, 사유재산 관리를 방침으로 표방한 바 있으며[34], 경성방송국을 계승한 국영 라디오방송사 서울중앙방송(HLKA)은 1955년 '국민명랑화 운동'을 표방하고 그 첫 시도로 〈노래 자랑〉 프로그램을 신설했다. '명랑 사회 건설'은 정권과 공영방송의 정책 기표이기도 했던

---

33 「정책대결에 치중하라」, 『동아일보』, 1955. 1. 3; 「공정 명랑한 정치로: 선공후사에 철하라」, 『조선일보』, 1952. 8. 25.
34 「명랑한 서울 만들 터: 허 시장 첫 기자회견담」, 『경향신문』, 1957. 12. 18.

것이다. 이 시기 정권과 방송이 표방하는 정책 기호로서의 '명랑'은 총독부의 그것과 같은 군국주의적 규율의 색채보다는 생존을 위한 자립적 체제 건설과 근대화의 의지에 말미암은 데 가까웠다. 정권의 언설이 전후戰後 피폐한 도시를 살아가야 했던 대중의 자발적인 생존 요구에서 비롯된 언설과 맞아떨어지면서 일종의 공통 감각을 형성했던 것이다. 다음의 인용은 정권이 요구했던 '명랑'과 민간이 주창했던 '명랑'의 근사점이 어디에 있었는지를 뚜렷이 드러내준다.

(1) 새해부터는 정녕 '웃음'을 가져야겠다. 구김살 없는 '웃음'과 '명랑'을 우리는 몸에 생리生理처럼 지녀야겠다. 뜻대로 이루어지지 않는 이 일 저 일로 해서 항상 찡그리고만 있던 양미간을 펴고 오그라졌던 어깨를 활짝 펴야만 하겠다. 병신년으로 우리는 벌써 해방 십이 년째를 맞이한다. 해방 전이야 두말할 나위도 없이 자학과 울분 속에서 살아 왔지만 해방 후에도 역시 그다지 넉넉한 살림을 못 차려온 겨레들이었다. 우리의 국가가 아직 나이 어린 탓도 있으려니와 그보다는 먼저 북녘 붉은 오랑캐들이 끊임없는 침략 행위를 감행하여 온 탓인 것이었다. / 그러나 모든 면이 아직 완비되지 못한 사회에서 겨레는 그래도 굳건하게 살아 왔다. 살림에 쪼들리고 마음의 여유를 가지지 못하면서도 겨레는 '나라 위한 마음' 일편단심으로 건설하고 복구하며 오늘의 자랑을 이룩하였던 것이다. (……) 손쉽게 남의 처지를 이해하며 남을 돕고 서로 협력함으로써 '명랑하고 웃음에 찬 사회'에의 길은 시작될 것이다. 이리하여 하루하루 남을 돕고 남을 이해하는 사람이 늘어간다면 우리들은 더 순수하고 아름다운 인간면을 발견하게 될 것이요 저절로 웃음을 몸에 지니게 될 것이다. 마침 올해에는 여러 가지 역사役事가

기다리고 있다. 정·부통령 선거를 위시하여 지방의원 선거 등이 그것이다. 우리는 이 모든 거창한 사업을 사심私心없는 명랑한 웃음 속에서 완수해야만 하겠다. 그리함으로써 자유와 정의에 입각한 통일에의 굳건한 토대도 더욱 공고히 닦아질 것이다.[35]

(2) 흔히들 우리 민족성을 애수적이라고 자평한다. 또 그것이 사실 이기도 하다. 허지만 옛날부터 그런 것은 아니었다. 이조에 접어들 면서부터 중국놈 억지, 아라사(쏘련)놈 성화, 왜놈 등쌀에 수미愁 眉를 펼 날이 없었으니 아무리 명랑한 민족이기로서니 어찌 애수 적이 되지 않고 배겼겠는가. 하물며 6·25동란을 치러 넘긴 오늘에 있어서랴. / 오늘날 우리 민족에게 절대적으로 필요한 것은 웃음이 다. 명랑성이다. 괴로운 살림에서도 웃음을 찾으려는 노력, 내지 수 련이 급히 요청된다.[36]

1956년 당시 내무부 장관이었던 김형근이 『경향신문』에 실었 던 칼럼 (1)과 1955년 발간된 최초의 옴니버스 명랑소설집 『명랑소 설 7인집』의 「후기」 (2)는 공통적으로 당대 사회의 긴급한 필요조건 으로 웃음과 명랑을 강조한다. 두 글이 명랑의 필요를 강조하는 공 통의 이유는 생존에 있었다. 오랜 역사적 수난과 전쟁, 뒤처진 근대 화와 이데올로기 싸움이 겨레를 고통에 빠뜨려왔고, 그러한 고통과 울분, 애수에서 벗어나려면 '명랑'하려는 노력과 수련이 필요하다는 것이 이들의 공통된 생각이다. 전후의 폐허와 우울을 극복하기 위 한 생존 욕구, 근대화의 의지야말로 당대 사회에서 '명랑'이 지녔던

---

35 김형근, 「명랑한 사회를」, 『경향신문』, 1956. 1. 11.
36 「후기」, 『명랑소설 7인집』, 창신문화사, 1955, 241쪽.

함의의 근저를 이루고 있었다.

　이러한 맥락에서 볼 때, 1950년대 근대국가 건설의 의지를 반영했던 '명랑'은 권력 장악에 대한 자유당 정권의 의도와 부분적으로 접속하면서도 근대적 삶과 문화에 대한 대중의 기대가 그 안에서 비교적 활발하게 움직일 수 있었던, 희망과 활력, 의지를 함께 담은 기표였다. 따라서 1950년대의 '명랑' 개념은, '배제'라는 부정적 조형술에 중심을 두고 위에서 아래로의 강압적인 국가주의적 규율 담론을 형성하며 국가에 의해 그 의미장이 주도되었던 일제강점기의 '명랑'과 일정한 차이를 빚는다. 1950년대 '명랑'은 권력이 요구하는 전체주의 이데올로기와 어느 정도 맞닿아 있으면서도 대중의 능동적 상상력이 작동하고 투사되는 언표였던 것이다. '명랑'은 이제 배제와 억압의 부정적 조형술 이상으로 새로운 국가와 사회에 대한 대중의 기대가 활성화되는 긍정적 조형술의 의미를 함께 내포하는 언표로 변모했다.

　정치사회적 지표로서의 '명랑'이 지녔던 긍정적 '활력'을 한층 더 강화한 것은 이 시기 본격적으로 활성화된 대중문화 상품들이었다. 1950년대는 식민지 시기 제한된 지식 계층의 전유물이었던 대중문화가 일반화·보편화되면서 문화의 주류로 부상했던 시기였다.

　대중문화 산업이 '명랑'을 일종의 상품으로 활용한 것은 일제강점기부터 시작된 일이지만 1950년대에 '명랑'의 상품화는 더욱 진전되고 있었다. '명랑'이 지닌 고도의 긍정성은 위생과 신체의 쾌적함이라는 의미를 유지·지속하면서 신체 및 위생 관련 상품을 선전하는 데 이바지했다. "일일 일정 명랑한 가정"[37], "머리가 명랑해지려면 두통약"[38] 등 '명랑'을 표방한 약 광고는 1950년대 신문 광고의

37　『동아일보』 광고, 1956. 9. 1.

단골 소재였다. 또 파시즘적 전시 체제를 위해 동원되었던 감성 정치의 의미장은 정치적 색채가 제거된 채 대중문화에 그대로 남아, 세계에 대한 유쾌한 포용에서 자발적 긍정의 힘을 얻는 상품 가치의 의미로 확장되어갔다. 〈오늘도 명랑하게〉, 〈명랑 무대 쑈〉, 〈명랑호화선〉 같은 라디오와 텔레비전 방송 프로그램이 장수하고, 〈명랑복덕방〉 같은 가요가 등장하는가 하면, 취미 오락을 표방하는 대중잡지 『명랑』이 창간되어 높은 판매고를 자랑하기도 했던 것은 이러한 맥락에서였다.

대중 서사 장르의 하나로서 명랑 장르가 일정한 서사 관습을 구축하여 독립된 장르로 본격 성립한 것도 이 시기였다. 명랑을 일종의 장르 코드로 환치하는 데 주도적 역할을 한 것은 명랑소설이었다. 1950년대에 본격적으로 장르 명칭을 확립하고 활발히 창작된 '명랑소설'[39]은 경쾌한 웃음을 유발하는 서사 장르로서 라디오 드라마, 코미디 영화, 우스개 만화 등과 활발히 교섭하면서 '명랑'이라는 기표를 장르 코드의 하나로 환치해갔다. '명랑'이 서로 다른 매체를 오가는 공통의 장르 코드로 마련될 수 있었던 것은 명랑소설 작가들이 라디오방송 작가를 겸하거나, 명랑소설이 코미디 방송극으로 바뀌거나 시나리오로 각색되어 영화화되는 일이 흔했기 때문이다.[40] 유사한 작가군이 소설, 라디오방송, 영화를 오가며 활동하면

38　『동아일보』광고, 1954. 11. 10.

39　필자가 조사한 바에 따르면, 현재까지 확인 가능한 1950년대 잡지 『명랑』 24권에 실린 소설 전체의 약 16퍼센트가 '명랑소설'이라는 타이틀을 달고 발표되었다.

40　1950년대 명랑소설 작가 조흔파, 유호, 박흥민, 최요안 등은 라디오방송 작가를 겸하고 있었으며, 자신이 창작한 명랑소설을 곧잘 방송 대본으로 바꾸었다고 한다(문선영, 「라디오 코미디 방송극의 형성과 변천」, 『어문논집』 51, 2012, 299~324쪽). 또 명랑소설은 시나리오로 각색되어 자주 영화화되기도 했는데, 1958년 잡지 『명랑』에 연재되었던 조흔파의 『골목안 사람들』이 〈서울의 지붕밑〉(1961)으로 영화화된 것이

통속오락잡지 『명랑』의 창간을 알리는 광고(『동아일보』, 1956. 1. 10).
새로운 도시 문화에 대한 기대와 활력이 '명랑'이라는 어휘에 압축되어 있다.

두뇌의 특정한 상태를 '명랑'으로 표현하고 있는 약 광고(『동아일보』, 1959. 2. 19).

5. '명랑', 규율과 통속이 만나는 지대

서 '유모어'와 웃음을 위주로 하는 장르로 '명랑'이라는 서사 관습을 형성해간 것이다.

『아리랑』, 『명랑』, 『희망』 등의 대중잡지와 『학원』 등의 소년 잡지를 중심으로 1950년대 중반부터 본격적 붐을 일으켰던 명랑소설은 도시인의 일상을 배경으로 가정과 학교에서 일어나는 생활의 경쾌한 에피소드를 담은 장르였다. 명랑소설의 장르 응집력을 마련한 것은 언어 유희, '유모어', 전복의 구조에서 발생하는 의외성을 통해 웃음과 즐거움을 주는 서사 관습이었다. 1950년대 명랑소설이 즐겨 그렸던 것은 어른들의 의표를 찌르는 악동들의 경쾌한 장난, 청춘 남녀의 기발한 연애 성공담, 도시 중산층 가정의 생활 잡사 등이었다. 공식 문화의 압력에서 상대적으로 자유로웠던 당대 사회 분위기에서, 질박하고 때로는 비속하기조차 한 인간사의 면면들을 가벼운 해프닝과 웃음으로 처리함으로써 명랑소설은 우울한 전후의 현실을 견디게 하는 휴식의 정서를 제공했다. 명랑소설의 소재에는 당시의 가난과 취업난, 성 역할 고정관념, 세대 갈등, 빈부 격차, 도농 격차 등 당대 삶의 현장에서 제기되는 다종한 문제와 갈등들이 숨어 있었지만, '명랑' 서사는 이러한 문제나 갈등에 정면으로 맞서기보다는 가벼운 웃음거리로 웃어넘기는 장르 관습을 형성함으로써 재래의 도덕성은 물론 일상의 속되고 남루한 욕망과 행동까지 폭넓게 포용하는 관대함을 드러냈다.[41]

그 대표적 예이다.

41 명랑소설은 남성의 외도 같은 속된 욕망의 실천을 벌주기보다 가벼운 웃음으로 포용하는 경향이 짙다. 천세욱의 장편 『내일이면 웃으리』(『명랑』, 1959), 유호의 장편 『나는 미쓰예요』(『아리랑』, 1960)를 비롯하여, 「문어진 정조성」(박홍민, 『아리랑』, 1955. 5), 「전화도깨비」(김일소, 『명랑』, 1959. 5), 『탈선사장』(조흔파, 『아리랑』, 1955. 6), 「무명가수 후원기」(천세욱, 『명랑』, 1958. 8) 등이 대표적 예에 해당한다.

2부. 개념사로 읽는 근대의 일상과 문학

명랑소설의 성격은 당대 코미디 영화에서도 유사하게 나타났던 것으로 보인다. 오영숙에 따르면, 코미디 영화는 1950년대 후반 크게 붐을 일으키고 1960년대 다시 현저하게 위축된 장르였다.[42] 신구 세대, 동·서양, 빈부 갈등 등의 다양한 사회 갈등을 과장되면서도 해학적으로 완곡하고 가볍게 건드렸던 코미디 영화는, 최종적이고 전체적인 결론을 향한 내러티브의 전진적 움직임 없이 개개의 인물과 사건들을 몽타주처럼 엮어내면서, 성, 세대, 지역, 계층, 제도에 따라 달라지는 인물들의 다양한 목소리를 전했다. 인간 사회 내부의 차이에 대해 열린 감각과 공식적 담론에 대립하는 다양한 목소리를 수용했던 이 시기 코미디 영화의 속성은, 변화하는 사회 여건에서 일어나는 다양한 일상의 해프닝을 갈등 없이 포용하며 웃음과 해학으로 그려냈던 1950년대 명랑소설의 속성과 상통한다. 명랑소설과 코미디 영화는 사회적 변화를 받아들이고 그에 적응하는 동시에 평범한 생활인의 일상과 욕망까지도 포용할 수 있는 낙관적이고 긍정적인 미래상을 추구함으로써 공통의 장르 코드를 마련하고 있었다.

대중 서사에서 마련된 '명랑'의 감각은, 이 시기 사회·정치적 맥락에서 강조되었던 어휘 '명랑'이 대중의 능동적 상상력이 상대적으로 활발히 작동하는 기표였다는 사실과 무관하지 않다. 신사회 건설의 활기 속에서 긍정적 미래상을 담아내는 데 활용되었던 '명랑'의 의미장이, 일상의 다양한 목소리를 웃음과 화해로 포용하고 조화로운 공존을 꿈꾸며 새로운 패러다임을 모색하는 서사 코드로서 '명랑' 장르가 구성되는 사회적 저변을 구성했던 것이다. 역으

---

42 오영숙, 「코미디 영화의 세 가지 존재 방식 — 1950년대 코미디 영화를 중심으로」, 『영화연구』 26, 2005, 235~262쪽.

로 '명랑'이라는 장르 코드의 성립과 유행은 유쾌한 웃음과 화해, 포용이라는 긍정적 함의를 '명랑'의 의미장에 적극적으로 이입하기도 했다.

'명랑'은 전후의 우울을 극복하고 민주주의에 입각한 근대 사회 건설의 소망과 그로부터 빚어지는 다양한 욕망을 웃음과 밝음의 감각에 수렴시키는 유력한 언표로서, 그 의미장의 중심은 이동하고 있었다. 그러나 그것이 규율 기표로서의 의미장을 소멸시킨 것은 아니었다. 지식 대중이 주창한 '명랑' 사회가 정권이 표방한 '명랑' 사회와 별다른 갈등 없이 접속할 수 있었던 데서 알 수 있듯, 식민지 시기부터 '명랑'의 기표가 함축했던 국가주의적 이데올로기는 비록 표면적으로 강조되지는 않았지만 여전히 은폐된 채 작동하고 있었으며, 1960년대에 찾아올 변화를 예비하고 있었다.

국가주의의 귀환과 '명랑'의 혼종성

상대적으로 자유로웠던 1950년대의 활력은 자유당 정권이 장기 집권의 욕망을 노골적으로 드러냈던 1950년대 후반부터 서서히 경직되기 시작하여 5 · 16 쿠데타 이후 현격한 변화를 일으킨다. 이는 무엇보다도 군사정권의 강력한 국가주의 정책에 그 원인이 있었다. 쿠데타로 집권한 군사정권은 권력의 안정화를 위해 '외부로부터의 침략'만이 아니라 '내부로부터의 위협'을 경계하는 내치의 문제에 보다 깊은 관심을 가졌다. '대내적 안전'이라는 새로운 시각을 통해 '내치'를 '통치의 영역으로서 발견'하고 향후 정권의 중요한 과제로 설정한 것이다.[43] '대내적 안전 확보'라는 새로운 정책의 기조는 일제강점기와 유사한 새로운 형태의 국가주의적 규율 담론을 마련했다. 1960년대 '명랑'이 다시 정권 주도적 규율 체제와 강력하게 접속한 것은 이 때문이다.

1961년 쿠데타를 정당화하고 지지 세력을 모으기 위해 군사정권은 국가재건최고회의 산하 기구로 재건국민운동본부를 설립한다. 재건국민운동본부는 국민 복지를 이룩하고 국민의 도의와 재건 의식을 고양한다는 명분 아래, 관 주도의 하향식 조직 방식으로 전국적 조직망을 갖춘 국민 운동을 전개했는데, 이 운동의 주요 슬로건의 하나가 "명랑생활운동"[44]이었다. 강연, 영화 상영, 생활개선 활동, 농촌계몽 활동 등으로 전개되었던 이 운동은 내핍 생활 실천, 근면 정신 고취, 생산 및 건설 의욕 증진, 국민 도의 양양, 정서 관념 순화, 국민 체위 향상 등의 7개 항을 내걸고, 강요된 자발적(?) 참여로 조직을 확장하며 "시민명랑화 운동이나 한글전용 운동"[45] 등을 병행했다. 이후 '치안 확보'와 '명랑 사회'라는 어휘는 종종 쌍을 이루었고[46], 날치기, 깡패, 잡상인 퇴치, 보행 규칙 위반 단속, 납세의무 이행 등이 '명랑 사회'의 필요조건으로 신문의 헤드라인을 장식했다.[47] 여기서 강조된 깡패 퇴치, 보행 규칙 위반 단속, 치안 확보는

43　임유경, 「불온과 통치성 ― '불온'의 개념사적 고찰을 위한 시론」, 한림대학교 한림과학원 제65회 개념소통포럼 발표 자료, 2014. 7. 10, 4쪽.

44　「명랑한 생활 운동 전개」, 『동아일보』, 1961. 7. 19.

45　「재건국민운동 정당화政黨化 될 수 없다」, 『조선일보』, 1961. 9. 15.

46　1962년의 일례로 다음과 같은 기사들을 들 수 있다. 「치안확보로 명랑사회를」, 『동아일보』, 1962. 2. 8; 「명랑한 사회 이룩」, 『경향신문』, 1962. 2. 8; 「63년기본정책발표 최고회의」, 『경향신문』, 1962. 3. 20; 「혁명 1년의 시정비판 (6)」, 『경향신문』, 1962. 5. 12.

47　다음의 사례가 그에 해당한다. 「악의 뿌리 뽑고 명랑사회를: 주먹의 행패엄단: 날치기 등 경우 따라 강도로 취급」, 『조선일보』, 1961. 1. 10; 「일제 단속 후의 열차 퍽 명랑해져 깡패 잡상인 자취 감춰」, 『동아일보』, 1961. 4. 21; 「명랑한 '보행훈련'의 아침.

정치 집회 및 반정부 행동에 대한 제재의 일부이기도 했다.

1964년 재건국민운동본부가 일차 해체된 이후에는 재건국민운동중앙회 등 단체의 발기로 '명랑한 시민 생활위'가 설립되었다. '명랑한 시민 생활위'는 그동안 서울시 경찰국이 벌여왔던 관 주도적 제악일소운동을 민간 운동으로 바꾸기 위해 설립된 단체였다. 생활 주변의 미화, 봉사와 협동의 생활화, 법률 준수 등을 비롯한 8개 항을 행동 강령으로 채택한 이 단체는 당면 활동 지침으로 침 뱉지 않기, 거리에 소변과 담배꽁초, 휴지를 버리지 말 것, 좌측통행, 거리 청소, 건널목 건너기, 한 줄 서기 등을 제시하고 계몽했다.[48] 사실상 국가가 주도했던 시민 운동은 근대적 생활의 규범을 당면 활동 과제로 제시하고, 일상의 차원에서 위생과 보건, 질서와 안전을 강조함으로써 국민이 국가주의를 체화하고 '명랑 사회'의 감각을 신체와 정서에 각인하도록 요구하는 규율 장치의 일부였다.

'내부로부터의 위협'에 대한 정권의 경계는 사고와 정서의 차원에서도 진행되었다. 1966년 박정희 대통령은 연두교서에서 "조국의 근대화를 이룩하고 통일의 성업을 이룩하기 위한 우리의 활로는 새로운 인간관계의 '믿음의 사회', '명랑한 사회'의 건설에서 찾아야 할 것"[49]이라고 강조했다. '새로운 인간관계'와 '믿음', '명랑'이라는 언표 아래 이 교서가 요구하는 것은 국가 정책에 이의 없이 협조하는 체제 순응적 태도였다. 이를 통해 '명랑'이 내포하는 정서는 다시 적

'러쉬아워'에도 질서 정연히」,『조선일보』, 1961. 5. 30;「보행규칙위반 단속 첫날 표정 ― 명랑해진 거리」,『조선일보』, 1961. 8. 10;「(4) 사회 ― 큰 전환 (……) 생활혁명 초래, 깡패 자취 감추고 사회 명랑화」,『조선일보』, 1961. 12. 28.

48 「명랑한 시민 생활위 발기」,『조선일보』, 1967. 2. 15;「명랑한 시민생활 전개위원회 구성」,『동아일보』, 1967. 2. 15;「시민생활전개대회: 5개항목의 생활신조 선포」,『동아일보』, 1967. 4. 3.

49 「연두교서의 역점」,『조선일보』, 1966. 1. 19.

극적·능동적으로 정권에 찬동하
고 참여하는 협력적 태도와 성격
의 의미로 전유된다. '명랑'의 의미
장에 다시 국가주의적 규율 담론
이 활성화되고, 법률 준수와 국가
건설 동원이라는 외형적 조형술뿐
만 아니라 신념과 정서의 차원에
서까지 체제의 이념을 각인하고자
하는 내면적 조형술이 강화된 것
이다.

명랑 사회 건설의 아이디어를 공모하고
있는 신문 광고(『동아일보』, 1968. 2.
29).

그리하여 해방기부터 1950년
대까지 활성화되었던 대중 주도적
'명랑'의 의미장은 1960년대에 이르러 다시 정권 주도적 규율 담론
으로 그 중심을 이동한다. 물론 "민의의 발현 억압"을 "명랑한 정치
분위기 저상"의 요인으로 지적하는 목소리 또한 없지 않았고[50], "사
회 명랑화를 위한 부정부패 추방 캠페인"(『조선일보』, 1966. 4. 5~7. 7)
같은 시리즈 기사가 등장하는 등 '명랑 사회'의 이름으로 제도와 관
료의 문제점을 지적하려는 움직임도 없지 않았지만, 국가 정책성
규율 담론의 경계를 위반하고 균열을 일으키는 주도성을 지니기는
어려웠다.

정치적 슬로건으로 활용된 '명랑'의 기표에 드리워진 경색된
사회 분위기는 대중문화 차원의 '명랑' 용법에도 영향을 미쳤다. 자
유당 정권 말엽인 1958년경부터 대부분의 방송사들이 '국민 생활
의 명랑화 추구' 등을 편성 방침으로 표방하여 프로그램을 조정하

50 「민의民意 발현 억압」,『동아일보』, 1963. 3. 1.

기 시작했으며, 이로 인해 인기 프로 〈인생역마차〉가 생활의 어두운 측면을 과장해 반복한다는 이유로 폐지되는 등의 해프닝이 발생한다.[51] '명랑, 건전'의 이름으로 방송에 대한 규제가 시작된 것이다. 군사정권이 들어선 1960년대에는 본격적인 언론 제재 체제가 마련되었다. 1961년 신문윤리위원회, 1962년 방송윤리위원회, 1965년 잡지윤리위원회 등 각종 윤리위원회가 설립되어 방송과 언론을 심의하기 시작했다. 언론과 방송을 규제하는 기구의 마련은 "문화 및 문화정책을 체제가 추구하는 가치 실현의 도구로 새롭게 인식하고 문화정책을 '건강한 국민정신'을 창출하기 위한 정신혁명 전략으로 활용하고자 했던 군사정권의 문화전략"[52]의 일부였다.

정권의 문화 정책은 '명랑'의 코드를 활용한 문화 상품과 대중 서사에도 영향을 끼쳤다. 기실 1960년대는 문화 상품으로서 '명랑'이란 기표가 더욱 활성화된 시기였다. 전 시기와 마찬가지로 세제, 환약, 진통제 등등 위생과 건강을 위한 상품들이 '명랑하고 건강한 생활'을 표방한 광고로 신문 지면에 계속 올랐고[53], "명랑하고 친절한 봉사", "아름답고 명랑한 직업여성"[54] 등의 문구에서 보듯 감정 노동으로서 '명랑'에 대한 요구는 더욱 확대되었다. 대중문화 코드로서 '명랑'이 활용되는 정도도 더 강화되었다. 어린이 운동회 프

---

51 문선영, 「라디오 코미디 방송극의 형성과 변천」, 『어문논집』 51, 2012 참조.
52 임학순, 「박정희 대통령의 문화정책 인식 연구 ― 박정희 대통령의 연설문 분석을 중심으로」, 『예술경영연구』 21, 2012, 159~181쪽.
53 「구충한 가정은 명랑한 가정! 대영제약 바라진」(광고), 『동아일보』, 1963. 5. 8; 「생리일을 명랑하게, 천도제약 메논 정」(광고), 『동아일보』, 1963. 12. 13; 「새롭다! 깨끗하다! 명랑하다! 기성실업주식회사 뉴아크릴」(광고), 『동아일보』, 1965. 4. 29; 「명랑한 생활! 악취를 제거합시다, 삼영화학 슈-퐁」(광고), 『동아일보』, 1968. 7. 12; 「명랑하고 건강한 생활! 태평양화학 향미단」(광고), 『매일경제』, 1968. 1. 26.
54 「아름답고 명랑한 직업여성!」, 『매일경제』, 1967. 5. 2.

로그램 〈명랑파티〉(문화TV), 노래·경음악·퀴즈 등을 혼합한 버라이어티 쇼 〈명랑초대석〉(TBC), 버라이어티 단체 게임 프로 〈명랑백화점〉(TBC), 가정 오락 게임 프로 〈명랑오락회〉(TBC), 코미디 프로 〈명랑교실〉(KV) 등 '명랑'을 앞세운 방송 프로그램들이 더욱 다양해졌으며, 「명랑오락유도영화 '언니는 말괄량이'」[55], 「명랑소극明朗笑劇 나간다: KV '코미디언 공원', '명랑교실'」[56], 「명랑한 사랑 작전, '너와 나'」[57] 등의 광고에서와 같이 코미디 영화 및 방송 프로그램이 '명랑' 코드와 더욱 직접적으로 결속하게 된다. 명랑소설에 이어 명랑만화라는 장르명이 공고화된 것도 1960년대였다.[58]

그러나 가시적 언표로서의 장르 응집력이 더욱 강화된 1960년대 명랑 서사들은 1950년대의 역동성과 활기를 잃은 채 가부장제의 회복과 건전한 생활 감각을 전면에 내세운 보수적 서사로 치우쳤다. 텔레비전 코미디는 "젠더, 빈부, 도농, 세대 간 문화적 차이에서 발생하는 문제들을 박정희 시대의 상식화된 보수적 관점에 의거하여 형상화"했으며[59], 라디오 코미디는 가족 소재를 코믹하고 명랑하게 다루는 홈드라마형 시추에이션드라마로 변모하여 온건한 가정의 안정된 생활을 체제 순응적 윤리 속에 전달하는 스토리를 반복했다.[60] 명랑만화는 인간의 일상적 실수로 웃음을 일으킴으로써

---

55 『경향신문』 광고, 1961. 11. 1.
56 『경향신문』 광고, 1964. 4. 25.
57 『경향신문』 광고, 1967. 7. 22.
58 해방 후 점차 폭넓은 대중성을 확보해간 우스개 만화는 1960년대 만화방 시스템의 정착과 함께 명랑만화라는 주요 장르 만화로 자리 잡는다. 박인하, 「한국 명랑만화 장르의 형성과 발전 연구」, 『애니메이션 연구』, 8권 4호, 2012 참조.
59 이영미, 「텔레비전 코미디 드라마의 형성 ― 1960년대 후반 유호의 연속극을 중심으로」, 『한국극예술연구』 37, 2012, 93쪽.
60 문선영, 앞의 글, 316~320쪽.

'명랑'을 상품화한 영양제 광고(『동아일보』, 1967. 5. 5).

웃음의 일상성을 추구하는 장르로 정체성을 마련해갔으며[61], 1950
년대 가장 활성화되었던 명랑소설은 1960년대에 이르러 게재 지면
이 줄어들 뿐만 아니라 보수적 윤리가 강화되면서 서사적 역동성을
잃게 된다.[62] 군사정권이 실시했던 문화 정책의 영향으로 '명랑' 장
르는 이제 신문화에 대한 기대 가운데 일상의 욕망들을 솔직히 직
시하고 탐구했던 개방성과 활력을 잃고 보수적 윤리 안에서 안전한
삶의 가치를 옹호하는 순응적 장르로 변모해간다.

흥미로운 것은 체제 순응적으로 변모한 장르 코드의 주도성 이
면에서 오히려 속되고 성적인 욕망을 더욱 적나라하게 드러내는 문
화의 움직임 또한 지속되었다는 점이다. 가족적이고 일상적인 생
활 속에 건전하고 안전한 윤리를 추구했던 '명랑'의 장르 코드 이면

---

61 박인하, 앞의 글, 56~57쪽.
62 1950년대 절정을 이루었던 명랑소설이 1960년대에 이르러 보수적 윤리가 강화되면
    서 서사적 역동성을 잃게 된다는 점은 다음 연구에서 공통적으로 지적하는 바이다.
    김현주, 「1950년대 잡지 『아리랑』과 명랑소설의 명랑성」, 『인문학연구』 43, 조선대학
    교 인문학연구원, 2012, 173~206쪽; 이선미, 「명랑소설의 장르 인식: '오락'과 '미국
    문명'의 접점」, 『한국어문학연구』, 한국어문학연구학회, 2012, 55~93쪽; 정미영, 「『학
    원』과 명랑소설」, 『창비어린이』, 창작과비평사, 2004. 9, 184~201쪽.

2부. 개념사로 읽는 근대의 일상과 문학

에서, '명랑'의 기표는 예술성이 없는 저급 문화나 저속하고 외설적인 욕망을 노골적으로 드러내는 하위문화의 의미 영역을 점점 넓혀갔다.

"명랑! 경쾌! 폭소! 쎅스!"[63] 또는 "쎅스와 사랑과 유모어의 칵테일! 짙은 에로티즘이 자아내는 폭소의 연속"[64]같이 '명랑'을 섹슈얼리티와 접속해 선전하는 영화 광고가 등장했고, 도시 청춘 남녀의 연애 문제를 즐겨 다루었던 명랑소설의 일군은 불륜이나 성적 일탈의 소재에 예민한 촉각을 기울이면서 성적 호기심을 자극함으로써 상업적 가치를 높이는 데 골몰했다.[65] "웃음과 교양과 재미로 모든 가정을 명랑하게 하는 실익實益 잡지"[66]를 표방했던 『명랑』의 외설화 정도는 심각한 수준이었다. 창간부터 'Sex, Story, Star, Screen, Sports, Studio, Stage'라는 7S 편집 방침을 표방했던 이 잡지는 1950년대에도 「명랑 대大 글라머」(1959. 2), 「명작영화 키쓰씬 특집」(1956. 10), 「불화에 찬 성 생활의 조절법」(1958. 3), 「침실의 미학」(1959. 7) 등의 기사들을 싣곤 했다.[67] 하지만 아직은 연예 교양 정보 또한 균형 있게 다루고 있었으나, 1960년대에 이르면 선정성이 놀랄 만큼 가속

63　「명랑! 경쾌! 폭소! 쎅스! ― '사장 딸은 올드미쓰'」(광고), 『동아일보』, 1963. 4. 4.

64　「쎅스와 사랑과 유모어의 칵테일! 짙은 에로티즘이 자아내는 폭소의 연속―'걸 한트'」(광고), 『경향신문』, 1963. 6. 8.

65　1950년대 후반 대중잡지의 통속화가 가속화되면서 성인 명랑소설은 보수적 윤리를 표방하면서도 섹슈얼리티를 노골적으로 전시하는 이중 전략을 추구하는데, 이러한 경향은 1960년대에도 지속된다. 유호의 연재소설 『나는 미쓰예요』(『아리랑』, 1960), 조흔파의 연재소설 『어른이 헌장』(『아리랑』, 1969~1970), 최요안의 연재소설 『세분 세분 아가씨』(『아리랑』, 1970) 등은 불륜, 성적 일탈, 카바레 생활 등을 소재로 하면서, 섹슈얼리티로 경사했던 1960년대 명랑소설의 한 경향을 잘 드러내준다.

66　『동아일보』광고, 1961. 12. 5.

67　잡지 『명랑』의 선정성에 관해서는 졸고, 「1950년대 잡지 『명랑』의 '성'과 '연애' 표상 ― 기사, 화보, 유머란을 중심으로」, 『개념과 소통』 10, 2012. 12, 173~206쪽 참조.

화된다. 일례로 1965년 7월호 『명랑』의 주요 기사는 다음과 같다.

> 스타의 섹스 채점표 / 특집 5개월생 접대부라오 / 가수 백난영을
> 죽게 한 제 삼의 사나이 / 스타 태현실양의 연애사건 폭로 / (스타
> 탐방) 달디단 사랑의 보금자리 / 처녀총각스타가 말하는 결혼상대
> 자 / 여관문 틈으로 본 애욕 백태 / 고백적 수기, 나는 호색가 스카
> 르노 대통령의 제 삼 부인 / 천재 화가 피카소는 변태 성욕자 / 100
> 호 씨리즈, 연애백경 2, 사랑이 끝날 때까지 / 소설, 바다의 스릴 /
> 고백적 수기소설, 끝나지 않은 삼각관계 / 소설, 칠인의 연적 / 신
> 연재 추리, 붉은 피의 훈장

저속하고 외설적인 기사를 중점적으로 실어 나르는 잡지가 "가
정을 명랑하게 하는 실익" 잡지라는 타이틀 아래 장기 발간되고[68],
예술성이나 미학과는 태생적으로 거리를 둔 우스개로서 명랑만화,
명랑소설의 공통 감각이 만들어질 때, 장르 코드로서 '명랑'은 속된
욕망을 노출하는 저속 문화나 어린이를 대상으로 한 질 낮은 웃음
을 추구하는 하위문화의 감각을 '명랑'의 의미장에 강력히 기입하
게 된다. 문화 정책의 연속성에서 문화의 저속성을 경계하는 보도
와 기사들이 전 시대에 비해 눈에 띄게 늘어난 것[69]도 이처럼 질 낮

---

68 1955년 창간된 『명랑』은 1980년대까지 발간된 장수 잡지였다.
69 다음이 대표적 예에 해당한다. 「대중성에만 영합 말도록」, 『동아일보』, 1962. 8. 8;
「광고 노이로제」, 『동아일보』, 1963. 1. 21; 「국영 텔레비전의 운영의 문제점」, 『동아
일보』, 1963. 1. 12; 「서글픈 독서경향―'출판의 불륜' 싹트고」, 『경향신문』, 1964. 9.
30; 「선전가요 시비」, 『동아일보』, 1965. 7. 3; 「문화에 대한 보조와 규제」, 『동아일보』,
1968. 7. 26; 「프로의 저속화 막는 길은」, 『동아일보』, 1968. 11. 19; 「방송의 저속화」,
『동아일보』, 1968. 11. 20; 「제 구실 못하는 방송단체」, 『동아일보』, 1969. 9. 13; 「저속
·퇴폐한 방화 제작 말라」, 『동아일보』, 1970. 6. 9.

은 문화 상품들이 적지 않게 유행했던 탓이다.

1960년대 '명랑'은 일상의 습속을 정서적 차원에서부터 규율하는 정치사회적 언표이면서, 국가가 규율화한 생활 윤리를 '유쾌'한 감성으로 수용하고 서사화하는 '건전' 장르 코드인 동시에, 질 낮은 하위문화의 일부를 구성하는 '저급' 장르 코드라는 혼종적 의미를 띠게 된다. 의미의 혼종적 흐름은 '명랑'의 기표에 의미를 부여하는 담론 생산의 주체가 정권과 그에 편승하는 자본주의 문화 산업 주체 및 통속적 하위문화 주체로 다양화된 결과라고 할 수 있다. 달리 말하면 1960년대 대중문화에서 '명랑'의 의미장은 체제 순응적 규율을 강요하는 국가와 자본주의적 시장경제의 다원적 주체들에 의해 다층적 방향으로 전유되면서 때로는 서로 모순적인 의미까지도 포함한 채 혼종적으로 이동했던 셈이다.

사회·정치적 관점에서 '명랑'의 의미장을 주도한 것은 국가주의적 규율 담론이었지만, 일상적 삶의 습속에 깊이 스며 들어간 대중문화의 차원에서 순응과 일탈의 양극단을 오가며 형성된 '명랑'의 혼종적인 장르 감각 역시 가볍지는 않았다. 1970년대 이후 주로 청소년 소설을 가리키는 말로 활용된 '명랑소설'이 어린이 소설 장르의 명칭 주도권을 확보하면서도 다른 한편에서 끊임없이 아동문학의 저급성 논란을 불러일으켰던 것 또한 '명랑'이라는 어휘의 역사에 숨어 있던 혼종적이고 다층적인 의미 구조의 결과였다. 오늘날에도 명랑소설, 명랑만화, 명랑 드라마 등의 장르 언표들이 연상시키는 건전성과 저급성이라는 모순적 의미 구조의 배후에는 '명랑'이라는 어휘의 역사가 내포한 국가주의적 규율 담론과 그에 '순응/일탈'하고자 했던 대중적 상상력의 흔적이 그대로 남아 있다. 따라서 명랑 서사 장르에 대한 연구는 이러한 개념의 역사적 변동을 통해

'명랑, 경쾌, 폭소, 섹스'를 슬로건으로 내건 영화 〈사장 딸은 올드미쓰〉 광고
(『동아일보』, 1963. 4. 4).

'눈물겹고 명랑하게 살아가는 숨가쁜 인생 항로'라는 문구로 영화를 선전하고 있는
〈미쓰 김의 이중생활〉 광고(『동아일보』, 1963. 10. 25).

2부. 개념사로 읽는 근대의 일상과 문학

에로틱한 이미지를 앞세워 세계의 난센스 콩트들을 소개했던 『명랑』의
「명랑풍류기화선」(1958. 8).

고찰되어야만 올바르게 조명될 수 있다고 하겠다.

명랑 장르 코드는 어째서 특별한가

'명랑'의 장르 코드를 해석하려 할 때 일차적으로 고려해야 할 것은
'밝음'이라는 자연현상에서 유래한 어휘의 비유 가능성이 고도의 추
상적 긍정성을 그 의미장에 부여했으며, 그것을 사용하는 주체에
따라 얼마든지 다른 의미가 창출될 수 있는 역동성을 지니는 기표
가 되었다는 점이다. '밝고 맑다'라는 함의가 내포하는 자연적 긍정
성을 통해 다양하게 비유되고 전유될 수 있는 개방적 유연성을 지
닌 어휘로서 '명랑'이 갖추고 있는 의미의 탄력성이, 다양한 주체들
에 의해 얼마든지 전유될 수 있는 역동성을 어휘에 부여한 것이다.

한국 역사에서 '명랑'에 의미를 부여한 주도적 주체는 시대별로
변화를 보였다. 일제강점기 조선총독부는 '명랑'의 의미를 파시즘
적 체제의 규율 담론을 구축하는 데 활용했고, 이러한 어휘의 의미

장은 1960년대 군사정권을 통해 다시 적극적으로 부활했다. 그러나 1950년대의 문화적 활기 속에서 '명랑'은 새로운 근대 민주국가를 꿈꾸는 대중 주체들에 의해 신사회에 대한 소망과 꿈을 담은 기표로 활용되곤 했으며, 유쾌한 웃음을 표상하는 대중문화의 장르 코드로도 전유되어 그 의미장을 지속적으로 확장했다. 그 결과 1960년대 '명랑'은 국가주의적 규율 담론과 자유주의적 삶에 대한 소망과 기원, 자본주의 시장 체제에 기반을 둔 질 낮은 욕망의 문화 코드에 이르기까지 다층적이고 혼종적인 의미장을 지닌 복합적 어휘로 작용하게 된다. 서구의 '유모어'나 '코미디'와 구분되는 한국 특유의 장르 코드로서 '명랑'이 지닌 문제적 지점은 바로 여기에 있다. 따라서 '명랑' 서사 연구는 코미디 같은 보편적 장르 원칙에 입각하기 이전에 한국적 장르 코드의 역사적 특수성 속에서 탐구되어야 한다. 개별성의 성립 환경이 역사적 문맥에서 이해될 때 역으로 웃음이라고 하는 장르가 내포하는 보편성의 의미가 새롭게 발견될 수 있다.

1970년대 이후 '명랑'의 장르 코드는 청소년 소설, 청소년 드라마, 어린이를 위한 만화 등 어린이 장르 코드로 점차 변모해간다. 이러한 변화의 원인을 밝히고, 구체적 작품에서 명랑 서사들이 어떠한 사회 · 문화적 공통 감각을 재현했으며, 또 반대로 이 공통 감각을 창출하는 데 기여했는지를 규명하는 일은 앞으로 후속 작업을 통해 더욱 면밀히 진행해야 할 과제이다.

발표 지면

이 책은 아래 지면들에 처음 발표되었던 원고들을 저본으로 하여 확장·보완한 것임을 밝혀둔다.

「연애, 문학, 근대인」, 『문예중앙』, 중앙북스, 2005년 겨울.

「풍속문화론적 (문학) 연구와 개념사의 접속, 일상개념 연구를 위한 시론」, 『대동문화연구』 70, 성균관대학교 대동문화연구원, 2010. 6.

「'탐정', '기괴' 개념을 통해 본 한국 탐정소설의 형성과정」, 『현대문학이론연구』 41, 현대문학이론학회, 2010. 6.

「'기괴'에서 '괴기'로, 식민지 대중문화와 환멸의 모더니티」, 『개념과 소통』 5, 한림과학원, 2010. 6.

「풍속·문화론적 개념어 연구의 현황과 과제」, 『제26회 연세대학교 언어정보연구원 학술대회 발표자료집』, 2010. 7.

「식민지 대중문화와 '청춘' 표상」, 『정신문화연구』 34권 3호, 한국학중앙연구원, 2011. 9.

「'명랑'의 역사적 의미론 — 명랑 장르 코드의 형성과정을 중심으로」, 『한민족문화연구』 47, 한민족문화학회, 2014. 10.

찾아보기